U0711367

不可能犯罪诊断书

3

[美]爱德华·霍克　著

黄延峰　译

Edward D. Hoch

湖南文艺出版社
HUNAN LITERATURE AND ART PUBLISHING HOUSE

博集天卷
CS-BOOKY

All But Impossible

Copyright © 1991,1992,1993,1994,1995,1996,1997,1998,1999 by Edward D. Hoch
This edition copyright © 2017 by Patricia M. Hoch

© 中南博集天卷文化传媒有限公司。本书版权受法律保护。未经权利人许可，任何人不得以任何方式使用本书包括正文、插图、封面、版式等任何部分内容，违者将受到法律制裁。

著作权合同登记号：图字18-2022-126

图书在版编目（CIP）数据

不可能犯罪诊断书 . 3 /（美）爱德华·霍克著；黄延峰译 . -- 长沙：湖南文艺出版社，2023.3
书名原文：All But Impossible: The Impossible Files of Dr. Sam Hawthorne
ISBN 978-7-5726-0889-6

Ⅰ.①不… Ⅱ.①爱… ②黄… Ⅲ.①推理小说—小说集—美国—现代 Ⅳ.① I712.45

中国版本图书馆 CIP 数据核字（2022）第 190514 号

上架建议：畅销·外国文学

BU KENENG FANZUI ZHENDUANSHU.3
不可能犯罪诊断书.3

著　　者：［美］爱德华·霍克
译　　者：黄延峰
出 版 人：陈新文
责任编辑：匡杨乐
监　　制：于向勇
策划编辑：布　狄
特约编辑：王成成　　罗　钦
版权支持：王媛媛
营销编辑：时宇飞　　黄璐璐
封面设计：潘雪琴
版式设计：利　锐
出　　版：湖南文艺出版社
　　　　　（长沙市雨花区东二环一段 508 号　邮编：410014）
网　　址：www.hnwy.net
印　　刷：三河市天润建兴印务有限公司
经　　销：新华书店
开　　本：680 mm×955 mm　1/16
字　　数：206 千字
印　　张：17.25
版　　次：2023 年 3 月第 1 版
印　　次：2023 年 3 月第 1 次印刷
书　　号：ISBN 978-7-5726-0889-6
定　　价：59.80 元

若有质量问题，请致电质量监督电话：010-59096394
团购电话：010-59320018

导读

　　二〇〇六年五月的某一天，我联系爱德华·霍克先生询问翻译授权事宜。那时，他的作品尚未被系统性地引进中国，国内知道这位推理小说大师的读者寥寥无几。在回信中，他表示这是他第一次收到来自中国读者的邮件，非常开心，并且答应了我的请求。十六年过去了，这位世界短篇推理小说之王笔下的角色终于再次来到中国读者的案头。

生平

　　霍克全名为爱德华·丹廷格·霍克，一九三〇年二月二十二日出生在纽约罗切斯特市，父亲埃尔·G. 霍克是银行的副行长，母亲爱丽丝·丹廷格·霍克是家庭主妇。霍克从小喜欢阅读推理小说，他阅读的第一本推理小说是埃勒里·奎因的《中国橘子之谜》，虽然霍克自己也认为这并非奎因最好的作品，但这并不妨碍他喜爱上这种独特的类型文学。霍克在高中时就开始尝试撰写推理小说，这个习惯一直延续到他就读罗切斯特大学的两年时光。

一九四九年开始，他在罗切斯特公共图书馆担任研究员，同时还加入了美国推理作家协会分会，不时去纽约参加聚会。次年年底，他应征加入美国陆军，并被分派至纽约服役。这无疑给他参加美国推理作家协会的活动制造了便利，这两年他和许多当时响当当的人物成了朋友，其中就包括弗雷德里克·丹奈（埃勒里·奎因的缔造者之一）、密室之王约翰·狄克森·卡尔、悬念大师康奈尔·伍尔里奇、美国推理作家协会首位女性主席海伦·麦克洛伊，以及魔术师作家克莱顿·劳森等人。也是在此期间，霍克与名编辑汉斯·斯特凡·山特森建立了良好的关系，这为霍克今后的专职创作之路埋下了伏笔。

退伍后，霍克先是在纽约的口袋图书公司找了一份核算货物账目的工作。一年后，周薪仅涨了三美元，他便于一九五四年一月回到罗切斯特，并在哈钦斯广告公司找了一份版权和公共关系管理的工作。这些工作经历，比较明显地投射在霍克塑造的第一个侦探——"西蒙·亚克"系列的故事叙述者"我"的身上。

一九五五年九月二十六日，霍克的短篇《死人村》在《名侦探》杂志上发表，这是他第一次正式发表推理故事，灵感源于一九五三年夏天他和女友的一次约会经历，正是这个故事里的西蒙·亚克此后成了霍克笔下最重要也最"长命"的侦探。

一九五六至一九六七年间，霍克发表了二十二篇小说。一九六八年，他的《长方形房间》获得美国推理作家协会颁发的埃德加·爱伦·坡奖，同时他还获得了一份长篇小说合同，并于第二年完成了《粉碎的大乌鸦》。由此，霍克决定转向全职写作。一九七三年起，霍克作品开始在主流推理杂志如《埃勒里·奎因推理》和《阿尔弗雷德·希区柯克推理》上发表。

此后三十多年间，霍克笔耕不辍，为世界留下了近千篇短篇推理故事。二〇〇一年，他获得美国推理作家协会终身成就奖，这是该领域的最高荣誉之一。

系列

在不同的系列故事中，霍克塑造了众多侦探形象，其中最具代表性和知名度的是以下七人。令人惊叹的是，他们的职业竟然全都不同。

西蒙·亚克：具体年龄不详，活了两千年以上，是纪元初期埃及的基督教教士，在世上的主要任务是寻找并消灭魔鬼。"西蒙·亚克"系列多与玄学、撒旦、巫术或各种匪夷所思的事件有关，不过到故事终了时，案件都会以合乎逻辑的方式得到解决，共计六十二篇，最后一篇为二〇〇九年一月号《埃勒里·奎因推理》刊载的《圣诞节鸡蛋》。

萨姆·霍桑：新英格兰诺斯蒙特镇的执业医生，专攻密室以及不可能犯罪，首次登场是在一九七四年十二月号《埃勒里·奎因推理》刊载的《廊桥谜案》中。"萨姆·霍桑医生"系列故事背景设定在二十世纪二十至四十年代，共计七十二篇，最后一篇为二〇〇八年五月号《埃勒里·奎因推理》刊载的《秘密病人之谜》。

尼克·维尔维特：专业窃贼，只偷各种奇怪的东西，比如用过的袋泡茶、褪色的国旗、玩具老鼠，甚至一个空房间的灰尘，首次出场是在一九六六年的《偷窃云虎》中。"尼克·维尔维特"系列共计八十七篇，最后一篇为二〇〇七年九月号《埃勒里·奎因推理》刊载的《偷窃被放逐的鸵鸟》。

本·斯诺：西部快枪手侦探，因为人物设定的关系，读者经常可以在书中看到枪战描写，初次登场是在一九六一年《圣徒》杂志刊载的《箭谷》中。"本·斯诺"系列背景设定在一八八〇至一九一〇年间，共计四十四篇，最后一篇为二〇〇八年七月号《埃勒里·奎因杂志》刊载的《辛女士的黄金》。

杰弗瑞·兰德：杰弗瑞·兰德是一位密码专家，退休前是英国秘密通信局的特工，初次登场是在一九六五年五月号《埃勒里·奎因推理》刊载的《无所事事的间谍》中。"杰弗瑞·兰德"系列洋溢着异域风情，共计八十五篇（含合著一篇），案件多与密码或谍报有关，最后一篇为二〇〇八年十二月号《埃勒里·奎因推理》刊载的《亚历山大方案》。

麦克·瓦拉多：罗马尼亚一个吉卜赛部落的国王，口头禅是"我只不过是个贫穷的农民"。一九八四年，霍克受比尔·普洛奇尼（二〇〇八年美国推理作家协会大师奖得主，塑造了著名的私家侦探"无名"）之邀，为《民俗侦探》杂志撰稿，发表了瓦拉多的登场作《吉卜赛人的好运》。"麦克·瓦拉多"系列共计三十篇，最后一篇为二〇〇七年十二月号《埃勒里·奎因推理》刊载的《吉卜赛黄金》。

　　利奥波德：康涅狄格州某市警察局重案科队长，霍克短篇系列小说中登场次数最多的主角，初次登场是在一九五七年三月号《犯罪与公正推理》刊载的《嫉妒的爱人》中。"利奥波德"系列的早期作品大多具有刑侦小说特征，后期则趣味性增强，不可能犯罪数量上升，共计九十一篇，最后一篇为二〇〇七年六月号《埃勒里·奎因推理》刊载的《卧底利奥波德》。

创作

　　霍克一生共创作了九百多个推理故事，平均两周完成一个，就算称之为"故事制造机"恐怕也不为过。尽管如此，霍克的作品却令人惊叹地保持了一贯的高水准，每个故事在满足充分意外性的同时，都具有鲜活的地域或时代特色。从独立战争时期的美国，到改革开放后的中国，您都能发现霍克笔下的侦探们活跃的身影。

　　他是怎么做到这一切的？

　　霍克是一位求知欲强烈，同时保持着童心的作家。朋友们说，从他的眼神中能看到他对世界的好奇。霍克每天都会在固定的时间阅读报刊或网络新闻（当然是在电脑普及之后），这让他积累了丰富的素材，创作时可以信手拈来。

一次，他在《纽约时报》上看到一则报道，说现在有年轻人通过帮货运公司运货，可以享受超低折扣的机票。于是，斯坦顿和艾夫斯的侦探组合便诞生了。两人是情侣，从普林斯顿大学毕业后想去欧洲旅行，但又负担不起高昂的机票费用，恰在此时，免费机票这样的好事出现了，代价就是要在他们的行李中加入委托人的一件货物。

除了新闻，霍克还有阅读旅行指南的习惯，他尤其偏爱那些配有生动插图的画册。虽然他一辈子都没学会开车，也很少出远门旅行，但因为脑海中已经有了世界各地的画面，他笔下的角色行动起来便不再受到地域限制。从中东到南亚，再到远东，侦探们的足迹遍布全球。

值得一提的是，霍克从未来过中国，但他创作的角色至少来过两次。一九八九年，杰弗瑞·兰德在香港完成了一次冒险之旅，故事的名字是《间谍和风水师》。二〇〇七年，斯坦顿和艾夫斯千里跋涉，在《中国蓝调》中前往黄河边的农村，故事刚一开场，两人便已身处北京首都国际机场了。

除了长期扎实的素材积累工作，霍克需要面对的另一个挑战是短篇小说创作本身的难度。创作十万字以上的长篇小说固然费时费力，但不少作家都有一个共识——优秀的短篇较长篇更难驾驭，原因就在于篇幅的限制。推理小说是欺骗的艺术，作者通过文字布下陷阱，令读者因为思维定势而忽略近在眼前的真相，从而在揭晓谜底时，产生最为强烈的冲击力。一个故事的字数越少，可供作者布置陷阱的空间就越少。

在长篇小说中，误导线索可以平均地塞进十几个不同的章节，这些"雷区"的密度被"安全"的文字大大稀释，即便是有经验的读者，在长时间的阅读后，也难免放松警惕，结果不知不觉着了作者的道。反观短篇小说，读者通常能够一口气读完，从头到尾都保持高度的警觉性，如果作者像在长篇小说中那样设置误导线索的数量，那么很容易就会被识破。您也许会问，把"红鲱鱼"的数量降低到长篇小说的十分之一不就行了吗？但新的问题随之而来：人的思维要被植入某个观念，其摄取的信息量不能太低，正所谓一个令人信服的谎言需要十个不同的谎言来圆。因此，短篇小说的核心挑战便在于用最少的笔墨，最大程度地操控读者的思路。短篇推理小说的字数没有统一标准，东西方差异明显，欧美作品的篇幅普遍短于日本和中国作品，霍克的短篇小说篇幅多为一万字上下，要想做到意料之外，情理之中，难度可想而知。在这一点上，霍克的作品将为您展示教科书级别的推理小说创作（误导）技巧。

灵感

既然霍克这么能写，为何只写短篇呢？据霍克本人说，这是因为他缺乏耐心。能用一万字就让读者感到惊奇，就没必要用两万字。笔者却认为，更深层的原因在于霍克无法抑制的创作灵感。挂历上的插画，偶然听到的广播，生活中的所见所闻都能随时刺激他开启一段新的故事。

从某种意义上说，创作短篇小说比长篇小说更依赖灵感。一个巧妙的点子，离开了复杂的人物关系和丰满的社会背景，就很容易导致故事后劲不足，可用于人物较少的短篇小说却刚刚好。

霍克的很多作品从开头到结尾，都保持着情节的高速推进，始终牢牢抓住读者的胃口。名作《漫长的下坠》，不仅入选了一九六八年的经典密室推理选集《密室读本》，还被改编为二十世纪七十年代美国热门电视剧《麦克米兰和妻子》中的一集。故事讲述了一起匪夷所思的坠楼案，一个男人从一栋摩天大楼的窗口跳了下去，可楼下的街道却人来车往，一切如常，正当人们以为发生了凭空蒸发的灵异事件时，跳楼男子却在四小时后"砰"的一声着陆身亡！

将这种贯穿全文的悬念发扬到极致的代表，是"尼克·维尔维特"系列，该系列标题格式统一，均为"偷窃××物品"，这些物品毫无经济价值，却有人花大价钱雇佣主角下手。读者光是看到标题，就已经好奇不已——这个小偷为什么要偷空房间的灰尘？他要怎么偷一支球队？

霍克本人曾告诉我，他总是先构思故事大纲，然后再思考符合大纲设定的解答，这也从侧面验证了他依靠灵感驱动的写作模式。他用自己的职业生涯证明了这一模式的高效与持久，可以说，霍克完全就是为短篇推理小说而生的。

《不可能犯罪诊断书》在美国结集出版时，霍克将献词留给了《埃勒里·奎因推理》的专栏书评撰稿人史蒂文·斯泰恩博克。据斯泰恩博克回忆，他第一次见霍克是一九九四年在西雅图的一间宾馆里。当时，霍克正站在一部扶手电梯上。这个画面长久地停留在他的记忆中，他对我说："相信我，如果你在他刚刚走上电梯的时候丢给他一个密室，他能在电梯到达下一层之前想出至少三个不同的诡计。"

读完这套书，您也会相信的。

吴非

二〇二二年于上海

序

　　爱德华·霍克在《埃勒里·奎因推理》杂志上发表推理小说，因此我跟他合作了十七年。在这期间，我有幸编辑了他的十二个系列作品，而这还不到他在该杂志发表作品的一半。他曾在三十四年间持续在该杂志每月发表一篇作品。

　　在他所有的优秀系列作品中，我最喜欢的是"萨姆·霍桑医生"系列。该系列的写作始于一九七四年，有很多粉丝认为书中的密室犯罪和不可能犯罪谜案是吸引他们的主要原因。在霍桑的故事中，读者会发现霍克构思的一些最不可能的故事情节，因为他喜欢把最难解的谜题留给他的乡村医生，比如在上锁的房间里发生的谋杀案。

　　然而，尽管霍桑的故事很精彩，但这只是这个系列吸引我的部分魅力。除了情节设计，爱德华·霍克还有很多特殊才能，其中之一是能够创造一种让读者期待一次又一次返回的环境。霍桑的故事发生地设定在二十世纪二十年代至四十年代的新英格兰小镇诺斯蒙特镇，它们与阿加莎·克里斯蒂的马普尔小姐的故事有相似之处。马普尔小姐经历的早期案件发生在英国的圣玛丽·米德村，并且在时间上也与霍桑经历的故事大致相同。两个系列的背景是相对独立的，但都创造了一种环境，在这种环境中，犯罪的发生应该是反常的，而且都有几位配角不时地重新出现。但对我来说，诺斯蒙特镇一直是比圣玛丽·米德村更真实和鲜活的地方，我想部分原因在于萨姆·霍桑医生是所有事件的积极参与者，而马普尔小姐主要是所在村庄的一位观察者。

作为一名年轻的单身医生，萨姆卷入了各种人际关系，他们既有后来被证实的嫌疑人，也有受害者和目击者；既涉及个人之间的关系，也涉及与其职业和与小镇居民有关的关系。他对所发生之事的关注已经不仅仅是为了追求正义，随着系列故事的发展，他的配角们变得越来越重要，若他的主要身份是一个观察者，他们就不可能如此重要。诺斯蒙特镇上的配角是萨姆医生个人故事的一部分，围绕着大约七十个冒险故事展开，为众多读者（包括我自己）继续阅读这些故事提供了一个令人信服的理由，就像每个故事中包含的令人惊讶的奇妙谜题一样。

你手里拿着的是霍桑系列三十多年来的第三册。如果读过霍克早期的小说集，你会发现书里的好医生跟这部小说里的不一样，因为这是一个虚构的系列小说，而故事的发展却像是在真实的年代发生的。时代在进步，霍桑也在与时俱进。每个案例都是以回忆的形式讲述的，在年迈的萨姆医生的引导下，我们经历了他年轻时的几十年，以及与之伴随的诺斯蒙特镇、国家和世界的所有变化。我始终怀着愉快的心情期待着，在打开霍桑的新小说手稿时能看到社会环境和人物的变化，霍克总是不令人失望。作为他多年的编辑，我可以毫不夸张地说他是一位严谨的研究者，这主要得益于他藏书广泛的个人图书馆，他因而了解了很多细节，并应用于场景设置，真实到让我觉得可以径直走进去。可以诚实地说，我从未在他的故事中发现任何有关历史的错误。

　　若你是刚认识霍桑的读者，那还不知道萨姆最后过上了什么样的生活，这一点倒是挺让我羡慕的。在过去几十年里，有两个关键问题一直让读者念念不忘：诺斯蒙特镇最令人中意的单身汉结过婚吗？讲述这些故事时，退休的萨姆医生多大年纪？尽管他的创作者在二〇〇八年突然意外去世，但在那之前不久，他向读者揭示了这两个问题的答案。至于答案是什么，我是不会冒险挑明的，那会破坏你将来阅读小说集的兴致。我认为作者本人对解决这些问题持保留态度。尼克·维尔维特也是霍克创造的人物，此人是一个古怪而可爱的小偷，后来成为一部法国电视剧的主角。尽管霍克认为尼克·维尔维特是最受欢迎的侦探，但他也认为霍桑是他最重要的创作之一。

　　最后，对这部杰出的系列作品，我想再补充一点我个人的评论：善良、正直和富于同情心是霍克本人最为人熟知的性格品质，他将它们赋予了萨姆·霍桑。他和霍桑一样，总是面带微笑，愿意原谅他人。作为作家，他的作品不应被人遗忘；作为朋友，他也永远不会被我这样的好朋友所遗忘。

珍妮特·哈钦斯

《埃勒里·奎因推理》杂志编辑

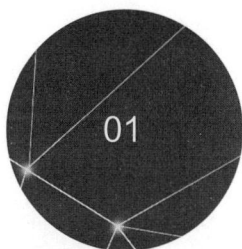

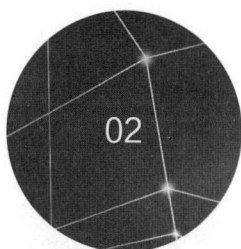

DIAGNOSIS:
IMPOSSIBLE

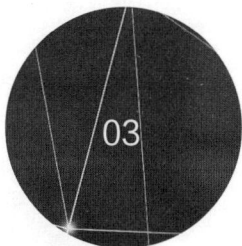

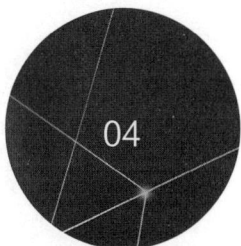

CONTENTS
目录

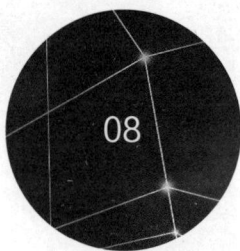

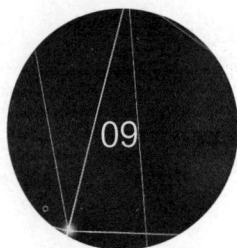

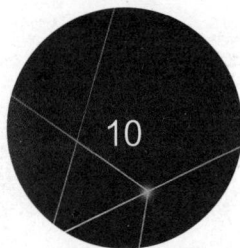

01 狩猎小屋谜案

"我想我答应过给你讲讲我父母来诺斯蒙特镇看我时候的事。"萨姆·霍桑医生边倒白兰地边说。

"那是一九三〇年秋天，猎鹿季节刚开始，我都三十四岁了，在镇上行医已有八个年头，对我来说，这里比我长大的中西部城市更像我的家。但这事却很难跟我父亲说清楚……"

在我还是孩子时，我跟父亲打过很多次猎。我父亲哈里·霍桑开了一家服装百货店，赚钱是当然的啦，但他把它当成事业，一干就干了将近四十年。现在我父亲已经退休，想来新英格兰看望他唯一的儿子。当然，有空的话，他还想顺便猎猎鹿，这是再自然不过的事情了。我母亲和他一起来了，同时看到双亲让我很高兴。自从上次圣诞节后，我就没有回过家了，那还是在伦斯警长刚结婚不久。我在诺斯蒙特镇的八年间，他们这是第二次来看我。

我到火车站接他们，帮父亲拿行李。

"你会以为我们要待一个月，而不是五天，"他嘟囔道，

"你知道你妈旅行时是什么样子的。"虽然他的头发现在已经白了，但头发大多还在，而且他仍然充满活力，像是一个年轻得多的人。相比之下，我母亲的身体一直很虚弱。

我把他们领到我新买的斯图兹鱼雷车前，听到的是父亲勉强说出的赞许之词："这年头行医一定生意很好，要不然你怎么能买得起这样好的车？"

"另外有位医生需要钱，"我解释道，"我才捡了个便宜。"

"就是可惜了我们送给你当毕业礼物的那辆车。"母亲一边说，一边坐进了前座。

"它被烧毁了。幸运的是当时我不在车里。"我说着，替她关上车门，绕到车的另一边。

我带着他们先去了我的诊所。"妈妈，这是我的护士，阿普丽尔。我跟你讲过，她对我帮助很大。"

阿普丽尔从没见过我的父母，她尽其所能地对他们示好。就在我们要离开时，伦斯警长顺道来访。他紧握着我父亲的手说："说实话，霍桑先生，你的儿子是一位出色的侦探。他帮我破的案子多得我都数不过来了。"

"哦？"我母亲显得很惊慌，"警长，你们这儿经常有人犯罪吗？"

"比您想象的要多。"他说，声音里竟然有几分自豪，"我们需要医生这样精明能干的人对付他们。他的脑瓜跟爱因斯坦那家伙一样好使！"

"我们得走了。"我喃喃地说。跟往常一样，我对警长的赞扬感到尴尬。

"您在这儿有何打算？"他问我父亲。

"哦，可能会抽空去猎鹿。"

"天气很适合。"

"我有个伙计，叫莱德·塞克斯顿，就住在附近。我一直和他有联络，"我父亲说，"我想哪天我们会开车去看看他。"

"哦，塞克斯顿是个猎人，没错！你应该看看他收藏的武器！"

"我是急着想看看。他在信里跟我提到过。"

伦斯警长舔了舔嘴唇，说："我给您提几点建议。马上去见莱德·塞克斯顿，今天或明天。也许，他会邀请您去他的地盘打猎。他有几片树林和一个池塘，那里可是全县最好的猎鹿地点。他甚至在自己的地上建了一个狩猎小屋，就在池塘附近。他也用它来打鸭子。"

"谢谢你的建议，"我父亲说，"再见了，警长。"

我本打算让父母安静地住一夜，但在警长的建议下，父亲坚持要我在我们回我的公寓吃完晚饭后给塞克斯顿打电话。我对此人略知一二。当我让父亲接电话时，我明显感觉到他们对即将到来的第一次见面感到兴奋。结果，我答应了第二天早上开车送父母去塞克斯顿家。

"我九点要去看一位病人，"我一边在客房准备床铺，一边对他们说，"大约十点左右会回来接你们。塞克斯顿家离这里大约二十分钟的车程。"

如果旧式大地主这种说法要在新英格兰这样的地区正确使用的话，莱德·塞克斯顿便是我们县最后一位旧式大地主。他拥有大约三百英亩①土地。当然，有如此大面积的农场的不止他这一家，但莱德·塞克斯顿却不是农场主，甚至不是富绅。他靠在战

---

① 英美制面积单位，1英亩合4046.86平方米。——编者注

争期间倒卖军火发了财，虽然塞克斯顿军火帝国已经跟他没有利益关系了，但仍沿用他的名字。

第二天早上，天气清爽，这在十一月中旬算是非常晴朗的了。我一边沿着布满车辙的乡间小路开着车，一边指出农场和地标给父母看。我说："从这个篱笆围起来的地方开始就是塞克斯顿家的地了。"

"确实很大，"我母亲说，"哈里，你总是知道如何跟有钱人交朋友。"

父亲假装反对，结结巴巴地说："我在《美国枪手》杂志上读到他的一封信，就他谈的事给他回了一封信。我不知道他是穷是富，但肯定没有把他和军火帝国联系起来。"

"几年前他卖掉了公司，后来就买下了这个地方，"我解释说，"一年之中，他有一部分时间住在佛罗里达和纽约，但到了狩猎季节就会来到这里。伦斯警长跟我说过他收集的原始武器。"

莱德·塞克斯顿亲自到门口迎接我们。他身材高大，穿着带流苏的鹿皮夹克和马裤，仪表堂堂，面色红润，留着一头军人式的钢灰色短发。看到他和父亲在一起，我莫名其妙地想到了上次大战①后的军官聚会，只是塞克斯顿一直在大后方忙生意，而我父亲也只在家乡的征兵局服过兵役，根本没有机会见面。

塞克斯顿向我点头致意，他似乎真的很高兴见到我父亲。"我期待着你的来信，哈里。它们比报纸上写的大多数内容更明智。""这位一定是多丽丝，"他对我妈妈说，"欢迎来到诺斯蒙特镇，欢迎二位。请进，请进！"

我从没见过塞克斯顿的家人，当一位年轻女子抱着一抱秋天

_____

① 这里指第一次世界大战。——译者注

开的花出现在我们面前，并被介绍说是塞克斯顿的妻子时，我很惊讶。"今晚可能有霜冻，"她解释说，"所以我一直在摘最后一批开的花。"

她的名字叫罗丝玛丽，她看起来可能比其丈夫年轻三十岁，她丈夫已经快六十岁了。她很可能是塞克斯顿的第二任妻子，很有魅力，态度坦率而友好。我努力回想是否在镇上见过她，但应该是没有，这并不奇怪，因为塞克斯顿家每年只在这里生活一段时间。

"这个地区的猎鹿情况如何？"我们进入镶有木板的客厅坐下来，面前壁炉里的火烧得正旺，父亲问道，"我想趁来这里玩时猎一回鹿。"

"现在正是好时候，"莱德·塞克斯顿确定地对他说，"再好不过了。事实上，我明天早上要和几个人外出打猎，不知你愿不愿意跟我们一起去。我们在自家的地里打猎，就在池塘边。我有三百多英亩地，树也不少。我甚至还盖了一个小的狩猎屋。"

"你真是太大方了。"父亲微笑着回答，很快就接受了这个提议。

"你也来，萨姆，"塞克斯顿补充说，他随后想到了我，"我们外出时，你妈妈可以来这里和罗丝玛丽待在别墅里。"我咕哝了一句，说是与病人约了明天看诊，但我知道我能安排好时间。尽管想到宰杀鹿的瞬间让我不适，但一想到可以跟多年前那样再次和父亲一起打猎，我便抑制住了这种厌恶。"你们什么时候出发？"

塞克斯顿想了一会儿。"很早。如果可以的话，七点前到这里。我的邻居吉姆·弗里曼也会来，比尔·特雷西也会从镇上赶来。也许我还可以邀请伦斯警长。这样一来，我们总共就有六个人了。"

比尔·特雷西是一位房地产商,与塞克斯顿做过几次交易。吉姆·弗里曼是一个成功的农场主。我跟他俩都很熟,最近还给弗里曼的女儿治过病,她得的是儿童常见病。

"我们会赶到的,"父亲向塞克斯顿保证道,"你的收藏现在在哪儿?我迫不及待想要一饱眼福了。"

莱德·塞克斯顿轻声笑着,把我们带到隔壁的书房,里面有几个高大的玻璃门橱柜,几乎摆满了两面墙。橱柜里有多种物品,大部分是木制的,主人快速地给我们一一介绍。"多年来,我一直在收集原始武器,虽然我们只在这里待一段时间,但我还是觉得把东西存放在这里最好。第一个是投石索。取这些石头中的一块放进绳子中间的兜里,在头顶上旋转,然后放手甩出石头。大卫就是这样杀死歌利亚的。这个是印度弹弓,两根弦之间系着一个小兜。"

"与众不同。"父亲喃喃地说,"我从没见过这些东西。"

"这些是澳大利亚原住民使用的掷棍器。当然,你对回旋镖也很熟悉。这里收集了飞镖、标枪和投掷长矛。邻居吉姆·弗里曼会告诉你战争期间他是怎么从飞机上扔飞镖弹的。"

"请注意这个来自南太平洋的木制掷棍器。长棍安在这个承窝中,投掷器就像手臂上一个额外的关节。因纽特人用类似的结构制作鱼叉。这里我们有几个巴塔哥尼亚[①]人的球索,皮条将三个球分别连到一块。它们通常用来缠住猎物。"

我朝前看向下一个橱柜。"这些剑似乎年代更近些。"

"它们是西太平洋岛屿居民的仪仗用剑,"塞克斯顿解释

---

① 巴塔哥尼亚一般指南美洲安第斯山脉以东,科罗拉多河以南的地区,主要位于阿根廷境内,小部分属于智利。——译者注

说，"注意这个木棒。它的侧面绑着鲨鱼的牙齿，很致命的。我有时用它来杀死受伤的鹿。这是用椰子纤维制成的盾，来自同一个地区。"要不是他妻子打断他，他可能还会再讲半个小时。罗丝玛丽说："珍妮弗来了！"透过窗户，我看到一个二十多岁的年轻女子正推着一辆自行车走进侧院。"来吧，"塞克斯顿夫人催促我们，"我想让你们见见我妹妹。"

我们一起走到外面，她妹妹已经把自行车放进了一个废弃的鸡舍里，她把我们介绍给她妹妹："珍妮弗，这是哈里和多丽丝，还有他们的儿子萨姆·霍桑医生，从镇上来的。他俩本周是来看他的，哈里是莱德的朋友。"

珍妮弗似乎很高兴见到我们。"罗丝玛丽坚持要我来和他们一起住一个月，但我真的很喜欢周围有人的热闹感觉。在纽约生活后，我太像个城市女孩了，我想是这样的。"

"你看起来很会骑自行车啊。"我说。

"莱德说我不能在树林里的小路上骑。他怕猎人把我误当成一只鹿。"她噘着嘴说话的样子十分可爱，"你会把我当成鹿吗？"她问我。

"可能会。"我承认道。

就在我们想离开的时候，邻近农场的吉姆·弗里曼来了，我们只能晚点再走了。他是从地里走过来的，看到他，我总是想到摔跤手，而不是农场主，因为他是个笨重的大块头。"天气预报说今晚可能有一场小雪，"他告诉莱德·塞克斯顿，"你要把水管接到你的狩猎小屋，让水流动，这样你的水才不会结冰。"

塞克斯顿点点头。"我想是应该这样做。"他转向我父亲解释道，"我的小屋里有一箱水，当生活必需品备用的，煮咖啡、调饮料、洗碗甚至冲厕所都很方便。"

"跟在家一样舒适。"母亲不无冷淡地说。她向来不太喜欢打猎，记得在我年轻时，她曾因为父亲在周日下午带我去打野鸡而跟他纠缠。

莱德·塞克斯顿存有一百码①长的软管，缠绕在畜棚后面的一个绞盘上，在我们走向他的狩猎小屋时，他始终拖着水管的一端。"我要让你们看看明早我们要去的地方，"他说，"我要让水慢慢流一夜，这样我的水箱才不会结冰。"

他转向他的邻居。"明天早上我们有六个人了，吉姆。哈里和萨姆也要来，我想也应该邀请伦斯警长。"

"很好。"

我们从两棵橡树之间大步走过，又翻过一个小丘顶。在我们下方大约五十码远的地方有一个简陋的棚屋，屋墙用粗糙的木板围成，屋顶则用树枝覆盖，在早晨阳光的照射下，静悄悄地立在池塘边。塞克斯顿猛拉了一下水管，拖着它走过低矮的草丛向山下走去。它比花园里浇水用的水管粗不了多少，但很多农场主会一次购买几百码，用于浇地。

走进狩猎小屋，里面比一开始看起来时要宽敞，空间足够让我们所有人轻松地待在里面。罗丝玛丽·塞克斯顿和她的妹妹珍妮弗也跟着来了，加上塞克斯顿、弗里曼、我的父母和我，一共七个人。屋顶很低，但高过每个人的头顶。我可以站立行走，不至于要弯腰。屋里有火盆、简陋的椅子和一张桌子，以及枪架，甚至还有一个存放食物和饮料的小冰箱。一个装满水的金属水箱被固定在一个贴着墙的架子上。塞克斯顿将他的水管末端放入其中。

---

① 英美制长度单位，1码约合0.91米。——编者注

"它差不多有一个水缸大小，能装三十加仑①水，"他向我父亲解释说，"软管从上面放进去。返回时我会启动水泵，把水龙头调成小流模式，让它刚好能流一整晚。排水管会把多余的水排进池塘。"

"墙上有好几个洞。"我说。

"那是射击孔，萨姆。"父亲很快解释道。"对吧，莱德？"

"确实是！明天早上，我们中有几个人会在这里等待，其他人则会把鹿赶过来。然后我们通过这些射击孔射击，就可以在它们穿过那片空地时逮住它们。"

"我觉得不错。"父亲热情地说。

"可能是吧。"母亲嘟囔道。

珍妮弗轻轻地哼了一声。"罗丝玛丽，看来你和我要煮鹿肉了。"

塞克斯顿的妻子哼了一声。"他们还没有杀死它们呢。我押鹿赢。"

我们走回山上，看着塞克斯顿打开水泵，调节水的流量，让水通过水管流到简陋的狩猎小屋。然后，弗里曼穿过田野走向自己的农场，我则把父母带回到车上。"七点！"莱德·塞克斯顿在我们身后喊道。

那天晚上吃晚饭时，我母亲承认莱德和他的妻子看起来还不错。"对猎鹿人来说。"她补充道。

父亲笑了。"多丽丝，我不认为他妻子会打猎。不能一概而论，她跟他不同。"

"我得去趟诊所，"我告诉他们，"以防阿普丽尔给我留了

---

① 英美计量体积或容积的单位。1英加仑约合4.55升；1美加仑约合3.79升。——编者注

字条。"

"你去吧。"妈妈开始收拾杯盘,"我和你爸爸最好早点上床睡觉,明天我们就要和鸡一起起床了。"

"在鸡打鸣之前,多丽丝。"父亲纠正道。

我开车到诊所,果真找到一个字条,说的事还挺重要。我的一个病人在农场受伤住院,我得开车去清教徒纪念医院看看他的情况。正要离开时,我碰到了比尔·特雷西。比尔总是穿戴整齐,衣领笔挺,这让他看起来更像是镇上的银行老板,而不是房地产商。我以前不知道他也打猎,但既然明天要见面,我必须跟他说一说这件事。

"萨姆,在打猎这事上,我跟你一样是个外行。你为什么要去那儿?"他反问道。

"我父母来看我,我爸爸和塞克斯顿认识。他邀请我们一起去。我们今早去那里转着看了一圈。那是很不错的一个地方。"

"他小姨子还在吗?"

"珍妮弗?是的,她还在。可爱的女孩。"

比尔·特雷西把一根手指滑到笔挺的衣领下面。"上周的一个下午,我开车经过弗里曼的农场,我想我远远地看到了她。不过我不确定,那也可能是塞克斯顿夫人。她们看起来有点像。"

"不是太像。也许是弗里曼的一个女儿。"

"不,我认出了珍妮弗骑的那辆自行车,就停在房子旁边。"他向我眨了眨眼,"她曾经告诉我她厌倦了乡村生活。"

"她今天也有所暗示。"我承认。

"好吧,明早见,萨姆。睁大你的眼睛,你可能会发现比鹿更有趣的东西。"

回到家时,我还在想他说的这话,但我发现母亲坐在窗边,手里拿着一杯热巧克力。"我需要放松一下才能睡得着。"她告诉我，"但你爸爸不需要。他已经在里面打呼噜了。"

"妈妈，他身体怎么样？"我问道，在她身边的沙发上坐了下来。

"就他的年龄来说，我想已经够好的了。上个月他因为心悸去看了医生。萨姆，明天打猎时多留意他。"

"当然。"

她呷了一口热巧克力，叹了口气。"我向来不喜欢他打猎。也不喜欢你打猎！"

"我有将近二十年没有打猎了，自从上次和他一起打猎后就没有过了。我明天要去，因为我认为他希望我去。"

"他还是喜欢把你当成他的小男孩，萨姆。"

"我想我永远都是。也是你的。"

"不，不。"她摇了摇头，"你现在是个男人了。你应该结婚，成家。"

"我知道，妈妈。"

"去年圣诞节你写信告诉我那场婚礼时，有那么一会儿我还以为那是你的婚礼呢。"

"是伦斯警长结婚。他比我大很多。"

"别让时光悄悄从你身边溜走，萨姆。不要把所有的时间都花在治病救人和当侦探上，然后某天早上一觉醒来却发现自己已经是个没人爱的老头了。"

"哈哈，"我笑了，"这事到这一步就太严重了！好吧，我们都该上床睡觉了。我把闹钟定在五点半了。"

"好吧，"她同意了，并在我脸上亲了一下，"好好想想我说的话。"

随后，我躺了下来，但睡不着。听着隔壁房间的鼾声，我想知道是否有人这样爱过母亲。

我一夜无梦。清晨，闹铃把我从沉睡中唤醒，我向窗外望去，看到外面的地上覆盖了一层薄薄的雪。天还是黑的，我听到父母在浴室里来回走动和穿衣服的动静。

"早上好，"我朝着他们喊道，"一夜之间下了半英寸①左右的雪！"

"这天气非常适合猎鹿！"父亲回道。

"那倒是！我给大家准备早餐。"

一小时后，我们驱车前往塞克斯顿家，路上几乎空无一人。只有几条车辙撕开了覆盖在地上的白雪，当拐进塞克斯顿家的车道时，我意识到其中一组车辙是伦斯警长留下的，他比我们先到了。太阳升起来了，警长站在他的车旁，正和塞克斯顿、吉姆·弗里曼聊天，他的身边放着一支猎鹿步枪。

"积雪铺地不是很棒吗？"在向我们打过招呼后，莱德·塞克斯顿突然大声说道，"鹿是不会有机会逃跑的！"

珍妮弗从别墅里出来，带着为大家包好的三明治。罗丝玛丽·塞克斯顿在她身后匆匆走出来，迎接我的母亲。"进屋吧，里面暖和，也会让人感到安全。"

另一辆车停在我的斯图兹后面的车道上，比尔·特雷西钻了出来，手里拿着一个别致的皮箱，里面装着他的步枪。"早上好，各位！"

我把他介绍给我的父母，他接受了珍妮弗送来的一个三明治。然后，塞克斯顿开始发号施令。"你们以池塘和狩猎小屋为中心，呈半圆状分散开，彼此拉开距离，这样就可以覆盖更大的

---

① 英美制长度单位，1英寸合2.54厘米。——编者注

012

区域，然后向小屋聚集，把鹿赶到那边去。萨姆，你和我一起待在小屋里怎么样？"

我想起了昨晚答应母亲要留意父亲的事。"如果对你来说都一样的话，我宁愿在外面的野地里。"

莱德·塞克斯顿耸了耸肩。"那好。我一个人留守，像在打靶场一样一个一个把它们干掉。反正五个人会形成一个更大的圈子。"

我们踏着浅浅的积雪回到泵房，塞克斯顿关掉了前天晚上一直开着的水龙头。"吉姆，待在这儿，等我把水管从水箱里拿出来后，你就帮我把它盘起来。我不希望有人被它绊倒，破坏一次好的射击机会。"

弗里曼留下，其他人朝小屋走去。珍妮弗只在毛衣外面穿了一件薄夹克，下身则是男式工装裤，她和塞克斯顿走在最前面。"你也打猎吗？"我朝着她大声问道。

"我倒是希望他们让我去！"

我跟伦斯警长一块走，比尔·特雷西和我父亲走在最后。"你妻子还好吗，警长？"

"很好，医生。不过，我最好带些肉回家，这样在餐桌上也好有个交代，否则，整整一天不见人影，她才不会原谅我呢！"

"该死，"塞克斯顿在前面嘟囔着，"要是脑袋不在我脖子上，我连脑袋都会忘记！"他对珍妮弗小声交代了几句，然后在能俯瞰狩猎小屋的小丘顶上停了下来。"还有，珍妮弗，在回去的路上告诉吉姆，我一发出信号就开始收水管。"

"好的。"她说着，开始往回走。

"我喜欢你的靴子。"我告诉塞克斯顿，欣赏着他新靴子闪亮的光泽。

"在纽约买的。看看靴底的花纹！"他亮出靴子底给我看，然后他第一次注意到我的步枪，那是一把用了很多年的老式温彻斯特步枪。"如果你不介意我这么说的话，萨姆，这枪不太适合猎鹿。如果你喜欢，我别墅里还有一把备用的。"

"不，不用了，对我来说，它很好用。花式射击就留给我父亲吧。"

"好吧，既然你这么说。"他转向我父亲、比尔·特雷西和警长。"瞧，这个小丘正好挡住房子，让它免受流弹击中，但即便如此，我们还是不要朝那个方向开枪。步枪子弹射程很远，我可不想打碎窗户，或打死妻子。"最后他咯咯地轻笑起来，表示这只是个玩笑。然后我们在丘顶上等着，看着他穿过洁白的雪地向小屋走去。他右手拿着步枪，左手拿着珍妮弗的三明治，跨过水管，进了门。

透过小屋墙上的几个枪眼，我可以看到他正把水管从水箱里抽出来，扔到门口。"收吧！"他喊道。我把这话转告给在泵房的吉姆·弗里曼。弗里曼开始转动绞盘，往回收水管，水管在雪地上蜿蜒后退。

当塞克斯顿看到弗里曼与我们会合时，他喊道："现在你们开始围大圈吧！注意鹿蹄印，把它们赶到这边。我会准备好的，也会把咖啡煮好！"

我们穿过田野，特雷西和弗里曼往东走，警长、父亲和我则朝相反的方向分散开。我设法让父亲留在我的视线内，当他发现鹿蹄印时，我就跑过去查看。

"没错，是鹿。"我同意道，"看样子还挺大的。"我在他身边艰难地走着，懒得再回到我原来的位置。我和父亲现在一起走在小路上，就像我年轻时我们一起打猎的样子一样。

父亲肯定也是这么想的。"昨日重现，对不对？"

"确实如此，爸爸。"

"你妈妈告诉你我心脏的事了？"

"她说你有些麻烦。你在吃药吗？"

"当然，当然。我要活到一百岁呢。毕竟我儿子是医生，是吧？"

"我只希望住得离你更近一些。你觉得搬到东部如何？"

"新英格兰吗？不可能！我们是中西部人。你也是，曾经是。"

"我知道。但现在我很难回去了。"

"我不懂。你觉得在这里生活更好吗？"

"我喜欢这里。"

"你喜欢给塞克斯顿这样的人看病吗？有钱人？"

"他不是我的病人。记住，他是你的朋友。"

"你妈妈认为他妻子不开心。"

"为什么这么说？"我一边问，一边在前面带路，穿过树林，这样，我们就可以紧跟要追踪的鹿。

"哦，罗丝玛丽·塞克斯顿对于打猎一事颇有微词，还说她的整个生活似乎都是围绕着丈夫的突发奇想在转。多丽丝听出来她有点怨恨。"

"可是诺斯蒙特镇的多数女人都愿意和她交换生活。"

我们在雪地里发现了新鲜的鹿粪，父亲示意我不要出声。"安静，"他低声说，"我们离它不远了。"

我们走出树林，绕过一片灌木丛，我看到伦斯警长在我们左侧。他挥手示意，指向前方，但我们什么也没有看见。突然，在我们前方两百码的地方，一只鹿从藏身处冲了出来，大致朝塞克斯顿的小屋方向跑去了。

"看它那对鹿角！"我父亲低声说道，"可能有十二个分叉！"

鹿开始转向我们，伦斯警长举起他的步枪，准备来一次快射。但距离太远了，很有可能打不准，想必他意识到了这一点，等鹿再次改变方向时，他放下了武器。

"我们这儿是上风口，"父亲说，"它可能闻到我们的气味了。"

"如果特雷西和弗里曼到位了，我们就把它围住了。它只能从小屋旁边跑过了，塞克斯顿不会放过它的。"

我们急忙小跑起来，去追那只正在逃跑的鹿。不一会儿，我们看到了池塘，接着便是小屋。弗里曼正从另一边翻过小山走来，过了一会儿，比尔·特雷西也背对着小屋出现了。两个人都看到了鹿，并举起了枪。

"他们怎么不开枪？"伦斯警长心中纳闷，小跑着来到我们这边。

"这鹿离小屋很近了，塞克斯顿轻而易举就能杀死它。"我父亲说。塞克斯顿已经准备好了自己的步枪，但鹿，迅速穿过空地，仍在不断地向前直跑，甚至到在离小屋不到二十码的地方也没有停下。

没有枪声。

然后，在所有人意识到发生了什么之前，这只大鹿跑过了池塘边的浅水区，来到弗里曼的侧翼。农场主转过身，单膝跪地，迅速开了一枪。我们看到子弹不但偏离了鹿的逃跑路线，还落在鹿的后面，落弹处水花四溅，然后，鹿就消失了，跑进了池塘那边的树林。

"到底发生了什么事？"特雷西大喊道，从小山上下来，跟我们会合。

弗里曼也匆匆走了过来。"为什么塞克斯顿没射杀它？"

"我不知道。"父亲回答道。我也不知道。我们都站在那里，朝下看着狩猎小屋。地上只有莱德·塞克斯顿的脚印，但一缕轻烟冒了出来，表明他已经开始生火煮咖啡了。

父亲开始踩着雪走下去，顺着鹿蹄印走向小屋，直到小屋边鹿蹄印拐弯远去，他才转身进了门。

父亲立刻冲到了屋外，对我喊道："快来，萨姆，出事了！我想他被杀了！"

我提醒其他人待在原地，然后进去查看。莱德·塞克斯顿四肢伸展，脸朝下趴着，后脑勺鲜血淋漓，倒在小屋中央靠近桌子的位置。附近的地上扔着鲨鱼牙棒，这正是他收藏的原始武器之一。

"他确实死了。"我确认道，"那东西可能在一瞬间就杀死了他。"

"但是谁干的，萨姆？"父亲问。

我走到门口，招呼伦斯警长。"我需要你，警长，但走路要小心。我们不能破坏任何的脚印。"

"除了莱德自己的，哪里还有什么脚印，医生。我围着小木屋找了一圈，厕所也是空的。"

我向池塘那边望去，证实了警长说的话。小屋靠近水边，但仍有十码左右的积雪隔在中间，上面没有任何痕迹。特雷西和弗里曼不再顾及我的警告，跟着我们下来了，但这已经无关紧要了。莱德·塞克斯顿的脚印是人进入小屋留下的唯一痕迹，而且没有人出去过的痕迹。杀死他的人通过遥控，用那根原始的木棒杀了他。

"得有人告诉他的妻子。"吉姆·弗里曼说，低头盯着尸体。

"会是谁干的呢？"特雷西问，"一个穿过树林的流浪汉？"

"一个没有留下脚印的流浪汉？"我问，"我们只看到了鹿蹄印。你们有人看见过其他人的脚印吗？"

他们全都摇头，没人看到过其他人的脚印。我走到外面，跪在雪地上，查看塞克斯顿留下的脚印。随后，我们一起返回别墅，伦斯警长将这个坏消息告诉了塞克斯顿的家人，其他人则严肃地站在旁边。罗丝玛丽·塞克斯顿目不转睛地看着我们，一时无法理解到底发生了什么。"死了？你说死了是什么意思？"

"我们听到一声枪响，"珍妮弗说，"是打猎出的意外吗？"

"他是头上受到击打而死的，"我说，"我们不知道是谁干的。"

罗丝玛丽·塞克斯顿突然昏倒过去。

当珍妮弗和吉姆·弗里曼帮着把她抬进房间时，我从车上取下出诊包，给她注射了一剂镇静剂。伦斯警长已经在打电话了，他指示接线员给他的手下打电话，派一辆救护车来运走尸体。

我走到别墅客厅，来到母亲身边，她脸色苍白地坐在椅子上。"出了什么事，萨姆？"她问我。

"我正在想办法弄清楚，"我回答，"告诉我，我们离开后，那两个女人有谁出过别墅吗？塞克斯顿夫人或是珍妮弗？"

"没有，"她回答道，然后马上纠正自己，"至少我认为她们没有出去。罗丝玛丽在烤晚一会儿要用的蛋糕，她有一段时间在厨房里。珍妮弗在楼上待了大约十分钟。我想，她俩都有可能在我不知道的情况下出去过。"

我捏了捏她的手，上楼去了。珍妮弗和弗里曼仍和罗丝玛丽在一起。我在别墅后面发现了另一间卧室，它面向狩猎小屋，但在别墅和小屋之间有一个高大的红色畜棚，挡住了我的视线。

"想弄清楚这是怎么做到的？"我身后的声音问道，来人是吉姆·弗里曼。

"我知道这似乎是不可能的，但他确实死了。我有一个大胆的推测，木棒可能是从这里发射出去的，类似某种迫击炮弹一样。"

弗里曼走到窗前。"这是珍妮弗的房间。你认为是她干的？"

"我不知道。我只是想验证一下我的想法。"

弗里曼点了点头。"战时，我在法国空军服役。他们真的会从飞机上向敌方士兵投掷飞镖弹。"

"我就是这个意思。飞镖弹可以从飞机上往下扔，人会被飞镖弹射伤。用迫击炮架发射木棒也不是不可能发生。"

"不过，可能性不大。"弗里曼说。

"是不可能，"我承认，"因为小屋的屋顶没有大的开口。"我想到了别的事情，"塞克斯顿夫人或她妹妹去过你家吗？"

"你为什么这么问？"

"很正常啊，因为你们是邻居。比尔·特雷西告诉我说，他上周在你那里看到过她们中的一个。"

弗里曼哼了一声。"比尔·特雷西真是一个碎嘴子的老太婆。当然，珍妮弗有一天骑车来过。为什么不能来呢？正如你说的，我们是邻居。"

"罗丝玛丽·塞克斯顿从没去过你家？"

"也不能说从没去过。可能有天晚上她和莱德一起去过，但她从没单独去过，如果你是这个意思的话。你认为我杀他是为了把他妻子搞到手？"

"我现在什么也没想，吉姆。我只是在问问题。"

"那好，问其他人吧。"他转身离开了房间。

我回到楼下，发现伦斯警长正在和两名刚到的警员商议。"他们会用闪光灯拍几张小屋的照片，然后将尸体搬走。医生，这样行吗？"

"可以。你说了算。"

我们和警员一起穿过树林，走着返回狩猎小屋。有些地方的雪已经开始融化，但莱德·塞克斯顿的那组脚印仍然清晰可见。"你知道吗，医生，"伦斯警长慢条斯理地说，"我认为只有三种方法可以做到这件事。"

我已经习惯他的这种解释方式。当伦斯警长向我提出一种可能的解决方案时，他一般都是扬扬得意的，但今天他的声音里没有这种感觉。"那么是什么，警长？"我问道。

"以某种方式隔着雪地将木棒抛出或弹射出去。"

"他被杀的时候正在小屋里，"我指出，"即使我们接受这样的说法，即在木棒被扔出去的那一瞬间他把头伸出了屋外，然后又倒向屋里，木棒也会掉到外面的雪地里。此外，木棒上的鲨鱼牙齿是造成伤害的原因。空中抛出的木棒不可能从那个角度击中他，那样的话力度也不足以杀死他。"

"看来你已经想过这一点了。"

"是的。"我承认。

"好吧，第二种可能。凶手踩着塞克斯顿的脚印走过雪地，然后又以同样的方式倒退着走出来。"

我不情愿地摇了摇头。"他的新靴子的底纹很独特。我查看过那些脚印，纹路很清晰，也没有被其他鞋印覆盖。只有塞克斯顿在雪地上走过，警长，而且只走过一次。"

伦斯警长深吸了一口气。"那么，医生，就剩下第三种可能了。在我们其他人到达小屋之前，塞克斯顿就被第一个进入小屋的人杀死了。"

"第一个进去的人是我父亲。"

"我知道。"伦斯警长说。

我们没有就此事再多说什么，而是径直穿过慢慢融化的积雪，来到警员要完成工作的小屋。尸体被放到担架上，而担架已经被适当地遮盖起来，一位警员拿出他的相机，在雪地上的脚印消失之前拍下了它们。

"我在屋里的地面上发现了这个。"另一个警员说着，向警长伸出了手。

"这是什么？一根羽毛？"

"是的。"

伦斯警长嘟囔着说："看上去很旧了，可能是上个猎鸭季留下的。"

"我看更像一根鸡毛，"警员说，"也许有人把它当箭用了。"

"只不过他不是被箭射死的。"警长嘟囔道，把羽毛插进口袋里。

当第二位警官离开，只剩下我和警长时，我说："我父亲没有杀塞克斯顿。"

"我知道你的感受，医生，换了我也会这样。我承认他似乎没有动机……"

"我父亲不可能杀了塞克斯顿。想想看吧，警长。那根木棒，那件凶器，是怎么进来的？它放在别墅的玻璃柜里，塞克斯顿没带过来。我们看见他带着步枪和三明治进了小屋，别的什么也没有看到。我已经证明他没有可能再次离开屋子，而他即使是踩着自己的脚印离开，也会把它们弄模糊。"

"见鬼，医生，凶手随身带着那根木棒。这不难理解。"

"当然，是凶手把武器带进来的。也就是说，我父亲是无辜的。如果他的外套里藏着那根长长的鲨鱼牙棒，肯定不可能跟我一起穿过树林，还当着大家的面走进这个小屋，并且不被我们注意到。"

伦斯警长显然松了口气。"当然，医生，你说得对。不可能是你父亲干的。"

"此外，如果我们来到小屋附近时塞克斯顿还活着，他就不会放过那头鹿，而他没有开枪，因为他早就死了。"

"那我们能做什么呢？"

"我不知道。"我承认。

"也许是一只鸟杀了他！这样那根羽毛就能解释得通了！或者是胳膊上绑着大翅膀的人，在雪地上滑翔过去！你觉得怎么样，医生？"

"不太可能。"我轻轻地告诉他。我们离开了小屋，开始往回走。

"但当我提到把武器藏在外套里时，我可能已经触摸到某种可能的破案线索。"我说，"凶手是怎样拿着那根木棒走近塞克斯顿的？为什么他没有及时意识到自己将要大难临头而反抗呢？"

"它以某种方式隐藏起来了。"

我打了个响指。"在步枪盒里！"

"就像比尔·特雷西那种的！"

我们发现特雷西正把枪和枪盒放进车里。伦斯警长回去取来那根木棒，我们试着把它装进枪盒里，但没有成功。由于里面装着步枪，木棒根本装不下，即使没有步枪，木棒也会让枪盒形成一个怪异的凸起。

"我甚至都没有把盒子带到狩猎场！"特雷西坚持道，"我只拿了枪！如果你们这帮家伙想把这事赖到我的头上，那准是疯了！"

"我们并没有想归罪于你，比尔。"我坚持道。

特雷西钻进了他的汽车。"还有什么问题的话，你们知道到哪里来找我。"

在特雷西开车离开时，我母亲走出了别墅。"萨姆，这件事让你爸爸很不舒服。我觉得我们应该尽快离开。"

"当然。"我同意，"只是要等我跟警长谈完。"

伦斯警长已经进屋，过了一会儿，他又到了外面。"除了那根木棒，橱柜里的武器都没少。但我又想到了一个主意，萨姆。假设有人用冰球做了一个南美球索呢？有人从门口把它扔进小屋里，缠在他的脖子上，击碎了他的头骨。然后，火的热量融化了冰球。"

"那绳子呢，警长？它也融化了吗？现场也没有冰融化后留下的水迹。那致命的鲨鱼牙棒留下的牙印呢？你怎么解释它们？"但火让我想到了咖啡，这又让我想起了别的事情。"水箱！"

"嗯?"

"跟我来,警长!路上跟你解释。"我跳跃着跑过泵房和畜棚,爬上通往小屋的小丘,他则匆忙地跟在我后面。"你还不明白吗?凶手从未走过雪地,因为他一直藏在那里,从下雪前就开始了!如果那个金属水箱能装三十加仑水,那它就能装下一个小个子的成人。他杀了塞克斯顿,然后回到藏身处,直到安全了才逃走。"

现在,我们快到小屋了,伦斯警长被我的热情感染了。"他还在那里吗?"

"也许没有,但空水箱是我们需要的全部证据。凶手必须把水倒进下水道才能藏进去,而且事后他不可能再加满水,因为通往泵房的软管已经断开,并被卷了起来。"

我这辈子很少对什么事如此有把握。我走进小屋,掀开水箱的盖子,把手伸进去。

里面装满了水,几乎到箱口的边缘。

伦斯警长试图安慰我。"听着,医生,他可能仍旧藏身水箱,等事情结束后再加满水。"

"没有水管。"

"也许是池塘里的水。"

"从这里到池塘之间的雪没被动过。"我提醒警长。为了让我们都确信无疑,我从水箱里放了一些水。那是清澈的井水,不是半死不活的塘水。

回到别墅,我开始感到沮丧,就像伦斯警长提到我父亲可能牵涉其中时的心情一样。这个罪案必须要有一个答案,但我清楚地知道,案子悬而未决的时间越长,破案的可能性就越小。其中一名嫌疑人特雷西已经回家了。

罗丝玛丽·塞克斯顿似乎恢复了一些，回到了楼下。她脸色苍白，说话仍然有点慢，也许是我给她注射了镇静剂的缘故。"请告诉我是怎么回事。"她平静地说。

"我们不知道，"我承认，"他可能是被一个睡在小屋里的流浪汉杀死的。"

她挥了挥手，否定了这个说法。"吉姆·弗里曼告诉我，塞克斯顿是被自己的武器藏品中的一根木棒击中头部而死的。那凶手就不是流浪汉了。"

恰在此时，我父亲走进房间，听到了这段对话的尾声。"你是说你认为是他认识的人杀了他？我真不敢相信。"

"我们现在还一无所知。"我疲惫地说道。

"他是我的朋友。我会尽我所能找到杀害他的凶手。"

我母亲插话道："我认为我们能做的最好的事情就是回镇上去，哈里。萨姆会带我们走。"

她是对的。该走了。但我还是无法释怀。我说："我想看看那个武器橱柜。"

警长说："我已经检查过了，医生。"

但我还是去了那个摆有高大玻璃门橱柜的书房。珍妮弗跟着我到了那里，我问："他把这些钥匙放在哪儿了？"

"它们是开着的，从没上过锁。"

我站在那里，盯着橱柜里的空位，那里本是放那根太平洋群岛鲨鱼牙棒的地方，我不禁想起了莱德·塞克斯顿将它展示给我们看时说的那些话。有人拿了那根木棒，插上鸟的翅膀，越过没有留下痕迹的雪地把他杀死了。

我盯着玻璃看，看到自己和旁边的珍妮弗的影子。"我们出去走走吧。"我说。

“太阳又被云遮住了。天越来越冷了。”她说着，打开了门。

我扶着她走下后门台阶，朝外面的附属建筑走去。“也许今晚还会下雪。”

“我感到很无助。”她说。

“我们都一样。直到刚才看着那个玻璃柜，我才意识到我是多么地无助。我突然知道是谁杀了莱德·塞克斯顿，但我没有能说服陪审团的证据。”

“那个柜子告诉你的？”

我点了点头。“我想起了塞克斯顿给我们看那根木棒时说的话。他说它对在狩猎场杀死受伤的鹿很有用。他用它来做那事，不是吗？今天早上他说忘记了什么，他指的应该是那根木棒。他叫人去拿，并带到小屋交给他。”

她疑惑地看着我。

“他是让你去拿，珍妮弗。你和他一起走，我听到他对你嘀咕了几句。然后你回到别墅，为他取了木棒。那时我们其他人都跑到田野和树林里去了，再也没人看到你回去。看到你拿着那武器并没有吓到塞克斯顿，因为是他让你带来的。他甚至背对着你，给了你一个完美的下手机会。有了那些鲨鱼牙齿，你不需要太用力就能杀死他。”

“你说这事是我干的？”

“只可能是你，珍妮弗。我想你这么做是为了钱，让你姐姐继承他的财产，而那也会是你的财产。”

“没有的事。”

“有的，珍妮弗。我妈妈告诉我你在楼上待了大约十分钟，时间足够长了。”

"我怎么穿过雪地的？那里可没有我的足迹。"

我们到达小丘顶，站在那里凝视下面的狩猎小屋，在秋色映衬下，它显得很是宁静。雪还没融化完，我们仍然可以看到莱德·塞克斯顿的脚印。

"哦，但其实留下了痕迹的，"我说，"现在仍有痕迹，正召唤我们去看它们呢。就像切斯特顿笔下的邮递员一样，它们显而易见，却总是被人视而不见。当然，我指的是从泵房到小屋的浇水软管留下的痕迹。昨晚落在水管上的雪有半英寸厚，今天早上卷起时，它留下了一块没被雪覆盖的地面，穿过地面，直达小屋门口。"

"你疯了！那水管只有一英寸半宽！即使我踮起脚，用脚指头走路，也不能顺着它走而不留下痕迹！"

一阵冷风吹来，我竖起了我的夹克领子。"你没用脚指头走路，珍妮弗。"我平静地说，"你骑了自行车。"

我以为她会像困兽一样狂怒，结果没有。她只是闭上眼睛，身体微微摇晃了一下。我伸出一只手扶住她。

"你给我讲过，他不喜欢你在狩猎季节骑车钻树林子，"我继续说，"显然你以前做过这种事。沿着水管留下的狭窄痕迹骑车并不难，即使你确实偏离过水管印痕一两次也不要紧，因为水管在被拖回时也能留下类似的痕迹。当然，你把自行车从鸡舍搬到了泵房，也就是水管开始留下印痕的地方，因此，它在畜棚的院子里没有留下车辙。骑车时，你可能把木棒夹在了胳膊下，回来时则沿着相同的轨迹。只要你在水管印痕里骑，雪中就不会留下自行车的车辙。你没有留下任何线索，除了一根旧鸡毛，那肯定是你的自行车放在鸡舍时粘上的。当我想起昨天你把自行车放在那里时，那根鸡毛就成了我需要的全部证据了。"

"不是钱的问题。"她终于开口了，"跟钱无关。他对我姐姐太残忍了。你一定注意到了她有多不开心。有时他喝醉了甚至会打她。她不愿意离开他，所以，我帮了她一个我能做到的最大的忙。我杀了他。"

"你会把这话告诉警长吗？如果你不说，我也会说的。"

我们返回别墅，在珍妮弗和伦斯警长谈话时，我和我父母一起离开了。在去镇子的路上，我们看到了那只长着十二个分叉鹿角的雄鹿在树林边奔跑。我父亲想让我停下车，那样他就能对它射击了，但我继续开，没有停。

"这是我爸妈最后一次来诺斯蒙特镇看我。"萨姆·霍桑医生最后说道，"他们说城市生活安全得多。看这儿，瓶子空了。下次你来时，我会新开一瓶，到时我要给你讲的是伦斯警长独自破解一个谜案的故事。"

02

干草堆里的尸体

"这次我答应给你讲讲伦斯警长自己破案的故事。"萨姆·霍桑医生一边说着，一边拿起新开的白兰地倒满酒杯，然后在他最喜欢的椅子上坐了下来。"哦，我也破解了那个案子，但他比我破解得更快。不过，我的那部分故事得先讲。这一切发生时诺斯蒙特镇处于一个特别太平的阶段。我们这里已经八个月没有发生谋杀或严重犯罪了……"

那是一九三一年七月，大萧条席卷全国，但对我们的小镇来说，那年夏天平静到几乎让人提不起精神来。最让人兴奋的事情是当地出现了一只黑熊，它似乎在荷兰森林里定居下来，并捕食农场主们的牲畜。当时，诺斯蒙特镇有了自己的兽医，名叫鲍勃·威瑟斯，比我小几岁，是一个讨人喜欢的小伙子。有些动物被黑熊袭击后幸存下来，他一直忙着为它们处理伤口，并帮助其他动物摆脱痛苦。

一天，我去清教徒纪念医院给我的两个病人做检查，一个病人刚生了一对双胞胎，另外一个病人刚做了一个小手术。那天下午炎热且潮湿，在我们那儿，这种天气经常是夏季雷雨的先兆。我驱车沿着科布山路返回时，看到农场主家都在用篷布盖他们的干草堆，防止突然而至的倾盆大雨淋湿干草。对此，我并不感到惊讶。

我认出了费利克斯·贝尼特又高又瘦的身影，他正在往地上打桩，以便固定一块篷布。我把斯图兹停在路边，跟他说话。费利克斯有六英尺高，皮肤白皙，在地里干活时常戴一顶宽边草帽以防晒黑。我曾经告诉他，他必须移动，否则远处的人会误以为他是一个稻草人。他天性沉默寡言，通常我只能从他那里得到一个微笑或者寥寥数语。自从我来到诺斯蒙特镇，他就一直在耕种自己的土地。他的农场超过三百英亩，是本县最大的农场之一。

"盖住干草，保持干燥，费利克斯？"我向他打招呼，然后跳过一条小沟，走到他那里。

"我是这么想的。"他放下大锤，在工装裤的前面擦了擦满是汗水的手掌，回答道。

"最近看到过黑熊吗？"

他吐出一团嚼烟，把那顶大草帽摘了下来，擦了擦额头后又戴上。他的回答总是很缓慢，仿佛他的话要经过某种内在机制的过滤。"很多次了。它昨晚杀了我一头猪。威瑟斯医生现在正在我家里忙活呢。"

"很遗憾听到这个消息。"午后的阳光很刺眼，我眯起眼睛向远处望去，看到兽医的马车停在贝尼特家的农舍附近。"也许我应该顺路和鲍勃打个招呼。"

"告诉萨拉我一会儿就回家。这里完事后还有一个干草堆要盖，在房子附近。我稍后再盖那个。"对他来说，这番话已经很长了，随后他又陷入了沉默，朝手上啐了一口唾沫，举起大锤，继续在草垛底部打木桩。我看了一会儿，然后走回车旁。

到了贝尼特家的农舍，我把车停在他家的私人车道上，前面是鲍勃·威瑟斯的马车，他的马车满载兽医设备。我的到来让马受惊，它紧张地腾跳起来。房子的纱门没关，我敲门没人应，就径直走进屋去。作为乡村医生，我已经习惯在这种情况下这样做了。进屋之后，我第一眼看到的是萨拉·贝尼特和一个人在沙发上扭缠在一起，到了这时，我想退出去再进来已经太晚了。

鲍勃·威瑟斯迅速站了起来，整理了一下衣服，一脸尴尬。"你好，萨姆。我没听到你进来。"

"我敲门了。"我向他们保证。

萨拉·贝尼特比她丈夫年轻不少，但比威瑟斯大了十岁左右。她站起来，拨开眼睛上柔软的棕发，跟没事人一样说道："我能为你做些什么，医生？"

"我刚才在路上和费利克斯聊天，他告诉我鲍勃在这里。昨晚你家又被黑熊袭击了？"

"黑熊杀死了一头猪，还抓伤了一头猪，"她回答，"威瑟斯医生刚刚治疗完。"

威瑟斯领我向门口走去，似乎急于把我支开。"萨姆，我们得做点什么来阻止那只黑熊，否则，总有一天它会咬死人的。伦斯警长就不能召集一帮人捕杀它吗？"

我们走出门廊，来到满是尘土的车道上。鲍勃·威瑟斯比我矮一点，但他的腿倒腾得快，促使我离开了房子。有那么一会儿，我担心他会对我目睹的那一幕解释一番，于是我不停地谈论那只黑熊，希望以此阻止他。"警长可以在狩猎季节猎鹿，但很难想象他会去追一只熊，"我说，"它是径直跑进猪圈的吗？"

"当然了，来吧，我带你去看看。"

猪圈就在畜棚旁边，离房子大约一百英尺①。走近它时，我看到了栅栏被推倒的地方。"可能今晚还会回来，"威瑟斯评论道，"因为它知道这里有食物。"

"这值得给警长打个电话。"我承认道，"也许我会用屋里的电话。"

当我转身时，他开始想说别的事情。"萨姆，我……"

"什么，鲍勃？"

"没什么。你最好打电话给警长。"他走过去查看受伤的猪情况怎么样了。

我重新进入屋里后，萨拉在厨房里喊道："鲍勃。"

"不是，贝尼特太太，是霍桑医生。我能用你的电话给伦斯警长打个电话吗？"

她走进客厅，吓得脸都白了。"这是什么意思？费利克斯没有……"

"只是黑熊的事，"我连忙向她保证。"鲍勃认为它今晚会再来，也许警长可以给它设个陷阱。"

"哦！行啊。电话就在这边。"

我摇起电话，把警长的号码报给了接线员。当电话接通时，我给他讲了黑熊的情况。"我想今晚我可以出面帮贝尼特一把，"他同意了，"黑熊的事有点超出我的职责范围了，不过人们对此大惊小怪，而且再过几个月就要选举了。"

我笑着说："你站在黑熊的尸体旁边，一只脚踩着它，岂不是一张很棒的竞选海报，就像泰迪·罗斯福那样②？"

"是啊，"他说，对这个想法很感兴趣，"告诉他们我晚饭

---

① 英美制长度单位，1英尺约合0.30米。——编者注
② 罗斯福总统因不忍射杀小黑熊，被人画成漫画，从而催生了泰迪熊这个卡通形象。——译者注

后开车去。"

我挂了电话，把他的话转述给萨拉·贝尼特听。

屋后传来一阵嘈杂声，我以为是费利克斯从地里回来了，却是哈尔·佩里，他在贝尼特家既是雇工，又是佃农。在另一边的地里，他有自己的小房子，自己耕种一部分地，也帮忙干些琐事，在播种和收获季节会帮费利克斯的忙。我一直认为他是一个神秘的人，总是独来独往，好像在躲避什么。

"你好，医生，"他向我打招呼。"有人生病了吗？"他伸手从工装裤的兜里掏出一块嚼烟。

"不，我只是顺路过来和威瑟斯医生谈谈那只熊的事。你在你那边的地里看到过它吗？"

"只在泥土里看到过脚印。如果你要是问我，它可是一只大熊，块头大，又凶狠。"佩里蹒跚地走了，到门口时，他低下黑发稀疏的脑袋，以免撞到厨房的门框。

萨拉·贝尼特一直等到他走得听不见了，忙着在抽水机旁打水，她才对我说："你刚才在这里看到的……"

"我什么也没看见，贝尼特太太。"我向她保证。

"谢谢你。"她轻声说，然后转身离开。

我来到外面时，费利克斯正好从地里回来。"你还在这儿，医生？留下来吃晚饭怎么样？"

"不了，我不想给你妻子添麻烦。"

"一点也不麻烦！也许威瑟斯医生也想留下。你们可以谈谈给马治病和给人治病的差别。"

"马有四条腿。"威瑟斯说着，走过来加入我们的谈话，"这是唯一的区别。"

"还有一个。"我说，"马不会告诉你它们哪里不舒服。"

"有时人也说不出来，或者说了你也无法理解。"鲍勃·威瑟斯回答说。

萨拉此时来到门廊，费利克斯坚持要她在餐桌旁再摆两个座位。贝尼特夫妇没有孩子，大多数时候只有他们两个人一起吃饭，再多一个人的话，就是哈尔·佩里。我觉得在这种情况下留下来有点尴尬，但威瑟斯似乎很高兴有我做伴。

我们围坐在厨房的大橡木桌旁，萨拉烤好了火腿端给我们吃。尽管我已经习惯了病人的晚餐邀请，但这是我第二次跟贝尼特夫妇共进晚餐，因此我说话时会有些紧张，这是我能想象到的。甜点是萨拉很拿手的山莓馅饼，我们刚开始吃，就听到一阵嘈杂声。一辆福特T型车驶入我的斯图兹鱼雷后面的车道，停车时轻轻地撞到了我那辆车的保险杠。

费利克斯和我走到门廊上，想看看发生了什么事。T型车的司机是一个留着浓密黑胡子的矮个子，我的车虽然没什么大碍，但他丝毫没有道歉的意思，这让我有点不高兴。事实上，他完全没有理睬我，而是只顾着跟费利克斯说话："你不记得我了，是吗？"

贝尼特僵立在门廊的顶层台阶上。"我记得你，罗森。"他说道，嘴唇几乎没有动，"什么风把你吹回来的？"

看这个人胡子下的嘴角，他在微笑，但一点开心的情绪也没有表现出来。"我刚出狱，费利克斯。漫长的九年。还记得我跟你说过我一出来就会来找你吗？"

"从我的地界里滚蛋，罗森！"费利克斯·贝尼特平静地说。

"哦，又来了，我再也不怕你了！"

贝尼特转头喊道："哈尔，快出来！"哈尔·佩里推开纱门，走到我们身边和我们一起站在门廊上。佩里身材高大，似乎能把罗森撕成两半，但他并没有做出任何威胁的举动。罗森继续微笑着。"这是你最新的保镖，费利克斯？他住在我的房子里吗？"

"我再说一遍，从我的地界里滚蛋。"

"你听到他说的了。"哈尔·佩里说。

罗森似乎在犹豫下一步该怎么做，最后他决定退缩。"好吧，但你还没听我说完呢，费利克斯。下次我会在你一个人的时候找你。很快。"说完，他驾车离去。

"这是怎么回事？"回到桌边时，我问贝尼特。

"我想那是在你来诺斯蒙特镇之前的事，医生。"费利克斯说着，坐了下来，塞好餐巾。"我一直设法帮助别人，比如给有犯罪前科的人一次过正常生活的机会。杰克·罗森就是我帮助过的人。他曾经住在后面的小房子里，就是哈尔现在住的那栋。他有一小块地可以耕种，还会帮我干些零活。他在一次打斗中误杀了前雇主，故因过失杀人罪被判二十年。那时他正在假释期。他被放出狱时，还剩九年刑期。有一段时间一切正常，但有天晚上他喝醉了，去追萨拉。我不知道他有什么企图，但在那之后，我不敢再冒险了。我向他的假释官告发了他，然后他就被送回监狱服刑了。他发誓一出来就会来找我。"

"我没想到我们还能再见到他，"萨拉说，"他记仇的时间还真是很长。"她盯着自己的盘子，不敢直视我们的眼睛。

"他不会回来了，"佩里说，"我知道他是什么人。"我第一次意识到佩里可能也是有前科的人。

"我希望你是对的，"贝尼特说，"他就是个会惹麻烦的人。"

鲍勃·威瑟斯瞥了一眼厨房的窗外。"伦斯警长来了。或许你最好把这事告诉他。"

警长果然如约而至，把他的车停在我的车后面。进来时，他的一只胳膊下夹着一支步枪。"我来了。"他宣布，"都准备好了吧。"

我们沉默了一会儿，然后萨拉·贝尼特开口道："我们这里又遇到了别的麻烦，警长。我丈夫受到了威胁。"她把罗森来访的事告诉了他。

伦斯警长在诺斯蒙特镇的时间比我长，他当然还记得此前杰克·罗森惹的麻烦。"我们曾把他送回监狱，如果他再找事，我们可以把他再送回去。"他接过萨拉的山莓馅饼，津津有味地吃了起来。随后，除了萨拉和鲍勃，我们一起走到了外面。

费利克斯·贝尼特试图淡化杰克·罗森的来访，他对黑熊的问题更感兴趣。"你打算今晚在这里住下，帮我们抓住它吗，警长？"

"当然。"

"我打算这样做。你在后门廊，视野好，从猪圈一直到最近的干草堆都能看到；哈尔在他的房子里，守住地的另一头；我在畜棚。如果黑熊回来，我们就交替开火，一定能干掉它。"

"但要确保你们不会互相射击才行。"我警告道。

当时已近黄昏，太阳低悬在西边的天空，渐渐消失在一团乌云后面，这使贝尼特想起了还有一件事没做。"该死，哈尔，我忘了盖上最后一个干草堆。我们得马上动手，最好赶在下雨前干完。"

伦斯警长和我回到屋里，威瑟斯和萨拉正在深入交谈。这似乎是我离开的适当时机。我感谢她提供的美味晚餐，然后请警长挪一挪他的车，我好将我的车开出去。"我一会儿也要走了。"
威瑟斯说。

伦斯警长点点头。"我会把车停在马路上，空出车道。"我
们又和萨拉聊了几分钟，然后告辞离开。

当警长和我走向我们的汽车时，我看到费利克斯·贝尼特
又戴上了草帽，站在地里，把篷布固定在离房子最近的草堆上。
"再见，费利克斯！"我喊道，"祝你今晚好运！"

他挥了挥手，又接着忙活上了。车道一空出来，我就坐进车
里，把车倒出来。这时，费利克斯已经绑好篷布，正朝哈尔·佩
里在的另一端的小屋走去。

当我开车回到镇上时，天已暗了很多，并开始下起雨来。途
中我路过了杰克·罗森的福特车，它停在路边的一片高高的草丛
中。但不见罗森的踪影。

午夜时分，我躺在床上，梦见了干草堆和黑熊，这时电话
铃声把我吵醒了。对一个医生来说，在夜里听到这种声音并不稀
奇，我翻身去接电话，以为会听到我的一个病人或者我的护士阿
普丽尔告诉我什么意外的消息。

相反，我听到一个几乎无法辨认是谁的声音低声说："医
生，我是费利克斯·贝尼特。我需要帮助。"

"是黑熊吗？"我问。

"不，它……"然后，电话就挂断了。

我立刻给贝尼特家打电话，电话铃响了好几次后，伦斯警长
终于接了电话，我问贝尼特在哪里。"他在畜棚里，医生。我几
小时前看见他进去了。黑熊还没有动静。"

"可畜棚里没有电话，对不对？"

"没有。"

"贝尼特刚刚从什么地方给我打了电话，听起来他好像遇到麻烦了。"

"我去看看他怎么样了，到时再打给你，医生。"

我坐在床上等电话，担心伦斯警长会在畜棚里发现什么不好的事。五分钟后，警长打电话回来说道："贝尼特不在畜棚，萨拉说他也不在楼上。你觉得他会出什么事呢，医生？"

"不知道。我最好开车出去看看。同时跟佩里核实一下，他可能看到了什么。"

"你认为罗森回来了？"

"他没离开。我在回家的路上发现了他的车，大约在一英里①外。"

"你应该给我们打电话的。"

"我认为有你在现场，他不敢轻举妄动，警长。我很快就出发。"

雨没有持续很长时间，现在乌云消散，一轮圆月当空，使乡村散发出柔和的光芒。我喜欢在这样的夜晚开车，路上空荡荡的，视野很清晰。在接近此前我看到福特车的地方时，我试图在杂草丛中寻找它，但附近一片漆黑，已经看不到它了，如果它还在那里，想必已被开进了树林的深处。在下一个转弯处，便是贝尼特的农场。

我本以为会看到警长在屋前等我，但他还在后门廊上，一心一意地注意着黑熊。哈尔·佩里和他待在一起。我到达时，萨拉穿着浴袍来到门口。

"有费利克斯的踪影吗，萨拉？"我问道。

"没有。我很担心，萨姆医生。"

---

① 英美制长度单位，1英里合1.61千米。——编者注

"我们会找到他的。"虽然我这样说，但我的把握并没有这么大。

我进屋后便找警长和哈尔·佩里了解情况。

"自从他去畜棚后，哈尔就再也没见过他。"伦斯警长告诉我，"我想他可能听到了什么声音，就跑到树林里去追黑熊了。"

"或者是杰克·罗森。"我说。

但佩里摇了摇头。"他不会一个人去的。"

"给我讲讲我离开后发生的所有的事。"

伦斯警长耸了耸肩。"什么事也没有发生，医生。贝尼特盖好了那边的草堆……"

"那时我还在这里。我看到了。"

"……然后，快下雨时，他在地里转了转。他朝佩里的房子走去，冲佩里喊了些什么。"

"是什么？"我问佩里。

"他只是想确定我已经拿好步枪就位了。天快黑了，我们想做好对付黑熊的准备。我喊着回答他我就位了。"

"他进你屋了吗？"

"没有，他就站在五十英尺外叫我。我也没有出来，只是告诉他我准备好了。然后天开始下雨，他便朝畜棚走过去了。"

萨拉在门口听着。我转向她问道："他没有回屋，萨拉？"

她犹豫了一下才回答："没有。晚饭后我就没见过他。"

"威瑟斯待了多长时间才走？"

"就在你离开几分钟后。"

"费利克斯进入畜棚后，你们谁也没看到他干了什么吗？"

"什么也没看到。"佩里证实道。

"所以，杰克·罗森或其他人很可能在那里偷袭了他。"

"你忘了那通电话。"伦斯警长说。

这时佩里打断了我们，指着月光下的田野。"我看到有东西在动！也许是费利克斯！"

我瞪大眼睛，看到树林边缘有黑影在慢慢移动。"那边有东西。"我同意道，压低了声音。

又过了一分钟，伦斯警长低声说："我觉得是黑熊！"

它从田野的远端走过来，那种移动会让人联想到熊的笨拙动作。在那么远的地方出现一个黑影，一个从树林里出来的有生气的黑影，毫无疑问，那就是黑熊。"往猪圈去了，"佩里说，"我要设法绕过它。它一到猪圈，你就开枪，警长。如果你打不中，我就在它回到树林前再给它一枪。"

那只黑熊一路走过来，直到离畜棚大约一百英尺的地方才停下。然后，令人费解的是，它改变了方向，朝干草堆去了。"它要去哪儿？"警长想知道。

"它在干草堆里嗅来嗅去。"我说，"从这里你能击中它吗？"

"我想再靠近一点。"他小心翼翼地离开了门廊。

我担心那只黑熊会察觉到他的逼近，但那野兽现在居然在抓挠草垛上的篷布。在黑熊最终放弃它要做的事之前，伦斯警长已经逼近了一半距离。然后，他单膝跪地，迅速瞄准，开了枪。不一会儿，哈尔·佩里从果树林里开了枪。黑熊咆哮了一声，先是转向一边，然后转向另一边跑了。在这头野兽最终转向树林时，伦斯警长抓紧时间开了第二枪。黑熊跑了大概二十英尺，然后倒下，一动不动了。

"好枪法。"当我们向黑熊靠拢时，佩里对警长说。

"你打得也很准。最好对它的脑袋再来一枪，这样保险。"

佩里开了最后一枪，然后我们才靠近。那只黑熊有两三百磅①重，确实死了。"你的竞选照片有了，警长。"我说。

萨拉·贝尼特穿过田野来到我们身边。"有费利克斯的消息吗？"她问。

"没有，"伦斯警长告诉她，"如果天亮前他还没有出现，我们就派一支搜索队到树林里找他。"

但我另有想法。"你现在回屋去吧，萨拉，"我温柔地对她说，"那头死黑熊可不好看。"

当她不情愿地离开后，其余两个人转向我。"你在想什么？"佩里问道。

"干草堆。我想看看那只黑熊在篷布下面找什么。"

借着月光，我们悄悄地动手，解开固定篷布的绳子。除了干草，篷布下面似乎什么也没有，直到我让他们把它拉到一边，然后用步枪轻轻捅了捅，一具尸体出现在了靠近那堆干草顶部的位置。

死者正是费利克斯·贝尼特，横贯他胸前的一排伤口表明他是被干草叉刺死的。

这时已经快凌晨两点了，但有些事情必须要做，最难的是把这个消息告诉萨拉。她的眼泪似乎很真诚，但鉴于我之前看到的那一幕，我无法确定她是不是真心实意。"我得问你几个问题，"我说，"跟我说可能比跟警长说更容易。"

"你认为我和这件事有关？"

"不。不是直接的。"

她立刻明白了我的意思。"鲍勃！你认为是鲍勃？"

---

① 英美制质量单位，1磅合0.45千克。——编者注

"我没那么说。但你最好打电话告诉他并把他叫过来。"

伦斯警长进来时，她正在跟鲍勃通电话。"那是要干什么？"

"我觉得鲍勃·威瑟斯应该在这里。"

"威瑟斯医生？为什么？黑熊的事又不需要他处理。"

"他之前来过这里。他是嫌疑人。"

警长摇了摇头。"你知道吗，医生，这又是一桩你那该死的不可能犯罪。"

"怎么讲？"

"我们都看到了费利克斯用篷布盖干草堆，现在他却死在了里面。但是，见鬼，医生，你离开后，我一直都坐在门廊上，留意那只黑熊，甚至天黑之前就在那儿了。不可能有人杀了费利克斯，然后把他的尸体放到那个地方。该死的，他们必须解开篷布，把它全部掀开，才能把尸体弄到如此接近顶部的位置。"

"好吧，你可能中间有一小段时间去上厕所了。"

"没有，医生！"

"或者回厨房喝了点咖啡。"

"不，我没有！"

"也许你打了几分钟的盹儿。"

"我从头到尾都醒着！"他生气地回答道，"听着，你也看到了，我们三个人费很大劲才把篷布解开，从干草堆上拿下来。凶手也必须这样做，然后重新盖上。"

"还有其他几种可能性，"我指出，"从门廊这里看不到干草堆的另一边。虽然月光很亮，但毕竟是晚上。凶手可能从地的那一边把贝尼特的尸体拖过来，因为有干草堆挡在他和房子之间，他就可以从篷布的边缘下面把尸体塞进去。"

"医生，你应该很清楚，费利克斯的位置接近干草堆的顶部，那边的地让雨弄得很潮湿。当时如果有人拖着尸体走过，我们可能看不太清楚脚印，但拖拉留下的痕迹肯定会很明显。而且，哈尔可以从另一个方向看到这块地，他一定能看到有人从后面爬上干草堆。"

"那哈尔呢？"我问警长，"他是什么背景？"

萨拉·贝尼特结束了与威瑟斯的通话，及时过来，回答了我的问题。"费利克斯总是设法帮助不幸的人。他在地里留了栋小房子，就是要给那些想开始新生活有犯罪前科的人用的。杰克·罗森的表现不太好，但我劝他再试一试。哈尔已经和我们在一起快九年了，没有任何问题。"

"他是因为什么入狱的？"

"我可以向你保证，不是跟罗森那样是过失杀人，应该是盗窃或挪用公款之类的。"

"他的房子里有电话吗？"

"没有。需要时，他会来这边打。"

"这跟电话有什么关系？"警长问。

"还记得我跟你说过什么吗？费利克斯在死前给我打过电话。现在看来，它一定是从这栋房子里打出去的。"

"我当时就在后门廊上。如果如你所说，我应该能看到他。"

"也许不能，警长。他可以绕到马路上，从前面进来。"

"我当时正拿着枪坐在后门廊上，他所需要的保护我就可以提供，为什么还要费事打电话给你求救呢？"

"我不知道。"我承认道，"让我试一试。打电话需要转动摇柄，我想看看它的声音能不能传到后门廊或楼上。你们两位回到刚才待的地方吧。"

我试着转了三次电话摇柄，声音传不到楼上，也传不到隔着一层门的后门廊。电话可能是在他们不知情的情况下拨出的，但这并不能证明确实是从这栋房子里拨出的。

接下来，我打电话给医院，让他们派救护车来搬走费利克斯的尸体。我想尽快做尸检，以确定他死了多久。然后，我走到外面和哈尔·佩里谈话。"你曾经违反过法律吧。"我说。

"是的。我做过几年牢，因为从工作的地方偷了些钱。在这里，费利克斯对我很好。他真的很想看到我重新开始。"

我正想问他点别的事，这时我们听到畜棚里有动静。"来吧！"我说着跑了起来。这不是动物发出的那种声音，更像是一个人打翻了耙子和干草叉。

"我有枪！"我对着畜棚喊道，"举起手，出来！"

沉默片刻后，一个人影从阴影中走了出来。那是杰克·罗森，穿着和那天晚上早些时候一样的衣服。当他更清楚地看到我们时，他把手放了下来。"你根本就没有枪。我中了世界上最古老的圈套。"

"罗森，你回到这里做什么？"

在昏暗的光线下，他眯着眼看向我。"你是医生，对吧？嗯，我只是回来跟贝尼特算一笔旧账。"

"看来确实是你做的了。我们在干草堆里发现了他的尸体。"

"什么？我不相信。"

"是真的。"我确定地向他说，"而你是头号嫌疑人。"

"我不是来杀他的，而是想在他脸上狠狠揍几拳，谁叫他让我的假释被撤销了呢。如果我想杀他，你以为我会蠢到这样公开自己的身份吗？"

"也许你说得对。但我不知道你有多狡猾。"我转向佩里，"我们还是把他带回屋里吧。"

就在我们走到侧门廊时，有汽车前灯朝我们照来，一辆车驶入了车道。那是鲍勃·威瑟斯，这次他是开着他的帕卡德来的，而不是之前那辆装满设备的马车。

"出什么事了？"他问，"萨拉说有人杀了费利克斯。"他瞥了罗森一眼，很快认出了他。"是他干的吗？"

"我们不知道。"我回答，"凶手是如何做到的还是个问题。"

"萨拉说用的是干草叉。"

我的大脑飞快地回想着，试图确认我是否向她提到过那个明显的凶器。是的，我非常肯定我说过。"没错，"我同意道，"但尸体放在了一个干草堆上，盖在篷布下。我们不知道尸体是怎么到那里的。"

我们进到屋里，威瑟斯设法安慰萨拉。我听不清他对她说了什么，但过了一会儿，我看到她走进了食品储藏室。门没有关严，我可以看到她从架子上取下某种东西，扔进了废纸篓里。我一直等到她回来，然后设法从厨房溜到食品储藏室。我从废纸篓里捡起一个小包裹，看也没看就塞进了口袋。

当我回到客厅时，医院的救护车刚刚驶进车道。伦斯警长把救护人员领到尸体那里，对我说："天亮后，我们会搜索这个区域，拍些照片。现在什么都看不清。"

我点点头。"我想更彻底地检查一下尸体。我打算跟着救护车去医院看看。然后我会回到这里，如果有发现，到时再告诉你们。"

"我不会在这待太久。到了早上，佩里可以处理死黑熊。"他皱起眉头，看着我，"你觉得呢，医生？尸体是怎么进入干草堆的？"

"你知道我的方法，警长。"我套用了流行小说中一位侦探的话说，"你想想看。"

伦斯警长看上去很不高兴。"有什么特别的事情？你能直接告诉我吗？"

我笑着说："夜里黑熊的怪异行为。"

"嗯？"

"还有杰克·罗森先生浓密的胡子。"

"你到底在说什么？"

"你想想看，警长。"我重说了一遍，然后来到外面往我的车走去。

跑到医院检查费利克斯·贝尼特的尸体几无必要，但我想证实一种推测：除了那顶帽子，他还穿着之前的衣服，但死后的他似乎身体变小了。我检查时，尸体已经冰凉，而且十分僵硬。果然不出我所料。

我很确定我知道发生了什么，而且知道我必须告诉伦斯警长。我给监狱打了电话，希望警长已经回去了。警长接了电话。"你好，医生。我还没想通你给我的那些线索呢。"

"或许我有必要过去一趟，解释一下，警长。反正我们都睡不了多久了。"

"嗯，你不是非要过来，医生。情况并非如此。瞧，我没理解你的提示，也破了这个案子。"

"什么？"

"你走后不久我就逮捕了凶手，他已经全招了。"

"我真该死！"我说，"那我马上过来。"

警长坐在监狱的办公室里，满面春风。"我终于可以自己独立破案了，医生。"

"告诉我你是怎么做到的吧。"

"你先告诉我你说的那些线索是什么意思。夜里的黑熊是怎么回事？"

"好吧。黑熊被贝尼特尸体的气味吸引。对我来说，这表明贝尼特已经死了一段时间，至少几个小时了。篷布下一具刚断气的尸体不可能发出足够的气味引来黑熊。"

"也许吧，"伦斯警长不确定地说道，"那胡子呢？"

"罗森说他打算殴打而不是杀死贝尼特，他说的是实话，他那浓密的胡子是最好的证据。他在监狱里是不被允许留这种胡子的，因此，胡子告诉我的是，他已出狱几个星期，也许几个月了。这听起来让人觉得他不是那种有人把他送进监狱，他就执意要杀死那人的人。想复仇，是的，但不痴迷，否则，他是不会等上几周或几个月才来的。"

"是的，"警长同意了，"我看得出来。"

"那你逮捕了谁？"

他对我咧嘴一笑。"这么说你不知道凶手是谁，医生？"

"是你破的案，警长。我想听你说。"

"好吧，因为我们不知道费利克斯是何时被杀的，于是一桩不可能犯罪发生了。没有人不得不从草堆上揭下篷布，或者把尸体偷偷藏进篷布下面。其实，第一次盖上篷布时，费利克斯就已经死了，他在你昨晚离开农场前就已经遇害了。"

他想到了。他得到了答案，而且是他自己想出来的。"但我们当时都看到他还活着。"

"不，我们看到的不是他，医生。我们看到凶手戴着贝尼特的大草帽，以掩盖他的脸和头发的颜色。贝尼特离开了房子，走到那个干草堆前。凶手穿着同样的工装裤，用干草叉捅死了他。然后，凶手戴上帽子，把尸体搬到干草堆上，用篷布盖住，仅仅几分钟，而且没有目击者。真正的谋杀发生在干草堆的另一边，从房子这边看不见的地方。"

"那是谁冒充的贝尼特？"

"你和我一样清楚，医生。当然不可能是萨拉，也不可能是比你还矮的鲍勃·威瑟斯，另一个矮个子杰克·罗森也不可能。只可能是哈尔·佩里，他和贝尼特一样高。实际上，他高得进门都得低下头。"

"是的，"我同意，"是佩里。他有没有告诉你他的动机？"

"当然。佩里在费利克斯身上揩油很多年了。每次把农产品送到市场上时，他会偷走一些钱。贝尼特越来越怀疑他，而他担心自己会被送回监狱。罗森的出现让他看到了寻找替罪羊的绝佳机会。他用干草叉杀死了费利克斯，然后戴上费利克斯的帽子。从远处看，我们以为是费利克斯在用篷布盖干草堆。他设法把尸体藏到第二天早上，到时再把尸体弄到树林里，那样看起来就像是杰克·罗森伏击了费利克斯。只是费利克斯的尸体被黑熊嗅到了气味，让我们发现了。"

我点了点头。"佩里假扮贝尼特，他们穿着一样的工装裤，再加上用草帽遮住了脸和黑发，远远看过去确实很像。我离开时，他向我挥手，但没有说话。你说他朝小房子走过去了，假装在喊佩里。而我们都认为佩里在小房子里，因此，你从没见过他们一起出现。然后，他去了畜棚。午夜时分，他从前门溜进屋，给我打了电话，声音很低，让我误以为是贝尼特而且那时他还活着。然后他又溜出去，在我打电话给你时回到他的小屋。"

"如果我们提前去了畜棚呢，萨拉或者我？"

"他会说贝尼特到树林里去了。这是一个相当稳妥的计划，败就败在了黑熊嗅到了尸体的气味。可你怎么知道是佩里干的？"

警长得意地笑了。"当然是那顶草帽。费利克斯戴着它是为了遮阳，但出去盖最后一个干草堆时，已经没有太阳了。还记得那些乌云吗？我问自己他为什么要戴那顶帽子。后来我想明白了。"

两天后，我参加了费利克斯·贝尼特的葬礼。仪式结束后，我又去了贝尼特的农场。鲍勃·威瑟斯也在，还有死者的一些邻居和朋友。当我有机会和萨拉在厨房里单独相处时，我从口袋里拿出一个小包，放在我的手掌上给她看。

"那天晚上我看见你把这个扔了。"我平静地说。

"什么？"她伸手来抓，但我及时攥住了小包。

"这是一种新的鼠药样本，供兽医在有老鼠困扰牲畜的畜棚周围使用。这是鲍勃·威瑟斯给你的吧？在我们发现费利克斯的尸体后，你决定不再使用它了。"

"我……"她想说话，但似乎无言以对。

"可怜的老费利克斯。有那么多人想让他死。"

我走到车旁，开车回家。那天晚上，我把老鼠药冲进了马桶。

"伦斯警长就是这样破解干草堆尸体疑案的。"萨姆·霍桑医生最后说道，"哈尔·佩里被判无期徒刑，服刑不满二十年不得假释。萨拉嫁给了鲍勃·威瑟斯，她卖掉了农场，威瑟斯也把诊所转给了另一位兽医，然后双双搬走了。至于他们的下落，打那以后，我再也没有听说过了。

"几个月后，我给自己放了个小假。当我在灯塔里住了一夜，并和一个幽灵般的海盗纠缠在一起时，我明白了，我摆脱不掉谋杀。不过，那是下次你来看我，喝点小酒时要讲的故事了。"

03 圣诞老人灯塔

"你说这次你想听一个圣诞故事？"萨姆·霍桑医生边说边把酒倒进精致的水晶酒杯里，"嗯，节日快到了，碰巧我在一九三一年十二月经历了一次冒险，正符合你的要求。但它不是发生在诺斯蒙特镇，而是发生在东海岸，科德角那边……"

我决定给自己放几天假，开车沿海岸线转一转。对我来说，这是一种享受，因为乡村医生很少有假期。但现在，清教徒纪念医院已在诺斯蒙特镇开业，减轻了我的部分压力。即使在紧急情况下病人找不到我，医院也会为他们诊治。

于是，我开着那辆斯图兹鱼雷出发了。我答应阿普丽尔，过几天会打电话给她，确保一切尽在掌控之中。这是十二月的第一周，但新英格兰的海岸的寒冬尚未到来。没有下雪，气温只有四五度。跟其他地区一样，这里也在大萧条中遭受重创，但当我穿越几个纺织城，沿海岸线一路向北时，我看到的贫穷状况有所减弱。

在离普利茅斯市不远的地方，有一块牌子引起了我的注意，它钉在树上，上面写着："参观圣诞老人灯塔！"尽管这种吸引孩子的商业活动在今天已经司空见惯，但在一九三一年，它还是挺与众不同的。我无法想象在圣诞节前的几周里，一座灯塔的唯一用处就是娱乐小孩。随后我注意到"圣诞老人"这个词是贴上去的，盖住了原来的名字。这引起了我的好奇，于是便拐到了通往岸边的路上。

前方果然有一座灯塔，那是一个闪闪发光的白色建筑，矗立在岩石嶙峋的海边，在其地基上，有一组一英尺高的木制字母，表明它确实是"圣诞老人灯塔"。我把车停在另外两辆车的旁边，沿小路走过去，看到一个女孩在卖入场券，单价二十五美分。她面容清秀，穿一身鲜艳的圣诞红，应该是读大学的年龄。

"要几张？"她问道，同时望向小路，似乎预期会有妻子和孩子跟在我后面。

"就一张。"我从口袋里摸出一枚二十五美分的硬币。

"我们有家庭票，优惠价五十美分。"

"不用，就我一人。"我指着那个招牌，"其他时间这个地方叫什么？"

"你注意到我们换了招牌，"她笑着说，"其实这儿是'撒旦灯塔'，但它听起来完全没有圣诞的味道。所以，我们把'撒旦'末尾的字母移到了中间。①"

这主意不禁让我暗自生笑。"这对生意有帮助吗？"

"有一点。但现在经济大萧条，汽油二十五美分一加仑，没有多少家庭愿意从波士顿或普罗维登斯开车来这里。"就在这时，一位圣诞老人出现在门口。因为衣服下面塞着软垫，他看起

① "撒旦"的英文单词是Satan，把词尾的字母n移到中间，便成了Santa，即"圣诞老人"。——译者注

来鼓鼓囊囊的。他胡子后面的嘴嘟囔道："莉萨，你得管管那些孩子。他们扯我的胡子，还踢我！"

她叹了口气，将注意力转向圣诞老人。"哈里，你必须有点耐心，不能每次他们找你麻烦都指望我就跑去救你。"

我说："他对扮演圣诞老人不太在行。"

"他演海盗幽灵更合适。"她赞同道。

"海盗幽灵是'撒旦灯塔'的一个特色吗？"

她迅速点点头，并伸出手。"我是莉萨·奎伊。那是我弟弟，哈里。这个地方有一个传说，我想这就是我们的父亲买下它的原因。"

"埋藏的宝藏。"

"你怎么猜到的？海盗们应该在这里立起一座假灯塔，引诱船只前来，等它们触礁，再行抢劫，就像他们曾经在康沃尔郡海岸做的那样。[①]这就是它被称为'撒旦灯塔'的原因。几年后，当一座真正的灯塔建成时，当地人就用同样的名字称呼它。现在当然不会再有海盗了，除非我弟弟穿上戏服假扮。"

我做了自我介绍，她给我讲了更多本地的情况。她是一个性格外向且谦逊的年轻女孩，在我看来，她似乎完全有能力照顾好自己和弟弟。"你父亲也在这儿吗？"我问。

她摇了摇头。"在监狱里。"

"哦？"

"他去年因某项诈骗罪被判刑。对此，我一直无法完全理解，我也不相信他有罪，但他拒绝为自己辩护。他还要再服刑一年才有资格申请假释。"

---

① 康沃尔郡在英国西海岸，伊丽莎白时代，那里的海盗活动十分猖獗。尽管很多故事和传说描述了这种引诱船只的做法，但没有明确的证据表明曾经发生过。——译者注

"这么说，他不在的时候，你和弟弟要在这里继续经营下去。"

"大概就是这样。现在你知道我的人生故事了，霍桑医生。"

"叫我萨姆。我比你大不了多少。"

在一个沮丧的圣诞老人的护送下，四个不守规矩的孩子走出灯塔。他们挤进一辆等候的汽车，被父母接走了。"里面还有人吗？"莉萨问她弟弟。

"没人了，空了。"

"我站在这里你也赚不到钱。"我下定决心，放下手里一直抓着的那枚二十五美分的硬币。"我要一张票。"

"来吧，"哈里·奎伊说，"我带你过去。"

灯塔又细又高，外墙为方形，涂成白色，顶部呈锥形，灯体周围有栏杆和通道。灯塔中心为铁质楼梯，盘旋而上，我跟着奎伊拾级而上。塞满填充物的圣诞老人服装并没有减慢他的速度，他先登上第一个楼梯平台，比我快得多。当被带到一个被改造成圣诞老人作坊的房间时，我已经气喘吁吁。终于暂时歇一歇了，对此我欣然接受。"我们把小孩带到这里，送他们便宜的小玩具，"他解释说，"然后就一直向上爬，直到能看到灯。"

"这个房间其他时候会用来做什么？"

"最初它是守塔人睡觉的地方，通常是一个看守和他的妻子住。当然，莉萨和我不在这里住。不是圣诞节的时候，我们把这个房间装饰成海盗的巢穴。"

我瞥了一眼，急切地想把螺旋楼梯剩下的那一段甩到身后。"让我们去顶层看看吧。"

我们又往上走了十几英尺，来到下一个平台，那里有一张卷顶书桌和一个木制文件柜，上面有标志，表明这是圣诞老人的办公室。墙上挂着科德角湾的航海图，有一处挂着彩带，宣称那里是供圣诞老人驯鹿雪橇降落的地方。窗边有一个高倍双筒望远镜和一个单筒望远镜，用来观察过往的船只。还有一台双向无线电台，用来接收天气预报或SOS急救信号。

"我必须时刻留意来到这里的孩子，"哈里·奎伊说，"有些设备很值钱的。"

"想不到灯塔都已经不用了，设备还在这里。"

"我父亲应该是出于某种原因留下了它们。有些晚上，他会坐在这里。我想这是他的一种爱好吧。这就是他买下这个地方的原因。"

我指了指小办公室的天花板。"上面的灯还亮吗？"

"我不确定。我没试过。"

我们爬完剩下的楼梯，来到绕灯塔一圈的室外环道。一圈金属栏杆让我有了抓手，但人很容易从栏杆下面滑出去，摔到地上。"你不会把小孩带到这儿来吧？"

"我牵着他们的手，一次一个。我很小心的。"

我不得不承认这里看到的景色很壮丽。在海湾那一边，陆地迅速下沉到海水的边缘。在我能看到的远处，冰冷的海水在强劲海风的吹拂下波涛汹涌。从这个高度可以清楚地看到科德角的曲线，甚至可以看到海湾对面约二十英里的海岸线。

但在每年的这个时候，夜晚来得很早，此时，太阳已经低悬在西边的天空了。"如果我想今晚到达波士顿，最好现在就走。"我说。

"干吗跑那么远？普利茅斯附近可以住的地方多着呢。"

我们沿楼梯而下，在圣诞老人作坊那一层见到了莉萨。"你喜欢这儿的景色吗？是不是很壮观？"

"那是肯定的。"我同意，"你应该把票价翻倍。"

"现在这个价格都没有什么人来呢。"她带着淡淡的忧伤答道。

"灯若还能用，就打开！傍晚时分会带来一些游客。"

"噢，海岸警卫队不允许。"她忙来忙去，捡起孩子们丢的几张糖纸，收起角落里的一卷钓鱼线和一副抛接子玩具。"在一天结束的时候，你总会发现最让人讨厌的东西。"

"你弟弟说在普利茅斯有几处我可以住的地方。"

"当然。普利茅斯岩就是很好的老宾馆，房间很干净。"她转向弟弟，"晚上就关门吧。"

"我最好去看看楼梯上的门是不是都关好了。"哈里说。

"我和你一起去。"

我顺着螺旋形楼梯走到一层。我等了几分钟，以为他们很快就会跟上来，但是没有。我开始焦躁不安起来。灯塔一直是令人愉快的消遣所在，但我急于赶路。

"等一下！"当我开始沿小路走向我的车时，莉萨·奎伊喊道。她站在灯塔中间的一个窗口，为了等她下楼跟我会合，我停了下来。

"我不是有意不告而别的，"我告诉她，"但天快黑了，我该走了。"

"至少等一下哈里。他在脱圣诞老人服装，马上就下来了。"

我陪她走回去，她把可折叠售票亭收起来，放进灯塔的出入口。"如果这种天气持续下去的话，圣诞节前你应该会迎来一些游客。"

"希望如此，"她说，"你看到的那四个小孩是整个下午除你之外唯一的一批游客。"

"也许你可以提供一种特别的团体票……"

"那是什么？"她突然问道，急忙跑到外面。"哈里？"她抬头喊道，"是你吗？"

我们上方传来了某种声音，然后莉萨·奎伊尖叫起来。我抬头看到一个人影从灯塔顶部的环道上掉了下来。我拉着她跳到一边，哈里·奎伊的尸体落在了我们刚才站的地方。

莉萨双手捂住脸，尖叫着转过身去。我急忙跑到她弟弟身边，脑子里飞快地思考如果他还活着该如何迅速施救。

然后，我看到他的肋骨间露出了匕首柄。我知道任何帮助都没有用了。

"我不相信有幽灵。"在我们等待警察到来时，莉萨很理性地说道。我用灯塔的无线电台联系海岸警卫队，他们答应帮我们联系州警。我在灯塔里检查了两个房间，甚至还检查了一个小储藏室，但什么人也没发现。环道螺旋楼梯上都没有迹象表明有人来过。

"我们不必相信幽灵的存在。"我告诉她，"肯定有一个合乎逻辑的解释。一定有。你以前见过那把匕首吗？"

"见过。这是他海盗装的一部分。储藏室……"

"我检查了储藏室。我看到那套服装挂在那里。没有人藏在里面。"

"好吧，我不相信有幽灵。"她又说了一次。

"警察马上就来了。"

她紧紧地抓住我的胳膊。"你不会离开，是吧？你不会在他们来之前就走吧？"

"当然不会。"我扶着她离开她弟弟的尸体，这样在等警察的时候，我们就不会看到他的惨状了。我看得出来她快要歇斯底里了，随时可能需要我的专业服务。

"没有你的证词，他们可能会说是我杀了他，"她说，"尽管我没有理由这么做。"

"我相信他们不会这么说的。"我设法让她相信这一点。

"可是这里没有其他人！难道你看不出来这里是什么情况吗？"

"他被刺时，你和我在一起，都在地面上。我可以作证。"

"假设我安装了某种装置，在他走到环道上时朝他掷出匕首。"

我摇了摇头。"在他被杀前不久，我和他在一起。几分钟前我又上去了一次。那里没有什么装置，空无一物。环道上什么都没有。"

"那是什么杀了他呢？谁杀了他？"

我还没来得及回答，就看到两辆警车和一辆救护车的前灯划破了傍晚的黑暗。我和莉萨有足够的时间讲我们知道的事情。他们拿着手电筒四处走动，检查尸体，问问题，执行程序。很明显，他们不想按什么海盗幽灵的逻辑来处理此事，更不会考虑它是不可能犯罪。我真心怀念诺斯蒙特镇的老伦斯警长，至少他对此类事情不抱成见。

"你弟弟有什么仇人吗？"一位警官问莉萨。

"没有，一个也没有。我想不出有谁要伤害他。"

"你能告诉我他为什么戴着假胡子吗？"

"他一直在为孩子们扮演圣诞老人。事发时他正在换衣服。"

问话的这位警官名叫斯普林格，身材魁梧，他接着转向我问道："霍桑医生？"

"没错。"

"你说你只是路过，而且没有特定的地方要去？"

"只是一个小假期，"我解释道，"我在康涅狄格州边界附近的诺斯蒙特镇执业。那个标牌吸引了我，让我在这里停留了一个小时左右。"

"以前认识死者和他姐姐吗？"

"不认识。"

他叹了口气，瞥了一眼他的怀表。也许他还没有吃晚饭。"好吧，如果你们说的都是实话，在我看来，这像是意外。不知何故，他滑倒在上面的匕首上，然后从环道上摔了下来。否则，他就是自杀。"

"不可能……"莉萨正要说话，但我推了一下她，让她不要说下去，那位警官似乎没有注意到我的动作。

尸体被抬走时，她说："我得通知我爸爸。"

"你怎么告诉他？他的监狱在哪里？"

"波士顿附近。我今晚给他打个电话，明天去见他。"

我做了一个决定。"我愿意和你一起去。"

"为什么？"

"我在破案方面有点经验，也许能帮到你。"

"但是没有嫌疑人！你从哪里下手？"

"从你爸爸开始。"我说。

我在普利茅斯岩的房间里睡得出奇地好，醒来时精神焕发。匆匆吃过早餐后，我去镇上莉萨和她弟弟合住的小房子接她。

"警察今天早上打电话来了，"她说，"他们希望我们都能去警局，就昨天发生的事录口供。"

"我们今天下午去做。"我决定道，"我们先见你爸爸。"

"你想从他那里了解什么？"

"他入狱的原因，还有其他事情。你似乎不愿意谈这事。"

"根本没有！"她被激怒了，"从始至终，我都觉得这真的不关你的事。妈妈死后，是爸爸把我们带大的。发生在他身上的事太可怕了，他入狱是因为一项他没犯过的罪。"

"你说了一些有关欺诈的事。"

"我会让他告诉你的。"

莉萨的父亲叫罗纳德·奎伊，由于是他丧子，我们获准一起去看他。本来瘦削的他，好像一夜之间老了很多。尽管莉萨说他只被关了一年，但他苍白的肤色已经呈现出无限期监禁的样貌。当他被带进房间时，莉萨哭了，守卫尴尬地站在旁边，看着他们拥抱。

"这位是萨姆·霍桑医生，"她告诉父亲，"事情发生时，他和我们在灯塔里。"

他想知道细节。我把我知道的讲给他听。他坐在桌子对面，只是摇头。

"我在诺斯蒙特镇做过一些业余侦探工作，"我告诉他，"我想我也许能在这事上帮上忙。"

"如何帮？"

"问对问题。"我停顿了一下，就像诊断病人的病情一样打量着这个人，然后我说："你因为犯罪而入狱，现在的谋杀显然是针对你儿子的。我想知道这两起案件之间是否有关联。"

"我不……"他摇了摇头。

"我知道有人要杀哈里似乎是不可能的，但真要是有人杀了哈里，肯定有他们的动机。"

"他在这个世界上一个仇人也没有。"莉萨坚持道。

"也许他的被杀不是因为他是什么样的人，而是因为他在做的事情。"我暗示道。

"你是说扮演圣诞老人？"

"你说他也演过海盗，而他是被海盗的匕首刺死的。"

"谁可能……？"

我打断了她，又问了她父亲一个问题："你在灯塔从事过任何非法活动吗？"

"当然没有，"他毫不犹豫地答道，"从一开始我就坚称自己是无辜的，否认那些指控。"

"那么，欺诈指控与灯塔有某种关系吗？"

"勉强算是有点关系。"莉萨回答，"我们曾经设法成立了一家公司，发行股票。有个波士顿人找到警察局，指控我爸爸诈骗，因为我爸爸说要用一百万美元建一个游乐园。"

"你说过吗？"我问他。

"没有！哈里曾经建议我们投资建一个现在很流行的迷你高尔夫球场，我连那个都反对，更不可能对外说一百万美元的事。"

"他们肯定有你欺诈的证据。"

他看着自己的手。"他们拿到了我们印制的招股说明书，但那只是为了试一试，没打算对外透露。莉萨可能告诉过你，灯塔周围甚至都没有我们自己的地，我们即使想建一个游乐园，也不可能在那里建。"

莉萨叹了口气。"这正是检察官给你定罪的理由，爸爸。"

我意识到通过提到欺诈罪，他巧妙地避开了我的问题的重点。"暂时忘掉欺诈指控，奎伊先生。那灯塔上的其他活动呢？"

"我不明白你是什么意思。"他这样说，但目光移向了别处。

"双向无线电台，高倍双筒望远镜，单筒望远镜。它们被用来定位和联系海上船只，是吧？"

"我为什么要……？"他开始要讲，但随后改变了主意，"好吧。你似乎知道很多事。"

"他们在灯塔卸下的是什么？我猜可能是来自加拿大的非法威士忌。"

莉萨的眼睛睁得大大的。"爸爸！"

"我需要从别的地方赚钱，莉萨。利用灯塔开展海盗和圣诞老人的活动，从一开始就是一个亏本的生意。"

"你可告诉霍桑医生那里没有非法活动。"

"禁酒令虽是法律，但它既不公正，也不受欢迎。我不认为我帮助人们规避它的行为是非法的。"

"你进监狱后发生了什么事？"我问道，"哈里还在从事走私活动吗？"

"他对此—·无所知。"奎伊坚持道。

"但—年过去了，无线电和望远镜还在原地没有动。"

"他对搬走它们很是伤感，"莉萨解释说，"他想让爸爸回来时一切如旧。"

"奎伊先生，你一定和私酒贩子中的某个人打过交道。难道那人就不会在你入狱后联系哈里，跟他做交易吗？"

罗纳德·奎伊片刻陷入了沉默，开始思考它的可能性。"我想有这个可能。"他终于承认，"那才像他。不告诉任何人就接受交易，这才是他的风格。"

"我需要名字，奎伊先生。"

"我……"

"和你打交道的那人的名字，可能就是他联系了你儿子以继续交易。这可能就是杀害你儿子的凶手的名字。"

"保罗·莱恩。"最后他还是说了出来，"这就是你想要的名字。"他费了好大劲才说出这句话。

"他是谁？我们在哪儿能找到他？"

"他在海边开了几家海鲜餐馆。我可以给你一个波士顿的地址。"

几个小时后，我把斯图兹鱼雷停在了波士顿的码头上。莉萨说："萨姆，你怎么还没结婚？"

"我从来没有在对的时间遇到过对的女人，我想就是这样。"

"我想求你一件事，帮个大忙。"

"什么事？"

"你能在这儿一直陪我到哈里的葬礼结束吗？我觉得我一个人撑不过去。"

"到什么时候……？"

"后天。如果你想走，中午前就可以走。他们会安排一个狱警跟着，放爸爸出狱，另外我有几位姑姑和叔叔。就这些人。我们家亲戚不多，不是大家庭。"

"让我想想。也许可以。"

莱恩的龙虾店是一家海鲜餐厅，这里也卖活龙虾，可以买回家自己煮着吃。龙虾池后面的一个白发男子告诉我们保罗·莱恩的办公室在楼上。我们沿着摇摇晃晃的楼梯爬到二楼，发现他坐在一张杂乱的桌子后面，正抽着一支粗大的雪茄，看上去有点小政客的意思。

"我能为你们做什么？"他从嘴里取出雪茄问道。

"我们对几只龙虾感兴趣。"我说。

"零售在楼下。我在楼上只管批发。"他朝一个敞着盖的冰柜指了指，里面满是死龙虾。

"这就是我们想要的，批发。"

他眯起眼睛打量莉萨。"我没见过你吧？"

"你可能认识我弟弟。哈里·奎伊。"

保罗·莱恩不善于掩饰自己的反应，他的神色告诉我他十分震惊。他试图否认，借此掩饰自己的失态。我则紧追不舍。"你做私酒生意，莱恩，她的爸爸和弟弟都被你拖下水了。"

"去死吧！滚出去！"

"我们来是想和你谈谈。昨晚有人杀了她弟弟。"

"我看报纸了。他们说是意外。"

"我在那里。我说是谋杀。"

保罗·莱恩歪着嘴，冷笑一声。"是这样吗？如果就你们两个和他在一起，那一定是你们杀了他。"

我靠在我们之间的桌子上。"我们来这里可不是闹着玩的，莱恩先生。我认为在哈里的父亲因欺诈罪入狱后，你找到了哈里，想继续把你的加拿大威士忌卸载到'撒旦灯塔'的岸上，这就需要哈里的合作。不是这样吗？"

他从桌边站起来，故意盖上冰柜的盖子。"我不知道你在说什么，先生。"

作为一个捕虾人或私酒贩子，他可能做得很不错，但他刚才的表现有些欲盖弥彰了。当他再次坐下时，我掀开冰柜盖子，拿起一只冰冷的龙虾。

"你究竟要干什么?!"他吼道,从椅子上站起来。

我把龙虾翻过来。它的虾肉已被掏空,为的是腾出空间放进一支细瓶的威士忌。"妙啊。"我说,"我敢打赌,这是你们餐厅很受欢迎的外卖食品。"

在我意识到发生了什么之前,他的拳头已经击中了我脑袋的一侧。在莉萨的尖叫声中,我后退几步,撞到了冰柜上。两个相貌彪悍的水手被喧闹声吸引,闯了进来。"抓住他们!"莱恩命令道,"他们两个!"

我手里还抓着那只死龙虾,我把它猛地扔到离我最近的人的脸上。"快跑!"我朝莉萨喊道。莱恩从桌后出来,试图阻止莉萨,我把莱恩推到一边,跟着莉萨出了门。然后,他们三个都在追我们,我感到一只粗壮的手抓住了我的肩膀。在他们抓住我们之前,我们已经走到楼梯的一半了。我被绊了一下,跌跌撞撞地走到一楼,重重地摔在地板上。

我抬起头,看到他们中的一个人拿出一把刀。然后,我看到餐厅里过来一个人抓住了持刀人的手腕。

我认出那是斯普林格,就是盘问我们的州警。"遇到麻烦了,霍桑医生?"他问道。

从楼梯上摔下来时,我摔断了一根肋骨。在我包扎伤口时,斯普林格解释说他去监狱询问罗纳德·奎伊了,我们前脚刚离开,他就赶到了。"你们似乎走得很匆忙,于是我决定跟踪你们。是你把我引到这儿来的。"

波士顿警方和禁酒局的特工接管了保罗·莱恩的生意,缴获了数百桶质量上乘的加拿大威士忌。莱恩被警察铐走,那是我最后一次见他。"是他杀了我弟弟吗?"莉萨问道。

"他不会亲自动手的，可能是他命令别人干的。我说不出真正凶手的名字，但我可以给你描述一下他的样子，告诉你我认为他是如何谋杀你弟弟的。"

"我希望你不会说是有人从岩石上把匕首扔到灯塔顶上的。"斯普林格说。

"不可能，"我同意，"它太高了。那把海盗匕首很难保持平衡，不可能用弩或类似的东西射出去。哈里死的时候，凶手就在他身边。"

"但那是不可能的！"莉萨坚称。

"不是不可能。灯塔里有一个地方我们没有搜查过，凶手可能就藏在那里，那就是顶层办公室里的卷顶书桌。"

"这就荒唐了！"莉萨说，"那里藏一个孩子都很难！"

"没错，一个孩子，或者说是有人扮成孩子。还记得在我之前进去灯塔的一车孩子吗？他们的父母留在车里，在灯塔可以提供家庭票的情况下，你不觉得这很奇怪吗？四个孩子出来了，但我敢打赌进去的是五个孩子。"

莉萨瞪大了眼睛。"我的上帝啊，我想你是对的！"

"有一个留在后面，藏在那张桌子里。当哈里回到塔上准备关门时，他就下手了。他是保罗·莱恩雇来的杀手。他和你弟弟因为私酒生意闹翻了。我想我们会在莱恩的犯罪记录中找到充分的证据证实这一点。"

斯普林格皱起了眉头。"你是在告诉我们说杀手是个孩子？"

"或者说打扮得像个孩子。"我说，"矮个子，或许是个侏儒。"

"一个侏儒！"

"杀死圣诞老人的杀手，还有什么比一个打扮成孩子的侏儒更适合的？五个孩子进了灯塔，但只有四个出来了。没有人想到那个失踪的孩子。也就是说，父母开车离开了，留下了一个隐藏的杀手在里面等待时机。"

"好吧。"斯普林格点点头说，"如果莱恩的手下有一个侏儒，应该很容易查到。"他准备出发时在门口停了下来，微微一笑。"我查过你的底细了。诺斯蒙特镇的伦斯警长说你是个很不错的侦探。"

他走后，莉萨·奎伊简单地说道："谢谢你。虽然这无法让他起死回生，但至少我知道发生了什么。"

两天后，我来到莉萨·奎伊的身边，参加她弟弟的葬礼。时值十二月，普利茅斯公墓里的树木光秃秃的，她的弟弟就埋葬于这些树下。当我们走向汽车时，斯普林格拦住了我们。"你们肯定想知道，我告诉你们，我们得到一条线索，发现了一个非常矮的人，他去年在保罗·莱恩的新贝德福德龙虾屋做服务员。我们现在正想方设法找到他。"

"祝你好运。"我说，"我今天要回家了。"

回到殡仪馆，我向莉萨·奎伊道别。"再次感谢你。"她说，"感谢你做的一切，萨姆。"

大约开了一个小时后，我看到有个男孩在一条狭窄小溪的桥上钓鱼。我首先想到的是十二月不是钓鱼的好月份。

但转念一想，我简直是大错特错了。

我把车停在路边，坐了很久，两眼发呆。最后，我发动汽车掉头往回走。

再次看到圣诞老人灯塔时已是傍晚时分，这里跟我第一天过来时没有什么变化。莉萨的车孤零零地停在附近。灯塔仍不对游客开放。我把车停在她的车旁，下了车，沿着小路走到灯塔门口。想必她听到了车的声音，从窗口看到了我，因为她开门时面带微笑。

"你回来了，萨姆。"

"就待一会儿。"我告诉她，"我们能谈谈吗？"

"谈什么？"她在调情，很有诱惑力。

"关于哈里的谋杀。"

她的脸变了。"他们找到小矮人了？"

我摇了摇头。"他们永远也找不到小矮人，因为根本就没这个人。我出了个错。"

"你在说什么？"

"我们一直说没有嫌疑人，但嫌疑人始终在那里。不是最不可能的人，而是最有可能的人。你杀了你弟弟，莉萨。"

"你疯了！"她怒气冲冲地说，试图把我挡在门外。我轻松地用脚把门别住，僵持了一会儿，她松开手，我走了进去。

"我越想这事，越觉得杀手不可能是矮个子。那些孩子大吵大闹，扯圣诞老人的胡子，或做出其他引人注意的事。凶手绝对不会允许这种事发生。凶手计划的成功取决于不让人注意到他们以及他们有几个人。"莉萨双手抱胸，站在那里，假装顺从我。

"还有就是凶器。一个职业杀手肯定会自带武器，不会指望从储藏室里找到一把海盗匕首。

"此外，凶手是怎么把哈里引到环道上的，尤其是他留着胡子正在脱圣诞老人服装的时候？"

"他可能是在下面的办公室里被刺的。"莉萨说，声音很低。

我摇了摇头。"任何矮个子都无法把哈里的尸体搬上楼梯。

他是和凶手一起上去的，还留着假胡子，因为那个人是他信任的人。"

"你忘了他被杀的时候我和你在一起。"

"纠正一下，是他的尸体从环道上掉下来的时候你和我在一起。一小时前，我在路上看到一个男孩在桥上钓鱼，想起你在工作室里曾经捡起一卷钓鱼线。那根本不是孩子留下的，而是你为完成计划准备的。你回到楼梯上，找个借口把你弟弟叫到环道上，捅了他一刀，把他的尸体放在栏杆下面很容易滚落下去的地方。你将钓鱼线的一头绑在他身上，另一头扔到灯塔一侧的地上。当时天几乎黑了，我出去的时候没有看到它。你把我喊回去，那是因为你需要我做你不在场的证人。我猜你已经等了好几天了，等待某个对的人在黄昏时分出现。你拉动钓鱼线，哈里的尸体从环道上滚落，落地时差点砸到我们。"

"如果这是真的，那钓鱼线是被怎么处理的？"

"在昏暗的灯光下检查尸体时，我没看到它。然后，当我上楼用无线电求救时，你只需把它从尸体上解开，藏起来即可。"

"我为什么要杀亲弟弟？"

"因为你发现是他导致你父亲坐牢的。哈里印刷了那份虚假的招股说明书，试图用游乐园的梦想来欺骗投资者。你父亲为他掩饰。当你获知此事，发现哈里和保罗·莱恩一起做私酒生意时，你简直忍无可忍了。"

她不再抗争。"起初我不敢相信是他做的那些事导致爸爸替他顶罪坐牢！然后是跟莱恩做的事！我……"

"那你是怎么杀了他的？"我平静地问道。

她的声音听起来很痛苦。"我等了一周，等待一个像你这样的游客。然后，我把他喊到塔顶，给他最后一次机会。我让他必须向警察认罪，换爸爸出狱，否则我就杀了他。他笑了，抢夺匕首，但我刺中了他。就像你说的那样，我用了钓鱼线。它很结实，又很细，在微弱的光线下几乎看不到。"她扭头看向别处，"我以为我很幸运，因为你出现了，但我想我们家没有走运的基因。"

"你得向斯普林格自首。"我说，"他在找那个服务员。如果让一个无辜的人进了监狱，你就会犯跟你弟弟一样的错。"

"所有的谋划，"她说，"都是徒劳。"

"事情就这样结束了。"萨姆医生最后说道，"我对自己在这件事中的角色并不特别感到自豪，我从没把这件事讲给诺斯蒙特镇的人听。当护士阿普丽尔问我肋骨上的绷带是怎么回事时，我告诉她我摔倒了。圣诞节来临，我们那里下雪了，所有人都过了一个愉快的节日。第二年年初，本镇的墓地又发生了一件怪事，不过并不涉及鬼魂，但这是下次要讲的故事了。"

04

墓地野餐
奇案

"我答应过这次给你讲一个在墓地里发生的故事，"萨姆·霍桑医生一边说，一边给我们各倒了一点白兰地，"但这个故事既没有鬼魂，也没有雷声，更没有漆黑的夜晚。这一切都发生在阳光之下，但它的诡异程度并不低……"

一九三二年春天，工人失业，企业倒闭，人人都为过日子发愁。随着总统大选日的临近，一些人开始发出要求彻底变革的激烈言论。诺斯蒙特镇的生活不比其他地方好多少，我们几乎是从一切可能的方面削减开支，即使是我，也不可避免地受到了影响。

我的小诊所靠近镇中心，开门营业十年后，我和护士阿普丽尔准备搬家。一九二九年，拥有八十个床位的清教徒纪念医院在诺斯蒙特镇大张旗鼓地开业，但事实证明，其规模远超小镇的需求。结果，医院将其中一个翼楼全部改成了专业诊所，大约有三十个床位。医院管理委员将它租给了我，并为我提供了优惠，第一年的租金对我来说很有吸引力。因为病人拖欠医药费，再加上自己的债务也开始增加，遇到这样的好事，我哪里还有理由拒绝。

阿普丽尔很兴奋，因为新诊所的面积和原来相比，几乎扩大了一倍，可我却心存疑虑。"我们的新诊所离镇子有两英里。那些不能开车来的病人，或者年纪太大不能坐马车的病人怎么办？"

"反正他们大多数人都得进城才能看病，往哪里跑不是跑，要不你就得去给他们看诊。而且搬到医院，你去医院看病人也会方便很多。"

"我想你说得对。"我勉强同意了。

在温暖的四月，我们搬了进去。某天上午，范肖医生前来表示对我们的欢迎，他是医院的管理人员。"新刷的，萨姆，正是你想要的。"他身材矮小，尖声细嗓，神情紧张，感觉他更适合医院董事会，而不是在病床边关怀病人。

"谢谢，戴夫。看起来很不错。给我送办公用具的货车应该马上就到。"

"窗外的景色真美。"他评论道。

我忍不住对他这话挖苦一番。"如果你喜欢墓地，它就是美的。有些病人可能不喜欢引起人不好的联想的东西。"

"泉水谷更像是公园，而不是墓地。"范肖争辩道，我不得不承认他是对的。这个地方偶尔甚至会吸引野餐者前来。从我诊所的窗口向外望去，可以看到一小片墓碑群，散布在树木和蜿蜒的小径旁边。此地因谷得名，谷中有一条小溪，小溪之水源于清泉，在岩石间兀自流淌。每年这个时候，北方的科布尔山积雪融化时，小溪会比平时更宽更深，它会像小河一样奔流过泉水谷。

那天剩下的时间我们都在搬家具和布置房间。阿普丽尔加了几个小时的班，以便收拾停当，第二天一早我们就能接待病人了。伦斯警长来我们的新址看我们，还带来了他妻子送的一篮花。他告诉我们："为了今年夏天的百年庆典，整个镇子都在美化装饰。"

"我们五年前庆祝了三百周年纪念日，警长，今年怎么还搞百年纪念？"

"那次关乎清教徒移民先辈，这次是纪念诺斯蒙特镇正式成立。"

"日子临近时，我会考虑的。"

他发出了特有的咕哝声："你明早要去参加马特·泽维尔的葬礼吗？"

"明天是我来这儿开业的第一天，走不开。若是不忙，我会在中午前后到墓地去。"泽维尔是范肖的病人之一，九十二岁高龄，终于仙逝了。

到了第二天早上，我还真不忙碌，来人多是到我的新诊所了解情况的，真正的病人并不多。快到中午时，我看到送葬队伍拐进了墓地，于是决定步行过去。马特·泽维尔是本镇的一位重要人物，我不希望被认为因为他选择了另一位医生为他治病而拒绝出席他的葬礼。

下葬仪式很简短，掘墓人是锡德里克·布什和特迪·布什，仪式结束时，两兄弟带着铁锹走了过来。特迪是布什兄弟较年轻的那一个，脑子有点迟钝，他看到我向我挥手致意。我也挥了挥手，然后开始沿一条小路闲逛，顺便适应一下我的新环境。

在我前方的路边，几棵柳树的枝条刚刚发芽，树下停着一辆黑色的福特T型车。我看到一对夫妇正在五十英尺外的草地上野餐。此处的环境令人愉快，至今没有用于墓地，他们选择此地野餐也是情有可原的。他们刚吃完三明治，我能看得出来他们很年轻，跟我的年龄差不多。但当我朝他们走去时，那个背对我的年轻女子突然站了起来。她留着黑色齐肩长发，穿着深蓝色休闲裤和蓝色圆点衬衫。几乎刚站起来，她就立刻开始向前跑向小路。

年轻男子似乎很激动，他跳起身，在她身后喊道："罗丝！回来！"

但她不停地跑，直觉告诉我，有事要发生，我便开始追她。这条小路通向一座石桥，桥面离湍急的溪水大约十英尺。跑到桥中心时，她似乎被绊了一下，翻过石栏杆，掉落水中。她发出惊恐的尖叫，但湍急的溪水使她呛水。她的尖叫戛然而止。我只能无助地看着她被汹涌的水流冲向下游，在我想要跳下水救她时，她已经从我的视线中消失了。

"这里出了什么事？"伦斯警长问道。应我的紧急召唤，二十分钟后，警长沿着小路蹒跚而来。是我让那位年轻男子给他打的电话，我则设法找路，往下游赶，寻找她的下落。

"有个女人从桥上掉了下来。"我大声回答他道。

"她水性好吗？她可能在游泳吧。"

"罗丝根本不会游泳。"在警长身后匆匆赶来的年轻男子急忙说道。

"我开车顺河往下走远一点，"警长坚定地说，"我知道有个地方可能可以找到她。下游有棵枯树横在溪上。"

"来吧，"我对年轻男子说，"我们跟他一起去。"

"好吧。"

"我是医生，"匆匆走向警长的车时，我告诉那位长着一头鬈发的年轻男子，"萨姆·霍桑。"

"鲍勃·杜普雷，来自希恩镇。"那是一个小镇，大约在二十英里开外。"上帝啊，如果罗丝死了，我也不想活了！我们才结婚三年……"

"我们会找到她的。"伦斯警长一边启动汽车，一边保证道，显然没想过她可能出现的状况。

我们驶过最近去世的马特·泽维尔的墓，我注意到布什兄弟只有一人在那里挖土。特迪不知去了哪里，也许去喝咖啡了。警长熟练地驾车驶过布满车辙的道路。鲍勃·杜普雷沉默不语，直到我们来到墓地边那棵倒下的树旁。

"她在那儿！"杜普雷喊道，"我看到她了！"

我也看到了，黑色的头发和圆点花纹的衬衫缠绕在树的枯枝上。我下车向前跑的时候，杜普雷大喊起来。我第一个跳进冰冷的水中，紧紧抓住那棵树，向女人走去。另外两人紧跟我的身后，我们设法将她的上衣从树上扯了下来，然后把她带到小溪旁的草地上。

我施救了二十分钟，试图让她将肺里的水吐出来，恢复呼吸，但我知道已经太晚了。伦斯警长静静地站在一旁，她的丈夫则靠树坐着，啜泣不已。最后，我说出了那句可怕的话："没用了，她走了。"

"如果她被冲过那棵树，可能就没事了。"警长对我说，"小溪流入鸭塘，水流就不急了。"

在我们身后，鲍勃·杜普雷正自言自语，轻轻地反复念着她的名字。

"你能告诉我们发生了什么事吗？"我问他。很长一段时间，他只是愣愣地看着她，擦拭着脸上的泪水。

伦斯警长不断重复这个问题，最后他回答说："我不知道。她想一起来野餐。我上个月失去了工作，她认为这会让我高兴起来。我们从希恩镇开车过来，十一点左右到了这里。"

"是谁提议在公墓附近野餐的？"我问，这时警长从车里拿了一条毯子盖住尸体。

"罗丝提议的。几个朋友告诉我们这里很好。上帝……"

"你不要自责。"伦斯警长说。

"我们正在聊天，吃东西，突然她站了起来。似乎有什么东西吓着她了，她开始顺着小路往远处跑。当时我们唯一能看到的人就是霍桑医生，我还以为她觉得医生是墓地管理人，来赶我们走的，但无法解释她为什么会那样跑开。"

警长转向我。"你看到了什么，医生？"

我尽可能准确地描述了一番。"她好像被绊了一下，从桥边摔了下去。但那里没有什么可以绊人的。桥面是平坦的。我自己跑到桥上，如果有电线或类似的东西，我会看到或感觉到的。"

"杜普雷先生，你妻子曾经头晕过吗？"

"没有出现过类似情况，警长。据我所知，她从来没有晕倒过。"

"那仇人呢？"我问，"嫉妒的追求者？"

"当然没有！你为什么这么问？她的死亡又不是人造成的！"

伦斯警长把我叫到一边。"他是对的。医生。这是个意外。你从中得不出其他结论。"

"可整件事非常奇怪。"我坚持道。

"听着，我不得不忍受泽维尔的那个疯疯癫癫的侄子，他一直说他叔叔是被谋杀的，这已经够让我头疼的了！"

"好吧。"我说，不想在此时听到泽维尔之死的信息。我低头看着毯子盖着的杜普雷妻子的尸体，知道我看到的要么是一个悲惨的意外，要么又是一场不可思议的谋杀，但我怎么也想不明白到底是哪种情况。

第二天早上，伦斯警长到我的新诊所找我。"你拿到罗丝·杜普雷的尸检报告了吗？"他问。

我点了点头。"我刚才要了一份副本。没有任何异常。死于溺水。除了一两处因坠落和被冲到下游造成的淤伤外，没有其他伤痕。"

"她会不会是被人下药了？"

"现在你的口气听起来像我了，警长。不，她的胃是空的，经过检验证明，她的血液中不含毒品或酒精。她是个完全正常的年轻女人。事实上，尸检显示她已经怀孕两个月了。"

"怀孕了！"

"对已婚夫妇来说，这是自然而然的，警长。"

"是的。"他承认，"她丈夫知道这事吗？"

"你得问他。她还有其他家人吗？"

"父母和一个兄弟。他们都伤心欲绝。"

我想到了另外一件事。"你说泽维尔的侄子认为他是被谋杀的。"

伦斯警长点点头："他的侄子是斯科特·泽维尔。你认识斯科特，对吗？"

"我想我在格兰奇①会议上见过他一次。"

"斯科特说自己的叔叔是被谋杀的，范肖医生在掩盖真相。"

"范肖怎么说？"

"泽维尔是老死的，斯科特在发神经。"

"你怎么看，警长？"

---

① 格兰奇是美国一个基于农业建立的家庭和社区组织，成立于一八六七年美国内战之后，分社区、县、州和国家四级。——译者注

"斯科特疯了，没错。大家都知道。"

"也许我应该去看看他。"

"你真的很想找出一个凶手，是不是，医生？"

"只要有凶手，就要找。"我十分肯定地对他说。

斯科特·泽维尔五十出头，头发花白，曾在镇外耕种一小块地，大萧条开始后，他失去了那块地。这似乎导致他有些心理失衡，发现了根本不存在的犯罪情节。那天上午晚些时候我找到他时，他正在法院，极力主张把他叔叔刚埋下的尸体挖出来，查明死因。

我把一只手轻轻地放在他的肩上，意在安抚他。"还记得我吗，斯科特？萨姆·霍桑医生。"

他打量着我。"是的，我记得。你是范肖的朋友。"

"他只是我的同行，仅此而已。有什么麻烦？"

"马特叔叔是被谋杀的。范肖给他下了毒。"

"你有证据吗？"

"当然没有，他销毁了证据！这就是我要他们重新验尸的原因！"

"你不能毫无根据地指控，斯科特。"

"我知道我知道什么！"

"我昨天在葬礼上看到你了。差不多同时，一个年轻女人在墓地的小溪里淹死了。"

"我听说了。"

"知道些什么吗？"

"我能知道什么？"

跟他谈没什么用，我一无所获。"忘了你叔叔吧。"我劝他，"他是自然死亡。"

"就像那个淹死的女人？"他这话问得不无狡黠。

刚离开法院，我就发现布什兄弟中的老大正懒洋洋地倚在公墓的皮卡车上，看起来在等着把几袋化肥装进车里。

"你好，锡德里克。"我跟他打招呼。"今天还好吗？"

"挺不错的，萨姆医生。"

"特迪在哪儿？"

"在那边的午餐柜台，正用咖啡杯喝他早上的酒呢。你认为若是罗斯福获得提名，他真的会站出来支持废除禁酒令吗？"

"如果两位候选人都支持废除禁酒令，我不会感到惊讶。"锡德里克的智商还可以，不像特迪，只能读理发店里的《警察公报》那种层次的读物。"昨天你处理好泽维尔的墓了吗？"

"我们拿钱不就是干这事的吗。"

"中午时分我路过那里，特迪不在。"

"他到灌木丛里解手去了。"他笑了，"他离开太久了，我以为他迷路了。"

"不过，他干活还是很卖力的。"

"有时候而已。"

"你听说公园里淹死一个年轻女人的事了吗？"

"大家都听说了。希恩镇人，对吧？"

我点了点头。"你和特迪没看到吗？"

"我没看到。"

锡德里克仍靠着皮卡车站着，我则沿街区朝午餐柜台走去。出于某种原因，我越来越肯定罗丝·杜普雷是被谋杀的。我的潜意识想到了几件事，它们把我引到了这个方向。但凶手是怎么做的，又为什么要这么做？

特迪·布什不在午餐柜台，不过，有人告诉我他刚离开没多久。我正要开车回诊所，就看到伦斯警长匆匆朝我走来。"我需要你帮忙，医生！"

"怎么了？"

"特迪·布什刚刚想伤害一个女孩。我不得不逮捕他。"

女孩受了惊吓，但除了身上几处淤青外，没有受伤。她是一个年轻漂亮的红发女孩，二十出头，名叫苏珊·格雷格，家住卡班路，而那条路通往希恩镇。她独自开着赫德森家用车来镇上购物，当她路过午餐柜台后面的停车场时，特迪·布什跟了上去。

"我能闻到他满口的酒气，"当我在警长办公室外一间私人房间里完成检查时，她告诉我，"他说了些我听不懂的话，然后抓住我的裙子。我尖叫起来，还……"

"你现在可以穿好衣服了。"我告诉她，"你是个幸运的姑娘。"

回到警长办公室，警长向我介绍了情况。"我听到她尖叫，就跑了过去。那时特迪已经把她摞倒在地了。我不得不把他拉开，给他戴上手铐。"

"我真不敢相信特迪会这样。"我说，"让我跟他谈谈。"

我们上楼去了牢房。特迪闭眼躺在一个帆布折叠床上。他抬起头说："你好，医生。"

"怎么回事，特迪？你打算干什么？"

"不想干什么，医生。是我喝的酒，它让我失去了理智。"

"因此你就出去抓了你看到的第一个女人？这可不像你，特迪。"

"我不知道，医生。我不想谈这个。"

"特迪……"

"我当时喝醉了，就是这样！"

我叹了口气，离开了他。"他会怎么样？"下楼时，我问警长。

"他没怎么伤害她。这要看她是否想起诉他了。"

我突然想起锡德里克，他还在皮卡车旁等他的弟弟，我告诉伦斯警长我最好去找他。

我找到锡德里克，把他弟弟的事告诉了他。他安静地听我讲。我讲完后，他嘟囔道："这个该死的傻瓜。"

"来吧，锡德里克。"我说，"我带你去监狱看他。"

中午时分，我和伦斯警长单独在一起，心情沮丧。"我有一种受挫感，警长。我觉得这个案子无从下手。"

"也许根本没有什么案子，医生。并非无法解释的死亡都是谋杀。你想要所有的事都环环相扣，非要找到一个能把马特·泽维尔的葬礼、杜普雷的死和特迪袭击女孩串联起来的解释。但生活不是这样的。"

"也许不是。"我承认。

"听着，我已经让死者的丈夫鲍勃·杜普雷下午一点过来。想留下来跟他谈谈吗？"

"他来做什么？"

"葬礼的安排。他们想明早把她葬在泉水谷，我得把尸体交出来。我没有理由不交。"

"没有理由。"我同意。

杜普雷到达时脸色苍白，神情紧张，仍然无法完全接受这一惨事。"我很惊讶你想把她埋在这里。"警长伦斯说，他为殡葬承办人签署了移交尸体的文件。

"她一直喜欢泉水谷。"

"杜普雷先生，你知道你妻子怀孕了吗？"我问。

他点了点头。"她上周才从范肖医生那里得知这个消息。"

"有了孩子她感到高兴吗？有没有抑郁？"

"完全没有。我们都很期待新生命的到来。"

我深吸了一口气。"你听说过一个叫特迪·布什的人吗？"

"没有。"

"你妻子有可能认识他吗？"

"我不知道。你什么意思？"

"意外发生时，她似乎在逃跑。布什是公墓的一个掘墓人。我不知道她是不是在躲避他。"

"你是她死前唯一看到她的人。"

"我知道，但她从没看过我一眼。"

他走后，伦斯警长说："你该不会觉得是他以某种方式杀了那个女人吧？"

"丈夫总是头号嫌疑人，但他一直在我的视线范围内。他没扔东西，也没拉什么线。如果她被杀了，那肯定另有其人。"

"也许是什么人用钓具把钓鱼线抛向她，然后把她从桥上拽了下去。"

"那我会看到的。当时我们在太阳底下，光线明亮。没人从旁边拽她。她就是翻身跌了下去。"

"她体内没有毒药，你自己也是这么说的。这一次就放手吧，医生。这是个意外。也许因为怀孕，她头晕目眩，摔倒了。你的口气开始像斯科特·泽维尔了，明明没有谋杀，却一口咬定看到了谋杀。"

"我想你是对的。"我承认道，"我想我最好回诊所一趟。"

"顺便说一句，那个女孩决定不起诉特迪了。我要再关他几个小时，然后放他走。"

"嗯，不管怎么说，这是好消息。我只希望我们知道是什么导致他做出这种事的。"

"以及他是否还会这么做。"

回到诊所，我发现戴夫·范肖在等我。我开始意识到诊所选在医院翼楼的不好之处了。

"我需要和你谈谈。"他坐在我的桌子角上说道。

"哪方面的事？"我瞥了一眼阿普丽尔在记事本上留下的几条留言，问道。

"我听说你今早去法院和斯科特·泽维尔谈过。你知道的，那人真的疯了。"

"那是你的诊断吗？"

"听我说，萨姆，泽维尔是个老人，他是自然死亡。"

"辩解多了，反倒不可信，戴夫。不过，我相信你。"

这似乎让他满意了。"我只是不想因斯科特·泽维尔闹出麻烦。"他走后，我开始推理：戴夫·范肖杀了泽维尔，罗丝·杜普雷不知怎么发现了，而因为她是范肖的病人，因此她建议去墓地附近野餐，这样她就能看到泽维尔的葬礼。当范肖在墓地看到她时，便干脆把她也杀了，或者他杀她另有动机。

但怎么做的？魔法，还是催眠术？一个不会游泳的人会被催眠，然后从桥上跳到溪水里吗？

我放弃了，让自己专注于阿普丽尔的留言。我还有病人要看。

当阿普丽尔告诉我特迪·布什在外面等着见我时，已是傍晚时分，差不多有五点了。我看完最后一个病人，请特迪进来。他显然很尴尬，低着头走进我的办公室，不敢跟我对视。

"这么说，你出狱了，特迪。"

"是的，医生。她……那个女孩没有起诉我。我不知道我是怎么了。不知道是不是病了。"

"坐下，我们谈谈。你今天早上喝酒了，是吗？"

"跟往常一样，用咖啡杯喝了一点。"

"量够大的，在空腹的情况下，那对你的影响会很大。"

"我想是的。"他表示同意。

"所以，你走到外面，看到了那个女孩，试图攻击她。"

"我……我本来不会，但是，医生，我昨天看到她在鸭塘裸泳，然后她出现在那里，穿着衣服，就在我面前。我猜是酒精让我想要她，所以……"

"她都不是本镇的人，特迪。你看到的可能是别人。"

"不，不管到哪儿，我都能认出那个红头发。我当时在山顶的树林里，就在我们要填挖的坟墓附近。我往下看，她就在那儿，在池塘里游泳。我看着她出来，穿上衣服。"

"原来锡德里克找你时，你在那里。"

"我想是的，"他承认道，"看着她的身体，我的眼珠子就挪不开了。"

"特迪，我希望你别再喝酒了。你知道它对你的影响了。如果再做出这种事，你就不会这么走运了。伦斯警长会把你关起来，然后扔掉钥匙，让你一直关在里面。"

"我知道。"他又低下了头。

"那好吧。走吧，别再惹麻烦了。"

"你不觉得我需要吃点药吗？"

"你需要的只是健全的判断力，特迪。"

他走后，阿普丽尔来到我的办公室。"我明天上午有约诊吗？"我问她。

"只需要去温尼斯太太家出诊。"

"打电话告诉她我午饭后到。明天上午我想去参加罗丝·杜普雷的葬礼。"

我和伦斯警长一起参加葬礼，仪式开始前，我们坐在他的车里聊了很长时间。"你没证据，医生。"他坚持认为。

"不管怎样，让我试试吧。"

他只是叹了口气。当我们跟着送葬队伍从希恩镇的教堂走到泉水谷公墓时，他拒绝了谈论这件事。"猜测。"他只说了一句话，"我们不能凭猜测给凶手定罪。"

四月的天气持续温暖，阳光明媚，很像罗丝·杜普雷淹死的那天。当送葬队伍走向挖好的坟墓时，我看到布什兄弟站在一旁，手里拿着铁锹。

这位去世的女人来自一个大家庭，她丈夫独自一个人走在队伍的前面，亲戚跟在她丈夫后面。我转过身，环顾周围的观众，惊讶地发现范肖医生也在场。显然，跟我参加马特·泽维尔葬礼上一样，他是从医院走过来的。

牧师站在棺材前面，说了几句话，我们听不太清他说了什么。很快就到了特迪和锡德里克干活的时候了。"满意吗？"在简短的下葬仪式结束时，伦斯警长问道。

"刚刚好。"我说。我发现树林中有东西一闪而过。"来吧！"我催促着，突然开始跑起来。

"医生，到底是什么？"

因为离树林不远，我几秒钟就跑到了。"凶手回到了犯罪现场。"我说着，伸手抓住她纤细的手腕，把她从树后拉了出来。"警长，请允许我介绍杀害罗丝·杜普雷的凶手，苏珊·格雷格小姐。"

"疯了吧，你！"她尖叫道，"放开我！"

伦斯警长看上去很不高兴。"医生，我……"

但我急忙继续说："苏珊，泳游得不错。你必须游泳好，才会从桥上跌落，然后一路游到鸭塘。你戴着黑色假发，穿着罗丝那样的衬衫和长裤，只要我看不清你的脸，你就可以冒充她。游到池塘时，你脱掉湿衣服，摘掉假发，出来取自己的干衣服。就在那时，特迪·布什碰巧发现了你。在那根枯木旁游泳，等待罗丝的尸体被发现，是不是很不舒服？"

"我没有杀她。"她坚持道，"哪一点你都无法证明。"

我掰着手指逐条论证："第一，特迪·布什看到你在鸭塘裸泳，溪水正是流到那里。我可以证明那天的溪水很凉，毕竟那是山上流下的融化的雪水。没有人会为图凉快而在这么冷的水里裸泳。第二，你的朋友鲍勃·杜普雷说我的到来可能吓到了他妻子。事实上，她的脸没有面向我，我一直没看到她的脸。既然真的是你，你肯定不敢冒险转过头来。

"第三，当我走过去的时候，杜普雷和他所谓的妻子刚吃完三明治，但尸检结果显示罗丝·杜普雷的胃是空的。也就是说，我看到的那个从桥上掉下去的女人是另一个人。第四，在特迪想袭击你后，我检查过你的身体时，注意到几个地方青一块紫一块。但淤青不会在几分钟内形成，应该是前一天在小溪里留下的。第五，罗丝的身体几乎没有淤青，尽管她应该被水冲了很远。为什么？因为她并没有漂那么远。她身上的几处淤伤是你淹死她前把她打晕时造成的，这一切可能就发生在她被发现的地方。"

我看到鲍勃·杜普雷匆匆向我们走来，苏珊·格雷格也看见了他。"不，"她说，"我可不想代人受过。鲍勃杀了她。他把她打昏，然后淹死了她。我只是当着一个证人的面跳进了水里。他想和她离婚，跟我结婚，但当她发现自己怀孕时，便拒绝放他走。"

鲍勃·杜普雷听到了，他的脸因愤怒而扭曲。"闭嘴！"他喊道，"闭嘴！你这等于是在说我们都有罪！"

这正是伦斯警长需要的。在杜普雷扑向那女孩之前，他已经把手铐拿了出来。

"因此，你瞧，"萨姆·霍桑医生最后说，"我确实想方设法把罗丝·杜普雷溺水和特迪袭击苏珊·格雷格联系在了一起。你问那马特·泽维尔的死呢？嗯，不，据我所知，那是自然死亡。

"下次我要给你讲的是我们的百年庆典之夏，还有差点毁了这次活动的离奇的密室谋杀案。"

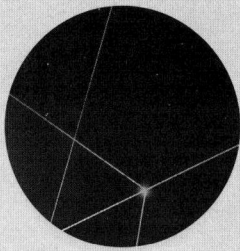

05

哭闹室里的
障眼法

"请进，请进！"萨姆·霍桑医生说，"要不要跟平常一样来点小酒？好！我答应过你这次要讲一讲我们镇百年纪念活动中的一起密室谜案，对吧？在那些年里，诺斯蒙特镇搞了很多庆祝活动。一九二七年夏天，我们举行了三百周年纪念活动，纪念的是早期清教徒移民到此定居，而现在是一九三二年夏天，我们要纪念的是诺斯蒙特镇成为一个村镇的一百周年。当时正逢经济大萧条，又是总统大选年，我想镇上的元老们会认为我们需要这样一场庆祝活动……"

在大多数人看来，伴随着百年庆典，最精彩的事情莫过于诺斯蒙特镇电影院的开张，这是我们镇拥有的第一座可以放映有声电影的大型建筑。对我们来说，这意味着向未来迈出了大一步，甚至对大多数居民来说，这比几年前清教徒纪念医院的开业还重要。庆祝活动为期一周，影院在六月二十九日，也就是周三开业，作为活动的一部分，特伦顿镇长已经同意在那天参加剪彩仪式。到了七月四日，也就是下一个周一，会有烟花表演，届时，庆祝活动将达到高潮。

周二，也就是电影院盛大开业的前一天，我顺道去参观了一下。电影院门前贴出了电影预告，宣布第一天要连续放映两部影片：詹姆斯·卡格尼主演的《胜者为王》和切斯特·莫里斯主演的《奇迹先生》。电影院老板是马特·克里利，他和镇上的其他人一样兴奋不已。

"让我带你看看这个地方，医生。"他拉着我的胳膊催促道，"我们这儿可以舒舒服服地装下四百三十人。这可是诺斯蒙特镇一半的人口，我想它还会吸引远至希恩镇的人前来。他们那里还没有电影院！"

观影厅确实令人印象深刻。"后面那个小玻璃房是干什么用的？"我问他。

"特意为有婴儿或小孩的家庭准备的隔音室。类似哭闹室，这样他们就不会打扰到其他观众。屏幕上的声音通过扬声器传到里面。全国现在只有少数几家电影院有这样的房间。"听得出来，他的话里充满了自豪感。

"你干得真不赖，马特。"我边说边打量着那间只有十几个座位的小房间。我们沿着中间的过道往下走，我回头瞥了一眼。"那上边是放映室吗？"

"对的。有时我会操作放映机，但弗雷迪·贝将是我的专职放映员。"

"你觉得你能让他保持清醒吗？"弗雷迪是镇上的一号人物，尽管禁酒令仍然在这个国家施行，但他喝醉的时候多，清醒的时候少。

"他最近表现得很好，医生。我一直在教他操作放映机，对此他真的很感兴趣。"

“听你这么说我很高兴。”我告诉马特。弗雷迪·贝在商业街的理发店上方租了一个房间，我经常在去诊所的路上看到他。

往外走时，一个漂亮的黑发女孩问了马特一个问题。马特转向我。“你认识薇拉·史密斯吗，萨姆？”

“我想我不认识。”我听说马特从希恩镇雇了一个售票员，但没听说这位售票员是如此地迷人。

“薇拉，这位是萨姆·霍桑医生。如果你收钱收到手腕扭伤，他就是你要请的医生。”

她冲我迷人地一笑。“我希望不会发生这种事。”

“你住在镇上吗？”我问道，我不知道和她聊些什么好。

“希恩镇。我开车过来。”

“这工作不错。你还是零的突破呢。”

“克里利先生一直跟我这么说来着。”她回答。

“我还得雇三两个男孩当引座员。”克里利说，“今天下午我就得办这事。今天上午我在报纸上登了广告。”

“祝你好运。”

“医生，这里有两张首演之夜的票。带着女朋友来吧。”

“非常感谢。”

那年夏天，我还没交女朋友，所以，回到诊所，我便问护士阿普丽尔是否愿意陪我一起去。“明天晚上？”她问，“到时是不是有特伦顿镇长剪彩或者其他活动？”

“没错。”

“我喜欢！但我穿什么呢？杂志上的人们都会穿正装出席首映式。”

“在诺斯蒙特镇，我们不必那样。你穿过的那件衣服……”

电话铃声响起，打断了我们的谈话。是伦斯警长打来的，我听得出来他十分紧张。"医生，你得快点过来。我发现了一具尸体。"

"你在哪儿，警长？"

"在理发店楼上弗雷迪·贝的公寓里。他刚刚自杀了。"

公寓里满是灰尘，没有几件家具，确实是那种我以为弗雷迪会住的地方。餐桌上放着半瓶非法购入的苏格兰威士忌。弗雷迪躺在旁边的一张安乐椅上，右手下的地板上扔着一把左轮手枪。"开枪打了自己的头。"伦斯警长嘟囔道。

我检查了他那血淋淋的太阳穴。"火药灼伤。看着像是自杀，警长。"

"走廊对面的女人一小时前听到了枪声。她试着敲他的门，没人应，就给我打了电话。"

"我不明白可怜的弗雷迪为什么要自杀。"

"他留下了一封遗书，医生。那将是你见过的最令人惊奇的事情！"

我拿起那张字条，字写得歪歪扭扭，像是用颤抖着的手写的，我快速读了一遍：

我在诺斯蒙特镇电影院开业当晚杀了特伦顿镇长。我恨他，他总是让警察跟着我，就因为我喝酒。我在放映室的地板上钻了个洞，穿透了哭闹室的天花板。当镇长进去试用房间时，我弄出了点动静。他抬头看天花板，我就朝他的眉心开了一枪。我用腻子填上了那个洞，这样也就不会有人看到，也没人知道他单独在房间里是怎么被枪杀的了。我本可以逃脱惩罚，但我的良心不允许我这么做。我只好一死了之。

弗雷迪·贝

"但是……"

"一点不错，医生。影院明晚才开张，特伦顿镇长还活着，弗雷迪却说自己是一桩尚未发生的谋杀案的凶手。"

弗雷迪·贝的遗书被认为是一个酒鬼的胡言乱语。对此，特伦顿镇长笑着予以否定。"也许他打算杀了我，但喝得酩酊大醉，自以为杀了我。"

伦斯警长和我亲自检查了放映室的地板和下面房间的天花板，没有发现任何有过洞的迹象。如果弗雷迪对自己的计划是认真的，那就说明至关重要的第一步他都还没有实施。

"没有放映员我该怎么办？"马特·克里利十分恼火，用手捋了捋他那稀疏的头发，"我应该在下面迎接观众入场的，却不得不亲自放映。"

"会有办法的。"伦斯警长宽慰他道。

"如果镇长被吓跑了，不来剪彩了怎么办？"

"没有什么能吓退厄尼·特伦顿的。"伦斯向他保证，"他为什么不来？潜在的杀手都已经死了。"

在我们离开电影院时，我问警长："你会来参加开业仪式吗？"

"我当然会来，但不是因为这事。我妻子和我只想在镇子的这个地方看两部好电影。"他眯着眼看着我，"你不是在担心什么吧？"

"不全是。"

"那是什么，医生？我感觉你有点不对劲。"

"我只是在想那半瓶非法购入的威士忌。要知道弗雷迪有多爱喝酒。如果他要自杀，你不觉得他会先喝完这瓶酒吗？"

"也许是这样的，"伦斯警长承认这一点，"但如果有人杀了他，并打算杀镇长，那他就不会蠢到留下遗书，这等于是给我们发出了警告。"

"那我就不懂了。"我承认道，"我不知道该怎么想。"

影院开业那天下午，阳光明媚，是一个温暖的夏日，似乎上天也特意在为庆祝活动助兴。基于百年庆典的主题，镇广场被装饰一新。特伦顿镇长并非唯一一个利用这一机会表现的从政者。卡斯珀·德雷克就正在和几个人握手，他是镇管理委员会成员，也是特伦顿的政治对手。

他看见了我，喊道："霍桑医生！请等一下！"

"你好吗，卡斯珀？"他很瘦，患有胃溃疡，多年来，我一直在断断续续地为他治疗。

"果然不出我所料。请告诉我，弗雷迪·贝开枪自杀是怎么回事？"

"事情似乎就是那样了。他留下了一封遗书。"

"感觉很奇怪。克里利刚在新电影院给他安排了一份工作。"

"我知道。"我不愿意再补充什么，希望那封遗书上的内容不为众人所知。

"你今晚会参加开业仪式吗？"

"我不会错过的。我们那儿见，卡斯珀。"

七点刚过，我便开着斯图兹鱼雷去接阿普丽尔，她已经准备好了。我们开车绕过广场，把车停在新电影院附近，此时，天色还很亮。尽管离七月四日国庆日还有五天，但已经有孩子拿着爆竹和左轮砸炮枪在那边的舞台前开始庆祝了。不知为何，这给晚上的活动增添了一种节日气氛。虽然伦斯警长站在路边瞪眼看着他们，但他并没有想要干涉他们玩耍的意思。

"很高兴见到你，医生，阿普丽尔。"我们下车后，他说道。

"你妻子在这儿吗，警长？"阿普丽尔问道。

"她在里面，要占两个座位。我想镇长正式宣布开业时，我应该待在外面。"

由于首映之夜的观众都是受邀嘉宾，薇拉·史密斯不需要待在票房。相反，她来到门口，站到马特·克里利身旁，帮着检票。克里利看到特伦顿镇长站在门口，便下令暂时停止观众进场。当一条象征性的红丝带在入口处拉开时，我们都围了上去。

"朋友们，镇民们，"魁梧的镇长开始讲话，就像是在搞连任竞选活动一样，"今晚，诺斯蒙特镇电影院盛大开业，这是我们镇的第一家电影院，我很高兴来此参加百年之夏的重要活动之一。"他举起剪刀，在人群的欢呼声中剪断了彩带。

我们跟在他后面鱼贯而入，我注意到卡斯珀·德雷克走过时俯身跟薇拉·史密斯耳语了几句。不知他说的是什么，但她的脸红了，也笑了。阿普丽尔和我找到了后排靠过道的座位，并向同排另一头的警长妻子挥手打招呼。过了一会儿，伦斯警长本人也出现了，抓住了我的胳膊。

"医生，我遇到了件麻烦事。特伦顿镇长想在哭闹室里看电影的前半部分。"

我忍不住笑了。"你不会迷信吧，警长？我们检查过那个房间，天花板上没有洞。再说，不管弗雷迪的遗言是不是真的，那人也已经死了。"

他摇了摇头。"我真的不喜欢，这简直是在玩命。"

"我到后面跟他谈谈。"我告诉他。阿普丽尔答应帮我占着座位，但她看到这么多人，兴奋得不得了，我根本没指望她能占住我的座位。

特伦顿与马特·克里利和卡斯珀·德雷克站在一起，欣赏着电影院的内部装饰。马特率先对我说："医生，如果镇长真的想在哭闹室看电影，我想知道你是否可以和他坐在一起。我得去放映室放电影，如果警长在外面盯着门，我会感觉好些。"

"我认为你们都犯傻了。"特伦顿说。我还真得同意他的看法。"我只是想在那里坐上五到十分钟，感受一下那个房间。然后我就出来，跟你们坐在一起。"我突然想他可能是为了争取女性选民的选票，尽管当晚克里利没有邀请年轻夫妇试用这个房间。

"你想坐多久我就陪你坐多久。"我同意了。"那请进吧。"

马特·克里利终于笑了，他向薇拉示意道："告诉引座员开始放映时站在后面。我不希望他们的脑袋挡住屏幕。"

我们进入玻璃房，在第一排坐了下来。隔音板让我的耳朵有种怪异的感觉，我开始低声说话，直到我意识到外面的人听不到我们的说话声。"玻璃的隔音效果很好，"我说，"它一定花了克里利一大笔钱。"

特伦顿镇长点了点头，说："波士顿在这方面跟我们差远了。"

为了找话题聊天，我问道："你太太今晚在哪儿？"希尔达·特伦顿是位和蔼可亲的中年妇女，通常会陪同镇长出席镇上的活动。

"此前我是希望她能来的。但今天下午她不得不去希恩镇看她妈。"

"希恩镇。售票员薇拉就是从那里来的。"

特伦顿嗯了一声。"我觉得她很眼熟。也许我在那儿见过她。"

电影院的灯光暗了下来，精致的红色幕布拉开了。幕布上开始出现黑白图像时，观众纷纷鼓掌。在我们头顶上方，挂在角落里的扬声器发出音乐声。伦斯警长透过窗户向我们瞥了一眼，并挥手致意。"这些座位不错，"我对镇长说，"不过，克里利也许应该在地板上铺地毯。"

特伦顿嗯了一声，眼睛一直盯着屏幕。

首先放映的是之前预告的第二部影片。它讲的是一群无赖被信仰治疗师成功改造的故事。特伦顿镇长似乎知道此前有一个朗·钱尼的默片版本。不到十分钟，他就开始不耐烦了，建议离开哭闹室，跟其他观众坐在一起。"我该转着找找希尔达。她现在可能已经到了。"

屏幕上的一个角色拔出了枪。特伦顿刚站起来，我就听到一声闷响，像是远处开了一枪。我以为是屏幕上的声音，但我身边的镇长喘着气说："哦，我的上帝！我中枪了！"他跌坐到座位上，抓着左肩以下胸部的肌肉。"让我看看。"我说着，扒开了他的外衣，看到他的衬衫上有血迹，还有子弹射入留下的一个洞。

就在这时，门开了，伦斯警长探头进来。"镇长，夫人刚到。我应该把她带进来吗？"

"他中枪了！"我叫道，"快来帮忙！"

"中枪？他怎么会？他和你单独在里面，医生。我一直在门外。"

"也许是弗雷迪·贝干的。"我低声说道，"把灯打开，让我看看在这里能做什么。"

听到这个消息，希尔达·特伦顿变得近乎歇斯底里起来，"他会死吗？我要见他！我想和他在一起！"

"你可以见他，"我告诉她，"但我们要带他去医院，他会没事的。幸运的是，枪声响起时，他正要站起来。否则，击中的可能就是他头部的一侧。"

"但怎么就……"

伦斯警长扶着镇长站起来。电影已经停了，哭闹室里的灯打开了。我知道清教徒纪念医院的一辆救护车已经在来的路上。"别着急，镇长。"我提醒道，"在我看来像是皮肉伤，但还不能确定。"

特伦顿的脸已经变得苍白，我担心他会休克，希望救护车尽快赶到。卡斯珀·德雷克出现在观众中，设法分开众人来到我们这边。"怎么回事？他死了吗？"

"他活得好好的，卡斯珀。让大家退后，好吗？"

救护车终于到了，我们劝特伦顿镇长躺到担架上。他的脸色好多了，虽然我认为可能不会有什么并发症，但我还是跟着车，一路陪着他。我告诉伦斯警长："再检查一下天花板。找找有没有能让子弹穿过的洞。还有墙壁，那些隔音板……"

"我会处理的，医生。"

希尔达·特伦顿坚持要乘救护车同去，当我们到达清教徒纪念医院时，她的情况比她的丈夫还要差。由于医护人员事先得到了通知，特伦顿立即被推进了手术室。我擦洗了一下，戴上口罩，穿上手术衣，跟了进去。

整个过程只花了十五分钟。拉斯克医生取出子弹，举起来给我看。"它射入体内约一英寸,"他说,"要么是从很远的地方射出的,要么是穿过了某种物体,降低了速度。"

"这能要他的命吗?"

"当然,取决于击中的位置。他很幸运。"他弯下腰继续手术,"缝几针,他就会跟平时一样了。"

"留好那颗子弹,"我告诉他,"警长会需要它的。"

我离开手术室,回到在外面等待的希尔达·特伦顿身边。

"告诉我最坏的情况,萨姆医生。"她说,"他死了吗?"

"希尔达,他会没事的。只不过是擦破了皮。"

"但有人向他开枪!"

"是的。"

"谁会做这样的事?"

"从政的人都会树敌。"我回答道,想到了弗雷迪·贝。

"那他们可能会再次行刺,即使是在医院里。"

"希尔达,我相信伦斯警长会派人守在他门口的。"

我把希尔达·特伦顿的担心告诉了警长,他说他已经为镇长安排了一个警卫。

我又把拉斯克医生的意见告诉了他,即子弹可能穿过了某种使其减速的东西。"枪声像是被捂住了。"我确认道。

"类似消音器?"

"我只在电影里听到过这种声音,它通常更像是咳嗽,或气流的嗖嗖声。但这次的声音很尖锐,像是枪声,但不是很响。当然,隔音板可能有影响。"

伦斯警长摇了摇头。"医生,区别没有那么大。窗户和墙上没有弹孔,天花板上也没有。隔音板上的洞不足以让子弹穿过。门没有像经典密室谜案那样被锁住,但这是次要的。我站在外面，而你在里面。没人进去，子弹也不可能射入。这是不可能的，医生。"

"只要想得够久，没有什么是不可能的。假设弗雷迪·贝说他想杀特伦顿是真的，但在方法上说了瞎话。假设他事先在哭闹室里设置了某种机关，比如把枪藏在座位上，甚至藏在墙上的扬声器里，再设定在某个时间开枪。"

"我不知道，医生……"

"那我们去看看吧。"

特伦顿镇长被枪击让马特·克里利非常难过，他取消了剩下的放映。我们到达时，他正在空荡荡的门厅里踱来踱去，看上去仍然心神不宁。"卡斯珀·德雷克说你们收到过警告，说可能会发生这种事，"他面对我们说道，"这是真的吗？"

"嗯，不完全是，"伦斯警长回答道，"我们以为威胁已经过去了。"

"今天是我的盛大开业，你们却毁了它。"

"不是我们毁的。"我提醒他，"是那个潜在杀手干的。"

我跟着警长走进观影厅，他让一名警员守在哭闹室门口。"保持着我们离开时的样子，"他告诉我，"我检查过墙壁和天花板了，没碰任何东西。"

我能看得出来。特伦顿座位旁边的地板上还放着一块浸透了血的手帕，还有我在枪击发生后从他身上脱下来的深蓝色外衣。幸运的是，它破损不严重，只在内衬上有一两处血迹。"你可以把这件夹克还给镇长，"我说，"有没有隔音板能移动，或隐藏着一扇小门的？"

"没有，医生。我都试过了。我甚至还检查了楼上的放映室。"

我找来一个可以折叠的梯子，亲自检查了墙上的扬声器。里面没有枪。接下来，我摸了所有座位的座套，结果都一样。新电影院的地板几乎一尘不染。我捡起一小片红纸，比脚指甲还小，除此之外没有任何发现。"一条死路，警长。"我确定地说。

　　"把你难住了？"

　　"也许。给我讲讲。卡斯珀·德雷克怎么知道弗雷迪的遗书写的是什么？他告诉克里利有人发出过警告。"

　　"在今天下午的会议上，特伦顿镇长提到了此事。他说他觉得他就像林肯一样，今晚要去电影院了。"

　　"你觉得卡斯珀知道这件事吗？"

　　伦斯警长摆了摆手。"我有怀疑。他对芝加哥的新闻更感兴趣。"

　　"芝加哥？"我几乎忘了那里正召开民主党全国代表大会，已是最后一天了。纽约州州长富兰克林·罗斯福在第四轮投票中赢得了总统候选人提名，他乘机飞到那里，发表提名演讲，让所有人大吃一惊。

　　"在演讲中，罗斯福宣称支持废除禁酒令，这跟胡佛两周前说的一样。不管谁当选，禁酒令算是走到头了。"

　　"那对卡斯珀有什么影响？"

　　"嗯，我不想说……"

　　"警长，已经死了一个人了，另一个人今晚差点又死了。如果卡斯珀参与其中……"

　　伦斯警长感到很尴尬。"我听说的，只是一些歪门斜道，医生，可能和今晚的枪击案无关。你看，如果明年废除禁酒令，存有大量进口酒精的人会不会日子过得很舒服。"

　　"你是说私酒贩子？"

"或是用政府颁发的药用许可证合法进口酒精的人。有人告诉我在希恩镇那边有一家新制药公司正在这样做。"

"希恩镇？"这个地方不断被人提及，"跟卡斯珀有关吗？"

"嗯，可是我无法证明，医生。不过，除非你在政治上有一定的影响力，否则，你是拿不到政府颁发的那些许可证的。据我所知，希恩镇有个仓库，苏格兰威士忌都堆到了屋顶，就等禁酒令废除的那一天了。制药公司雇了平克顿侦探事务所的人保护它。"

我们回到门厅，薇拉·史密斯跟克里利站在一起，她说："如果你没别的事让我做，我就回家了。"

"去吧，"电影院老板闷闷不乐地答道，"也许明天会好些。"

"等一下，薇拉。"我喊道，"我陪你去开车。"

在我们同行时，她掏出了车钥匙。"特伦顿镇长没事吧？"

"我想没事。幸运的是，就在枪响时，他刚好要站起来。"

"但谁会这样做，又是如何做的呢？"

"我们正设法查清此事。"我说，"你住在希恩镇，是吧？"

"没错。"

"我之前看到你和卡斯珀·德雷克说话。你在希恩镇镇上见过他吗？"

"当然，要不我怎么认识他。我在那里的银行见过他，还看到过他买东西。"

"他在那里有什么商业利益吗？"

她显然心存疑虑。"我不知道。"

她开的是一辆福特汽车。在她坐到驾驶座上时，我扶着车门。"你可以问问镇上的人，看他是否与那里的什么企业有联系。"

"好吧，如果你想让我问的话。"不知为何，我觉得她不会打听这事。

我看着她开车离开，然后又回到电影院里面。警长正在给哭闹室的门上贴封条。"封几天，不要让人进去。"他说，"明天我们再查看。"

"想到什么了吗，警长？"

他看着我，摇了摇头。"见鬼，医生，我们知道是谁干的。问题在于，他昨天就自杀了。"

我一直担心特伦顿镇长的安全，第二天早上，看到他可以下床，准备回家，我松了一口气。"谢谢你把我的外衣送来，"他说，"至少我可以比昨晚进来的时候更有尊严地离开这里。"

"肩膀怎么样了？"

"拉斯克医生说让我十天后再来拆线。他说一两天内可能会出血，但除此之外，我很好。"

希尔达·特伦顿来到医院，面带微笑，和蔼可亲。她恢复了镇定，再次表现出镇长夫人的做派。"警长抓住杀手了吗？"她想知道。

"他掌握了几条很有用的线索。"我撒了个谎。然后，我补充说："他正在希恩镇调查一些事情。"这一句有一半是真的。

特伦顿失血过多，走路有些摇晃，但我们没费什么劲就把他扶上了车。一位警员也跟着去了，他得到的指示是跟镇长待在一起，至少要守到庆祝节日的周末过去。另外，警长还派了一位警员去特伦顿家值夜班。

我在镇广场找到了伦斯警长，他假装在追逐那些拿着爆竹和左轮砸炮枪的孩子。"不要管他们了，警长！"我对他喊道，"法律又不禁止人们这么做。"

　　"他们在草地上乱扔垃圾。"他一边抱怨，一边弯腰去捡一个爆竹残骸，那是一个又红又圆的樱桃弹，它刚刚爆炸，声音震耳欲聋。

　　"特伦顿镇长已经回家了。"

　　"好啊。"他的脸上露出熟悉的疑惑表情，"医生，我在检查从镇长肩膀里取出的子弹。我只有一个放大镜，子弹头的大小和上面的痕迹看上去都和杀死弗雷迪·贝的子弹非常相似。"

　　"哦？"

　　"而那把枪从周二起就锁在我办公室的保险柜里了。"

　　"我明白你的意思了。"

　　"在锁着的房间里用我保险柜里的枪开了不可能的一枪！"

　　"你能帮我找到希恩镇的那个仓库吗？"

　　"嗯？"

　　"存放苏格兰威士忌的地方。"

　　"我不知道那地方。也许能找到。那里的仓库不多。"

　　"那我们走吧。"

　　"为什么？你想发现什么，医生？"

　　"最后一块拼图。我想知道我们在弗雷迪·贝的公寓里发现的那瓶苏格兰威士忌是不是就是那个牌子的。"

　　他盯着我看了一会儿，然后说："出发吧。"

　　开车去的路上，我在脑子里把这一切梳理了一遍，直到我确定我知道发生了什么。虽然匪夷所思，却完全讲得通。

　　希恩镇不属于伦斯警长管辖，不过这次他去那里并不是逮人。他没费多大力气就找到了皮尔格林制药公司的仓库，并对平克顿的守卫说我是医生，来检查他们的药用威士忌存货的。

"我想你们可以进去，"守卫最后说，"老板在里面。"

"那正是我们要见的人。"我告诉他。

守卫领着我们走过一条过道，两边是一箱箱的苏格兰威士忌，看其标识，正是我预想的品牌。仓库尽头有一间小办公室，里面的灯亮着。当我们走近时，一个我不认识的人走了出来。他皱起眉头，朝我们走来。

"掏出你的枪，警长。"我低声说。

在这个陌生人身后，跟着他走出办公室的是特伦顿镇长。

在那一瞬间，我们惊讶地面面相觑，然后特伦顿对另一个人厉声命令道："向他们开枪！他们是劫匪！"

伦斯警长伸手指着警徽，而不是掏枪。"镇长，你说这话是要干什么？让你的平克顿伙计住手。我想萨姆医生有话要说。"

"是有话要说。"我向前迈了一步，因为过道很窄，我和特伦顿镇长便面对面了，"你差点把我们耍了，我承认。你把受害者和凶手来了个对调，而且做得极有说服力。弗雷迪·贝成了凶手，而你成了受害者，但事实恰恰相反。弗雷迪知道了你和此地的关系，眼看废除禁酒令要成为现实，他便可能想敲诈一点钱花。于是，你模仿他颤巍巍的笔迹，伪造了那封遗书，带着一瓶威士忌找到他，把他灌醉，之后杀了他。剩下的酒你本应都倒进下水道的，正是那半瓶酒引起了我的怀疑。"

"你好像忘了我自己也中枪了，"特伦顿说，"我会因此没收你的警徽，伦斯。"

警长保持沉默，让我说话。"你的中枪最为怪异。我想明白了你是怎么做的，但我只能猜测其中的原因。你担心贝留下了

105

什么东西，比如一封信，指控你利用政治关系获得了医用进口苏格兰威士忌的许可证。如果那封信是在他死后出现的，那你也会成为谋杀他的头号嫌疑人。你怎么既能杀了勒索者，自己还能安然无恙呢？只需再伪造一封信，让人看上去像是他打算杀了你，并且醉醺醺地以为他的计划已经实施了。然后，即使真的信出现了，也完全可以把它当成又一次酒后的胡言乱语而不予理会。"

"我中枪时你就在我旁边。"特伦顿镇长提醒我说。

"所谓的枪击需要你付出很大的勇气。在去电影院之前，你不得不用冰锥之类的东西刺入自己的肩膀，刺得还要够深，这样你才能把一颗已经发射过的子弹头塞进伤口。我希望你为子弹头消毒了，以免引发败血症。你用手帕盖住伤口，既能遮掩，又能吸收血液，然后动身去电影院。你可能认为，在发现弗雷迪奇怪的遗言之后，仍然发生了真正的枪击，这会让我们感到困惑，以至于即使敲诈信出现了，我们也永远不会认为你跟他的被杀有牵连。但我们从一开始就应该意识到，整个所谓的枪击案是以你坚持要在哭闹室里看半部电影为前提的。任何一个想杀你的人都不可能猜到你会这么做，所以，要下手的话是无法事先策划的，弗雷迪·贝或其他人都无法做到。只有你才能安排这一切，镇长。"

"你当时就坐在我旁边。你听到了枪声。"

"我听到的是一颗炮子的爆炸声，即小孩用玩具手枪打的那种弹药。在那之前，你在光秃秃的地板上扔了一颗。在你起身时，你的脚后跟重重地踩在它上面，导致炮子爆炸。声音大得足以让人误以为是一声闷响。烧焦的炮子可能粘在你的鞋底上了，但我在地板上发现了炮子的一片红色小碎片。炮子爆炸后，你把血淋淋的手帕拉下来，扔在我们发现它的那处地板上，让血流出来。你在衬衫上显然是子弹射入的地方开个洞，却无法在外衣上子弹射入的对应位置开个洞，因为那样会被人看到。当我想到这一点时，那件完好无损的外衣就出卖了你。今天，当我提到一条涉及希恩镇的线索时，你不得不甩掉负责保护你的警员，偷偷溜到这里，确认是否一切正常。"

"我要离开这里！"特伦顿咆哮道。在我们意识到发生了什么事之前，他转身跑进了一条狭窄的过道。"快来！"警长朝我喊道，追了上去。

在我意识到这是一个陷阱时，我们已经追了一半了。特伦顿在推一堆威士忌酒箱，想把它们推倒，砸到我们身上。他是一个很有心机的人……

"好啦，"萨姆·霍桑医生最后说道，"我还在这里好好的，因此你就知道我没有被杀。伦斯警长也没有。箱子倒错了方向，压死了特伦顿镇长。我们把他拉出来时他已经死了。在人生的最后几天里，他一定是有点疯了，想出了如此令人难以置信的计划，竟然弄伤自己，把子弹头塞进伤口里。我们从未把真相告诉镇上的人。贝和特伦顿都死了，我们就当他们是自杀和意外惨死的。如果人们对他们的镇长在一个装满苏格兰威士忌的仓库里干什么感到奇怪，也只能私下里议论议论。

"不过，那个仓库最后是怎么处理的，我们没有听到消息。政府还没派人没收这批威士忌，私酒贩子反而先动起手来，前去抢夺。在我们的百年之夏庆祝活动结束前，它又引发了一起谋杀案，就像特伦顿镇长遇袭一样，看起来也是不可能的。"

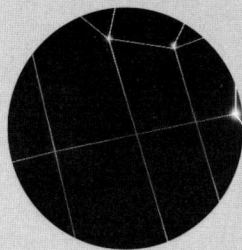

06

致命的爆竹

　　"请进！"萨姆·霍桑医生催促道，朝总在他身边的那张空椅子指了指，"我刚刚给自己倒了一点小酒，我不喜欢一个人喝。不过这倒提醒我了，我要给你讲一个发生在仓库的故事，那还是一九三二年夏天，独立纪念日①前的那个周末，我们发现了一个装满走私的威士忌的仓库。你应该还记得当时是我们诺斯蒙特镇的百年之夏，有很多庆祝活动……"

　　那年的独立纪念日赶上了周一，我猜在经历了上周的刺激后，伦斯警长期待着能过一个平静的假期。但周一一大早，两位衣着考究的男人开车来到镇上，向警长出示了徽章，原来他们是禁酒局执法部门的查理斯·西蒙斯和詹姆斯·雷迪，他们从波士顿的办公室赶来，目的是接管我们在希恩镇发现的那个装满苏格兰威士忌的仓库。虽然它位于另一个县，但因为是伦斯警长和我一起发现的，他也就暂时承担起了监管它的责任。

---

① 七月四日、独立纪念日、国庆日，其实是同一天，本篇中不同的人说起时有不同的表述。——译者注

碰巧我的护士阿普丽尔那周休假。她在切斯特湖租了一栋乡间别墅，邀请警长及其妻子薇拉跟她一起过节，当然还有我。事实上，薇拉一大早就和阿普丽尔一起开车去了那边，我们说好到中午时会合。当伦斯警长打电话告诉我这个讨厌的消息时，我正在清教徒纪念医院翼楼的新诊所给两位病人检查身体。

"医生，我想中午之前我没法赶到阿普丽尔的别墅了。刚来了两位禁酒探员。我得和他们一起开车去希恩镇。"

"我可以在那里和你碰面，然后再赶去湖边。反正顺路。"

"不行，医生。我答应奥斯瓦尔德兄弟今早去修车店。等我忙完希恩镇的事，我还得去那里。"

我不想让阿普丽尔和薇拉失望，因此，要想办法把一切都搞定。"奥斯瓦尔德兄弟那边有什么麻烦？有我能帮忙处理的吗？"

"嗯，也许可以。你知道马克斯·韦伯一直想买下他们的修车店。他们说他故意毁坏他们的房子，迫使他们将之卖掉。昨晚有人打烂了房子的窗户。"

"我想窗户被打烂不是什么严重的事，不要让它扰乱你的假期。离开这里后，我绕道去看看，告诉他们你明天上午再去那里。"

"非常感谢，医生。"

"然后我开车去希恩镇，到那个仓库跟你会合。"

"好啊。我想他们只是想让我带他们看看这个地方，然后接手。对我来说，他们来的恰是时候，要不然整个周末我都得派人看守。"

我锁上诊所的门，开车驶上镇子的街道，前往奥斯瓦尔德修车店。十年前，诺斯蒙特镇根本不需要汽车修理店，但现在镇上大概一半人都有了车，其他人也只是因为大萧条而打消了买车的念头。奥斯瓦尔德兄弟分别叫特迪和比利，都快三十岁了，自从我来到此镇，他俩就一直在摆弄福特T型车。他们的修车店一年前开业，很快就成了喜欢车的十几岁男孩们的聚集地。有人抱怨傍晚时修车店的噪声太大，但还不至于有过激的反应。

在那段时间，镇广场上有人燃放爆竹，闹出的动静可比修车店大多了。跟以往的独立纪念日一样，接下来会有乐队来演奏音乐会，但现在，广场是放烟花和樱桃弹以及用玩具枪玩射击游戏的地方。这些声音唤起了人们不愉快的回忆，因为几天前，这里发生了一起谋杀案，惨案导致走私威士忌遭到曝光。不过那都已经过去了。现在节日期间，诺斯蒙特镇发生的最严重的"犯罪"是有人打烂了窗户，我告诉自己应该感到高兴才是。

我赶到时，弟弟比利·奥斯瓦尔德正在店外。他看起来还是个孩子，玩心不退。在我把车停在街对面时，他点燃了一个爆竹的捻子。对此，我一点也不感到惊讶。他往回跑了大约二十英尺，当爆竹发出令人满意的爆炸声时，他咧嘴笑了。几个小孩子在远处观看。

"车跑得怎么样，医生？"他看见我时问道。

"跑得很顺溜，比利。你哥哥在吗？"

"在里面修一辆雪佛兰。"

我跟着他进入修理车间，特迪·奥斯瓦尔德正在给雪佛兰换轮胎。他比比利严肃，但没有比利长得好看。若是女孩追着比利跑，对特迪视而不见，想必他们都不会有什么意见。

"我听说你的窗户被人打烂了，特迪。"我说，"伦斯警长让我过来告诉你，他明天上午过来。"

特迪拿起一把木槌，想把雪佛兰挡泥板上的一处凹痕敲平。

"马克斯·韦伯干的，我知道是他。如果我看到他出现在这里，我会用这个修理他。"

比利从车的一侧绕过来。"是马克斯，没错。"他表示赞同。

"他为什么急于把这房子弄到手？"我问，"它下面有油井？"

"他有一个大计划，想重新规划这个镇子。他想在这个角落建一栋办公楼，并在底层开设商铺。"比利捡起另一把木槌，想帮忙敲平凹痕，但似乎拿不定主意该怎么做。最后，特迪叹了口气，把木槌从比利手里夺了过去为他演示操作。

就在这时，多拉·斯普林斯廷走了进来。她是比利的女友，一个漂亮的金发女郎，在街边的杂货店卖冷饮。"他们打碎的窗户在哪儿？"她随口问了一句，但并非特意要问谁。

"在后面。"特迪嘟囔着说，"我们找到了被人砸进来的那块石头。"

她从工作台上捡起那块小石头。"比一块鹅卵石大不了多少。要知道，一个大爆竹就可能把它炸到空中。也许这是个意外。"

我不得不赞成她的观点。"这里可能没有什么需要警长处理的。"我说，"如果你们愿意的话，我可以跟马克斯谈谈，让他别逼人太甚。"

"没人搭理马克斯·韦伯。"多拉说，"他走到冷饮柜台那里，就像他是那个地方的老板似的。"

比利·奥斯瓦尔德打开一个储物柜，拿出两大箱爆竹。"来吧，特迪，我们收工，去乐和乐和。见鬼，今天是七月四日。"

我不喜欢别人让我想起这个日子。那是一九二四年，我在诺斯蒙特镇开诊所不久，七月四日，公园的舞台上发生了一起谋杀案。从那时起，这一天对我来说似乎就不吉利，尽管后来的独立日都还算平静。"你这些玩意足够把整个镇子夷为平地的。"我评论道。

比利拿起一包掂了掂。"这些是为今晚准备的流星烟花。爆竹随时可以放，比如现在就可以！"

我很不情愿地跟着兄弟俩和多拉穿过街道，朝公园的方向走去。但我们的行程意外地被打断了，因为一辆黑色轿车停在了我们旁边。我认出了跟司机同坐前排的伦斯警长。

"医生，这是波士顿禁酒局的詹姆斯·雷迪。后面那位是查尔斯·西蒙斯先生。"

我对两个面无表情的人笑了笑。坐在前座的雷迪只是哼了一声，西蒙斯则一言不发地下车活动腿脚。也许他们也不喜欢在独立日工作。"很高兴见到你们，"我告诉他们，"我还以为你已经在去希恩镇的路上了呢，警长。"

"我把仓库的钥匙忘在办公室了，得回来拿。"

当比利·奥斯瓦尔德走过时，查尔斯·西蒙斯对他喊道："等一下，先生。你想放那些爆竹吗？"

"我是这样想的。你是谁？"

西蒙斯亮出了他的徽章。"最好让我检查一下。"

伦斯警长觉得很麻烦，马上出面说情。"我们这里的法律不禁止这样做，西蒙斯先生。如果他们很小心，我们就不要管。"

这位政府官员很不情愿地把那包爆竹递了回去。"好吧，放的时候要小心。"他回到车里，关上车门。

"我们希恩镇见。"在警长开车离开时，我告诉他。

"警察，"多拉·斯普林斯廷说，"他们就会找麻烦。"

当比利走过镇广场的草地时，我和多拉都犹豫了，没有走上前。我看着他撕开包装上的封条，拿出一个中号的爆竹，立在草地上，伸手从宽松的衬衫口袋里掏出一盒火柴。"直接放就是，比利！"他哥哥喊道，"可别搞得跟什么大制作似的！"

比利蹲下身子，将宽大的背对着我们，试图划着火柴。不久，比利沮丧地转过身来，又沿着火柴盒的边沿划了一次。还是没划着。最后，第三次尝试时，火柴断成两截。比利郁闷地站起身来。

"快点，该死！"特迪·奥斯瓦尔德喊道。

比利又拿出一根火柴，还是没能划着。最后，特迪跑上前去，从比利手里夺过火柴盒。特迪拿出一根火柴，一划就着了，然后弯下腰去点捻子。比利嘟囔着走开了。"它们是我的爆竹，特迪。至少你应该让我来点火。"

捻子点燃时，闪光立刻出现。我知道不好的事要发生了，想必特迪也意识到了，但特迪已经来不及移动了。突然，震耳欲聋的爆炸声响起，炽烈的火焰似乎吞没了特迪，也翻卷着冲向比利。

继而人们惊叫着四散跑开，烟雾散去后，我们看到他们都倒在地上。

特迪·奥斯瓦尔德当场死去。比利背部烧伤，可能还有脑震荡。我在现场尽力救治他，一辆救护车迅速将他送去了清教徒纪念医院。伦斯警长和其他人在出城前听到了爆炸声，急忙赶到了现场。他一看到发生的事情，就决定留下来，跟我一起处理现场，并派他的一位手下跟禁酒探员去了希恩镇。

"医生，你觉得是怎么回事？"救护车开走时他问道。

"我要是知道就好了。我想是一个有问题的爆竹导致的。不可能是别的原因。"

警长把散落的剩余爆竹收集了起来。它们离爆炸点很远，因此，没有被引爆。在处理它们时，警长还是十分小心。

就在我们呆呆地看着爆炸发生的地方时，他说道："看那个洞！"他看了看手里的一个爆竹，摇了摇头。"你知道吗，医生？我认为是炸药爆炸了，半管的量。看洞的大小应该差不多。"

"怎么可能？我看着比利亲自撕开包装。它在工厂里就被封好了。"

"那捻子是什么样的？"

我点了点头，回忆说："爆炸瞬间就发生了，捻子就像是矿山和建筑工地用来引爆炸药的那种长导火索。只不过和其他几根一样，特迪点着的那根也不过二英寸长。"

"医生，我可以认为工厂出错了，但那才一个错，而现在我们有两个错。错的炸药和错的捻子。你觉得这听起来像什么？"

"谋杀。"我承认，"可是如何做到的呢？"

"你是这方面的专家。"

"还有一件事，"我推断说，"如果是谋杀，预定的受害者是兄弟俩，还是只有比利？"

"比利。"

"他撕开包装，试图点燃捻子，但他没能成功，特迪把爆竹从他手上拿走，自己点。"

伦斯警长点了点头。"我想我们最好去医院和比利谈谈。"

医院的医生很快地处理了比利背部的烧伤，但他仍然有些疼痛。他趴在病床上，头朝我们，显然很悲伤。"我不敢相信特迪死了。谁会对我们下这样的黑手？"

"会是马克斯·韦伯吗？"警长提议说，"你们不是指控他用石头砸你们的窗户吗。"

"扔石头和杀人可不一样，警长。我不认为韦伯会做出这种事。"

警长带来了爆竹的包装纸，上面用红色粗体字写着：十二个大雷子，小心搬运。"比利，你能告诉我你是怎么撕开这个包装的吗？"

"我只是撕掉封条，从一侧撕开包装纸，这样我就能从中拿出来一个。我从没想过这个问题。萨姆在看着我，对不对，萨姆？"

"没错，"我同意，"他没有特意选择哪个爆竹，如果你是这么想的话，警长。他伸手进去，看都没看就拿了一个出来。然后他放下那包爆竹，其他的都散落到草地上了。"

伦斯警长点了点头。"还有谁可能对你怀恨在心吗，比利？要知道，如果那根火柴划着了，死的就是你，而不是你哥哥了。"

"没人知道是我放要那些爆竹而不是特迪。"比利一口咬定，"昨晚特迪还放了几个流星烟花。会不会是工厂装错了？"

"我们认为里面有半管炸药，比利。捻子也不是爆竹的那种捻子。医生说特迪一点着捻子，它马上就爆炸了。"

"我真希望是我。"比利的脸埋在枕头上，闷声闷气地说。

然后，我们离开了他。伦斯警长想检查其余的爆竹，而我想去找马克斯·韦伯谈谈。

韦伯住在枫树街，离镇广场有几条街，我在他家找到他时，他正坐在门廊上读晨报。他身材高大，经常用嘴角叼着雪茄烟头。他是社区领袖，但一想到诺斯蒙特镇的未来要落在他这样的

116

人手上，我就很不乐意。

"你好，萨姆医生。"他放下报纸，跟我打招呼，"我听说广场那里发生了一起事故。我妻子和女儿走着去了，想看看发生了什么事。"

"你没兴趣去看一看吗，韦伯先生？"

他从嘴里取出灭了的雪茄，厌恶地盯着它，然后回答道："我的腿一直不舒服，无法跟以前那样到处走动了。"

"特迪·奥斯瓦尔德死于爆炸，"我说，"他的弟弟比利受伤了。"

"太不幸了。"

"爆竹里有炸药，跟我们想的差不多。"

韦伯哼了一声。"想必是鞭炮厂出了可怕的差错。"

"也许并非发生在鞭炮厂。兄弟俩似乎认为你在骚扰他们，试图强迫他们把修车店卖给你。"

"胡说八道。那处房产我出的价格很合理，但他们坚决不卖。这事已经了结了。"

"昨晚你有没有朝他们的窗户扔石头？"

"肯定没有！"

他的话听起来很真诚，但我认识的很多骗子莫不如此。我看到他的家人正从镇广场溜达着往回走，觉得在那里也没有什么可发现的了。"警长可能想跟你谈谈。"临别时我对他说。

"他知道去哪儿找我。不在这儿，就在我的办公室。"

我赶去监狱，发现伦斯警长坐在他的办公桌前正忙活着。他并非科学侦探，但我不得不承认他对那些爆竹的研究是一流的。他割断了所有的捻子，把爆竹排成两排，每排六个。然后各取一节捻子点燃，以确认它们的燃烧速度。

"它们燃烧得很慢，医生。"他说，"跟我们认为的速度一样。爆竹种类也对，没有炸药或其他不寻常的东西。"

我点了点头。"也就是说，比利选到一个致命的爆竹只是偶然，不能因此就认定是谋杀，警长。"

"除非这是你说的那种不可能犯罪，而且做得很巧妙，看起来根本不像犯罪。"他把捻子划拉进办公桌的抽屉里。"好吧，我最好返回希恩镇，看看那些联邦政府的家伙在干什么。想一起去吗？"

"我想我要再去看看奥斯瓦尔德的修车店，然后我也许会去那里找你，我还是希望能在今天结束前赶到阿普丽尔的别墅。"

到达修车店时，店门是锁着的。正要离开时，我看到房后的小巷里有人，是多拉·斯普林斯廷，她的手伸进了被打烂玻璃的窗户里。

"你在搞什么？"我走到她身边问道。

她缩回手，小心翼翼地避免被锯齿状的玻璃划伤。"只是测试我的一个推测。想听吗？"

"想啊。我喜欢推理。"

"昨晚那块石头打破了窗户，却没有造成多大的损坏。如果目的不仅仅是打破玻璃呢？若是要闯进修车店呢？"

"人恐怕很难钻过那个六英寸的洞。"

"但我的手可以伸过去，而且能够到窗户的插销。"

突然间我有了兴趣。我自己试了试，发现她是对的。可以拨开窗户的插销并让闯入者进去，然后关上窗户，再以同样的方式锁住窗户。"为什么会有人想进去？"我问。

"那些爆竹放在那个没上锁的柜子里。可能是有人爬进窗户，调换了一个做过手脚的爆竹。如果那人有时间的话，从被换掉的那个爆竹上剪下一个密封条，很容易就能粘到改动过的那个爆竹上。"

我不无欣赏地摇了摇头，但她误解了我的意思。

"那你认为是怎么做到的？"

"也许就是你想到的方式。"

"马克斯·韦伯干的？"

"我脑子里闪过这个念头。"我承认道，"我早些时候找过他，但他一口咬定事情与他无关。"

"他想让他们离开这房子。"

"这我知道。"

"你觉得比利在医院安全吗？"

"我想是的。即使是韦伯，他也不会蠢到这么快就再次采取行动。不过，我可以建议伦斯警长安排一位下属晚上守在那里。"

她看起来松了一口气。"太感激了。"

跟多拉在修车店分别后，我开车离开镇子，去往希恩镇。在窗户这事上，多拉的看法可能有道理，但在我看来，在任何人都会碰到的地方放置炸药是一种无情且无益的谋杀方法。在我被说服之前，我需要找到一种凶手明确知道自己意欲何为的方法，但从我的亲眼所见来看，凶手似乎不可能做到。

当仓库映入眼帘时，我看到一辆大卡车停在装卸平台上。那个叫雷迪的禁酒探员穿着衬衫，正指挥六个人搬运一箱箱走私的苏格兰威士忌。我停好车，朝他走过去。"进展如何？"我问道。

"正在忙活。"

"繁重的工作，节日也没法休息。"

"该干的活就要干。罪犯不休假，我们也不休假。"

我继续往里走，想找伦斯警长。另一位禁酒探员西蒙斯负责指挥里边的活。我惊讶地发现，超过一半的走私威士忌已经被运走了。"这是我们装的第三车了。"他确认道，"我们干得很快。"

"警长在哪里？"

"他来过这里，然后走了，说是要去钓鱼什么的。"

我点了点头。"是个钓鱼的好日子。"

伦斯警长从来都没钓过鱼。

我回到外面，绕着仓库走了一圈。本应在此守卫的警员也不见身影。

如果警长没去钓鱼，他肯定还在附近，也就是说他的车可能也在附近。我扫视着远处高高的杂草和矮树丛，寻找着我害怕找到的东西。

然后，我看到了清晰可辨的汽车轮胎印。这些轮胎印留在了草地上，显然是最近留下的，一直朝矮树丛那边的干涸河床延伸。我又走了十英尺，看到警长的车尾从洼地里露了出来。

"别动，霍桑医生。"我身后传来一个声音。

在我转身前，我知道有人拿枪正指着我。枪在詹姆斯·雷迪的手里。"我犯了什么法？"我问他。

"回仓库去，聪明的家伙。既然你这么急着找警长，我就带你去见他。"

我别无选择，只好举起双手，在他前面走向仓库。西蒙斯正在等我，他也拔出了枪，示意我进入大楼前面的一间小办公室。

伦斯警长被绑在椅子上，嘴里塞着东西。他的下属奥斯卡·弗劳利躺在地板上，显然不省人事。我知道接下来会发生什么，当我感觉到身后突然有动静时，我只能顺势躲闪，以减轻伤害。

接下来，我躺在了地板上，后脑勺疼痛欲裂。虽然我动弹不得，但我仍有意识，而办公室的门关着，从外面锁上了。然后我慢慢坐起来，揉着头。

因为嘴被塞着，伦斯警长只能哼哼。我把塞口物从他嘴里拔出。他痛苦地皱着脸。"这些人不是禁酒探员。"

"我也想到了。"

"他们是私酒贩子，想赶在真正的政府探员明天出现前把东西运走。我在我办公室的通缉公告上认出了其中一个卡车司机，他们就突然袭击了我。他们对奥斯卡下手很重。"

我弯下腰仔细看了看倒在地上的那位警员。"他会没事的。他现在醒过来了。"

"一旦他们离开，我们就得去找电话打给州警。"

"我们可能活不到那时候了。"我警告他。

"嗯。"

我给警长松绑，然后一起为弗劳利做了检查。他脸色很好，我并不太担心他。"发生了什么事？"他完全清醒后问道。

"一个黑帮成员用枪托打了你。"警长告诉他，"医生认为他们要杀我们灭口。"

外面传来卡车发动的声音。几乎同时，另一辆车开了进来。"这将是最后一批货了。"一个人隔着薄薄的隔板喊道。

"想到什么了吗？"我问弗劳利。

"他们拿走了我的枪。"他在口袋里摸了摸，"我只有一个爆竹。"

"一个什么？"伦斯警长不相信地问道。

"我在地里放了几个。要知道，今天可是国庆日。"

"把爆竹给我，"我说，"快！"

它比奥斯瓦尔德兄弟的那种爆竹小，但我想也只能用它了。"你打算用它干什么？"警长问。

"我点燃它时，我们就一起撞门。如果它到时能爆炸，他们就会认为我们有枪。这是我们唯一的希望了。"

门承受不住我们加在一起的重量，倒了，爆竹发出令人满意的爆炸声。离我们最近的那个人放下手里的箱子，举起双手。"我有枪，西蒙斯！"伦斯警长喊道，"扔掉你们的武器！"

弗劳利抓住离得最近的一个人，把他摔倒在地，解除了他的武器。其他人都举起了手，战斗似乎还没开始就结束了。然而，西蒙斯和雷迪不在。他们在外面，正向他们的车跑去。

警长追着他们跑出了仓库，手里挥舞着一支没收来的枪。在那一瞬间，我觉得这种愚蠢的行为会让他丧命。假禁酒探员发动汽车，直接朝他开过来。但他毫不躲闪，朝他们的车胎开枪。很快，汽车突然转向，撞上了在那里等待的卡车的车头，几乎倾倒。

"这里甚至都不属于我该管的县。"伦斯警长一边嘟囔着，一边举枪瞄准，跑向卡车。

西蒙斯和雷迪爬了出来，浑身是血，垂头丧气，手举在空中。

"干得漂亮，警长。"我告诉他，"不管这里是不是该你管的县。"

"我不会让他们逃跑的。"他告诉我，"我觉得就是这些人杀了特迪·奥斯瓦尔德。"

当地主管部门接管后，我们终于可以开车前往阿普丽尔在切斯特湖边的别墅了。就在那里，我们坐在靠近水边的大木制草坪椅上，听警长谈他对这个案子的看法。阿普丽尔为大家准备了冰柠檬水，薇拉·伦斯带来了一些自制饼干。这是一段轻松的时光，我们一边看着湖面上的帆船，一边等待阿普丽尔的晚餐，那想必十分美味。

"你看，"伦斯警长说，"特迪和比利都不是特定的目标受害者。他们只是想要一次爆炸，让人受伤，然后在他们去仓库的时候迫使我待在诺斯蒙特镇脱不开身。他们认为，只要我离得远远的，一个警员即使起了疑心，他们也能轻松应付。于是，他们拦住了奥斯瓦尔德兄弟，假装检查爆竹。当然，他们不是不知道禁酒局管不了爆竹的事。西蒙斯随身带着一个改造过的爆竹，在进行检查时，随手替换了一个比利的爆竹。幸运的是，炸药就在比利设法点燃的第一个爆竹里，但西蒙斯知道第一个爆竹很快会引爆整包爆竹。不管是第一个爆竹，还是最后一个爆竹，都有可能引起爆炸，导致有人死亡或受伤。这就是他们想要的。"

薇拉长长地喝了一口柠檬水，悲伤地看着湖面。

"他们必须在真正的禁酒探员到来之前把仓库清理干净。他们不能让任何事情妨碍他们。"

我站起来，沿着湖边漫步。过了一会儿，阿普丽尔来到我身边。"怎么了，萨姆？"

"我不知道。"

"是警长说的那事吗？"

"我想他的分析是一个很好的答案。我何必替可能杀了其他人的两个私酒贩子担心呢？"

"其他人，不是特迪·奥斯瓦尔德吗？"

"我跟你说过我不清楚。事情不可能像警长说的那样，但这并不意味着他错了。"

"为什么事情的发生不可能是他说的那样呢？"

因为西蒙斯不可能知道比利·奥斯瓦尔德或其他什么人会在某个特定时刻带一包爆竹走在街上，当然，他也不可能知道那是一包爆竹。他不可能另外准备好一个爆竹用于替换，也不可能在我们没注意到的情况下调包那么大的东西。我们时刻都在注视着他。"

"但如果不是西蒙斯干的，那是谁干的？又是怎么做到的？"

我没有马上回答。相反，我只是站在那里，用石头在平静的湖面上打了几次水漂。我知道，接下来薇拉会喊我们去吃饭。

正如预计的那样，食物美味可口。晚饭后，阿普丽尔又让我们惊讶了一回，因为她拿出了一瓶法国白兰地。"这是严格按规定买到的，"她宣布，"我希望我没有违法，警长。"

"我想在七月四日这天我可以原谅你。"他说着，举起酒杯。

我们离开阿普丽尔的乡间别墅时已经十点多了，我开车送警长和他妻子回家。警长感觉这天过得很过瘾，急切地想在早上返回希恩镇，再会一会西蒙斯和雷迪。为了不破坏他的心情，我不想跟他说"你错了"。

把他们送回家后，我开车去清教徒纪念医院见比利·奥斯瓦尔德。他还趴在床上，不安地打着瞌睡，护士不愿意打扰他。"我会负全责的。"我向她保证。

我们的说话声吵醒了比利。他扭头看着我。"你好，医生？我能很快离开这里吗？"

"我想再过几天你就可以出院了。你很幸运。"

"比特迪幸运多了。"

"是的。"我平静地说，"告诉我，比利。你为什么要杀你哥哥？"

"什么？"他立刻想从床上站起来。

"待着别动，比利。"

"你这样说是疯了吧，医生！你看到我撕开了那个包装，如果有人动了手脚，也是韦伯，或前天晚上偷偷溜进去的人！"

我摇了摇头。"不，比利，是你。装着炸药的假爆竹藏在你的衬衫里。当你背对我们弯腰点捻子时，你用致命的爆竹取代了真正的爆竹。你知道特迪总是会在你做不了的时候替你做，于是你两次笨手笨脚地试图点着捻子。然后一如既往地，特迪要替你点着捻子。但你没有及时远离爆炸点，背部被烧伤了。"

"我试着划着那些火柴！可它们就是着不了了！"

"那可能是因为你事先把几根火柴头弄湿了，但你确保剩下的都是干的，这样，在你走开后，特迪就不会点不着捻子了。"

"你说什么事情都已经发生了，但你到哪里也找不到证据！"比利仍然嘴硬。

"证据就在伦斯警长办公桌的抽屉里。当你被爆炸所伤时，你知道不能让人在你的衬衫里发现真正的爆竹，便在摔倒时把它扔到了地上，跟其他爆竹混在一起。但为了测试捻子，警长把它们都捡了起来。我在他的办公桌上看到了那些捻子，一共十二根，每根代表着有一个爆竹。既然伦斯警长收集了十二个爆竹，那就意味着爆炸的那一个根本不是原包装里的，而是一个替代品。然而，只有你有机会掉包，比利。"

他躺在那里，很长时间没有说话。最后他说："特迪想把我们永远拴在那个修车店里。马克斯·韦伯给我们开的条件已经很好了，特迪却谈都不谈。我想特迪走了，我就可以卖掉修车店，搬到别处，开始新的生活。我不想一直被特迪左右。"

"我得给伦斯警长打电话。"我告诉他……

"我的介入到此为止了，"萨姆·霍桑医生最后说道，"比利在监狱候审期间自杀了，但当时我不在。后来，那年秋天发生了一件事，差点让我永远离开诺斯蒙特镇。我想，我们下次见面时，我得给你讲讲这事。"

07 未画完的画

"你来得真早。"萨姆·霍桑医生扶着打开的门说,"我想你一定急着知道我差点离开诺斯蒙特镇的事。让我倒点白兰地驱驱寒,然后再给你讲这件事。这不是值得我骄傲的时刻之一,但如果缺了它,我这乡村医生的故事就算不上完整。"

这件事发生在一九三二年的初秋,当时正值经济大萧条最严重的时期,总统竞选形势也愈发激烈。当然,人们都在谈论如果罗斯福赢得选举将会带来什么变化,而且由于两大党①的候选人都呼吁废除禁酒令,人们纷纷猜测禁酒令即将成为历史。但在事情发生的那天,我想的可不是政治或禁酒令,而是在清教徒纪念医院救治一个叫汤米·福里斯特的小男孩,他在夏末得了严重的小儿麻痹症,病情突然恶化。

"他需要辅助呼吸。"我告诉他的父母迈克·福里斯特和梅维丝·福里斯特。他们去年夏天才搬到诺斯蒙特镇,迈克现在我

---

① 指民主、共和两党。——译者注

们的新小学教书。

梅维丝年轻而且友善，当她问我"他会瘫痪吗，医生？"时，我的心几乎要碎了。

"恐怕会有一些持续性的麻痹，"我诚实地告诉她，"但现在说有多严重还为时过早。我们现在要努力挽救他的生命。"

"有什么办法能救他吗？"迈克问道，脸上露出痛苦的神情。

"小儿麻痹症破坏了汤米的呼吸神经。他很难自主呼吸，而且可能很快就无法呼吸了。最近，一种名为'德林氏人工呼吸器'的设备能成功地辅助病人呼吸，也有人叫这种设备'铁肺'。它是四年前由一位名叫斯劳·德林克的人发明的。它有一个很大的压力舱，病人需要将头部以外的整个身体都密封其中，然后由电机带动增压和降压，使空气进出病人的肺部。"

"它能帮到汤米吗？"

"这是我知道的唯一能救他命的东西。斯坦福市有一个，但我不知道是否投入使用。我会给那里的医院打电话。"斯坦福市的医生告诉我他们的机器出故障了，在修理电机。"也许明天就能用了。"那位医生说，听起来他还有些不确定，"试试上午给我打电话，十二点之前。"

"对我的病人来说，明天可能太晚了。附近还有别的地方有德林氏人工呼吸器吗？"

"波士顿有一个。"他给了我医院的名字，我向他表示感谢。

只花了十分钟，我就得知波士顿唯一的'铁肺'正在救一个女孩的生命，她只比汤米大几岁。我给我的护士阿普丽尔打了个电话，让她试着联系一下纽约最大的医院。"如果我需要联系你，去哪儿找你？"她问。

"我必须完成今天在医院的巡诊。还要去德克尔太太和福克斯少校那儿查房。"前一年，医院的一座闲置的翼楼被改造成我的诊所。诊所开在那里比在镇子上方便得多，在越来越多的病人开始来医院接受治疗的情况下更是如此。大多数人在家里诞生和离开这个世界的日子正在迅速消失。现在，诺斯蒙特镇一半以上的新生儿都在这家医院出生，很多得了不治之症的病人也来此接受治疗。

从我经手的例子看，德克尔太太和福克斯少校最有代表性。德克尔太太在前一天刚生下一个胖胖的男婴，而福克斯则是一位退伍老兵。一九一八年，德军施放的芥子气破坏了他的肺，对此任何医生都束手无策。我探头跟德克尔太太和她得意的丈夫说了几句话，不禁想到了走廊尽头的福里斯特夫妇，以及他们得了重病的孩子。几天后，德克尔夫妇将带着他们的宝贝孩子回家，开始新的生活。而对福里斯特夫妇来说，无论结果如何，他们的生活再也回不到以前了。

福克斯少校是个坚强的人，我不愿看到他受苦。一个六十多岁的男人靠在床头，看起来比实际年龄老很多。我来到病房时，正赶上一位客人到访，他是诺斯蒙特镇商人委员会主席克林特·温赖特。福克斯少校在中心大街开了一家体育用品商店，那里向来是一个受欢迎的聚会场所，在狩猎季节尤其如此。这位少校发明了一些小而实用的工具，比如开罐器和修灯器，从而给其他商人带来了一些生意。他甚至发明了一种小型扩音器，用于帮助听力不好的人。

"今天怎么样？"我笑着问，瞥了一眼他床尾的病历。

"非常累，医生。"他努力地说道。

"我告诉他我们需要他回到中心大街。"温赖特说，试图让气氛愉快些。温赖特已近四十岁，是一家男装店的老板，雄心勃勃，看到他的波浪形头发，人们便会开玩笑说他有点像电影明星。

"他很快就会回去。"我说，这话听起来比我感受到的现实感觉更有希望。

福克斯少校咳嗽起来，试图换个更舒服的姿势。"我不知道，医生。我认为德国的毒气最终会要了我的命。"

我检查了他的生命体征，量了他的脉搏和血压，听了他的心跳。他的情况并不比前一天好，但也没有恶化。等我检查完，已经快正午了，护士为病人端送午餐盘的动静传来。"我得走了。"克林特·温赖特说着站了起来，"保重身体，少校。如果周末你还在这里，我会再来看你的。"

"谢谢你来看我，克林特。"福克斯少校答道。护士进来时，他又开始咳嗽。护士放下他的餐盘，去调整他头后的枕头。

温赖特和我一起走在走廊上。"他康复的机会有多大？"他坦率地问道。

我耸了耸肩。"他永远也不可能完全康复。能否挺过这一轮发作还有待观察。"

"我为他感到难过，他没有家人或亲人什么的。"

"谁在打理他的店？"

"他有个店员，小伙子叫比尔·布林哈姆。你认识他吗？"

我摇了摇头。"这个镇子发展得太快了，新来的人我都已经认不全了。"

"最近我没见你来我的服装店逛逛呀，医生。我们现在可是在清仓大甩卖呢。"

"谢谢，克林特。有空的话，我会去看看。"

我跟他在大厅分手，顺着走廊走到我的诊所。阿普丽尔把她记录的一些信息递给我说："我跟纽约方面核实过了。我找到了两个'铁肺'，但都有人在用。你想让我联系更远的城市试试吗？"

我摇了摇头。"他不可能出远门。只能希望他可以坚持到斯坦福市的设备修好了，这是我们最好的选择。"

阿普丽尔去吃午饭了。在开始出诊前，我得先处理完一些文字工作。我答应希金斯太太，去看看她痛风的情况。然而，在我动身前，伦斯警长打来电话："医生，我需要你帮忙。"

"我马上要出诊了，警长。"

"特丝·温赖特被杀了。我现在温赖特家。"

"特丝？简直不敢相信！不到一小时前我还在医院见过她丈夫。"

"我需要你，医生。你能过来吗？"

"我可以在去希金斯家的路上拐个弯。"我告诉他。

等我到那里时，克林特·温赖特已在现场了，是被人从店里喊回来的，他悲痛欲绝，几乎要瘫倒在地。在我见到伦斯警长之前，我尽力安慰他。

警长站在特丝的小画室里，从这里向外看，能看到长满树木的后院。房间里有被害人作画的画架，此时，她就瘫倒在画架旁的椅子上。一块溅满颜料的长布缠在她的脖子上，在其咽喉部位打了个结。从现场我们可以看到一个翻倒的盛放着鲜花的花瓶，特丝一只手的指甲断了，但似乎她很快就咽气了。

"怎么回事？"我问。

"特丝喜欢在这里画画。"警长回答说，指着画架，上面有一幅画着花瓶的半成品水彩。"克林特在快十一点时离开家，这时清洁工巴布科克太太来了，一直在客厅里忙活。画室的门关着。她发誓没有人进过房间，然而，你也看到了，所有的窗户都是关着的。"

我依次走向三个窗口查看，窗户全都从里面关死了，而且没有别的门可以进出这个房间。"显然至少有两种解释，"我说，"要么克林特在离开前杀了他妻子，要么巴布科克太太在撒谎。"

"她说在特丝的丈夫离开后，她听到了特丝四处走动、打开收音机、接电话的声音。我相信她，医生。这就是我叫你来的原因。"

我认识巴布科克太太有几年了，大多数时候我们都是在我的病人家里碰巧相遇。她五十出头，身体健壮，值得信赖，勤劳能干是出了名的。十年来，她一直守寡，每周做几次清洁工作，以此养活自己和她十几岁的女儿。

"跟我说说你来到时发生的一切。"我说。

在发现死人的可怕经历后，巴布科克太太的眼睛都哭红了，但现在她似乎已经恢复了镇静。"我大约在十一点差十分时到这里，我每周三都这时候来。温赖特先生说他妻子在画室里画画，于是我开始从画室门外打扫客厅。温赖特先生到地下室给他的汽车取了一个备用轮胎，我听到温赖特太太打开了收音机，她时经常这么做。我忙我的事。温赖特先生离开大约二十分钟后，电话铃响了，铃声一响，她就接了电话。"

"你能听到她在跟谁说话吗？"

"听不到，门太厚了，说话声传不过来。我只听到电话响了一次，然后就什么也没有了，直到快十二点的时候，"巴布科克太太紧握着她的手帕，"我敲了敲门，问她要不要吃午饭。收音机还在响，所以我想她可能没听到敲门声。于是，我打开门想再问她一次，便看到她这个样子了。"

我抬头看了看站在她身后的伦斯警长。"你到的时候收音机还开着吗，警长？"

"没有。"

"我打电话给警长时把收音机关了。它就在电话旁边。"

"在那之前，你实际上并没有在特丝·温赖特活着时看到她？"

"嗯，没有。"

"你没听到挣扎的声音？"

"没有，收音机很响。"

"除了收音机和电话，你没有碰过这房间里的任何东西？"

"没碰过。"

"当你在外面时，你发誓没有人进过房间吗？"

"没人进去过。"

伦斯警长叹了口气。"你要明白这样说会让你自己陷入很大的麻烦，巴布科克太太！"

"我只是实话实说。"

我们离开她，去厨房找克林特·温赖特了解情况。当我们走近时，他站了起来，看他的样子，愤怒大于悲伤。"这是谁干的？"

"这正是我要问你的。"警长告诉他。

"克林特，"我说，"特丝今天早上有期待谁会来吗？"

"我不知道。"

"你何时离开她的？"

"十一点差十五分的时候。我下楼取了一个想修的轮胎，把它放在了车库里。然后，我去了医院看福克斯少校。我进他病房时十一点刚过。"

"今天早上你没去你的店？"

"没有。我不在的时候，有一个年轻姑娘帮着看店。"

"据你所知，特丝有什么仇人吗？"

"每个人都喜欢她。"

"她和巴布科克太太之间有什么过节吗？比如说，巴布科克偷东西时被抓住了？"

"没有。从来没有这样的事。"

警长的车停在门口，吸引几个邻居走了过来，其中一人是比尔·布林哈姆。我记得这个名字。"你是在福克斯少校的体育用品店工作的那个年轻人，对吗？"

"是的，先生。"他礼貌地回答。他长得很帅气，而且肌肉发达，二十五岁左右，比我小十岁，但戴着一副厚厚的眼镜，让他显得有点老。

"你住在这附近？"

"街对面，隔几栋房子。"

"你是不是在快正午时回的家？"

"没有，先生。我在店里。少校的身体如何了？"

"还是老样子。"

"我希望他能快点好起来。"

福克斯少校不会好到哪里去，但我没告诉他这一点。我问："白天你在家时，有没有注意到有人来过这栋房子？"

见警长和其他人听不到我们说话，他不好意思地看着我说道："你是说男性朋友吗？当她丈夫在服装店的时候？"

"我不是那个意思，不单指这种人。"

"没有，我从没注意到有什么人。当然，除了巴布科克太太。她每周三都来。"

我回到画室时，尸体已被搬走。我看了一眼电话和打翻的花瓶，转而注意起了那幅未画完的画。花瓶和花已被勾勒出了轮廓，有些水彩颜料已经涂抹到了叶子和花瓣的位置上，都是大块的红色和绿色。

伦斯警长和一个邻居走了过来。"医生，还记得海迪·米勒吗？"

她是个和蔼可亲的女人，年龄跟特丝·温赖特差不多。我曾经为她的两个孩子治疗过儿童常见病。"你还好吗，海迪？我都忘了你住在这条街上了。"

"我昨晚来见过特丝。真不敢相信这种事会发生在这一带。"她拨开眼前的头发，一副心烦意乱的样子。

"你昨晚见过她？"我饶有兴趣地问，"当时她丈夫在吗？"

"克林特？是的，他在翻看商店的账目。我向他打了招呼，但我是来看特丝的。我们就是在这屋里聊她的画的。"

我朝着画架示意道："她是在创作这幅静物画吗？"

"画花，是的。我昨晚看到她添了一点颜色。"

"你跟她关系很近，海迪。她有没有暗示过她可能有性命之忧？"

"没有。"

"你们昨晚聊了些什么？"警长问道。

"她的画，我的孩子们。她一直对我的孩子很感兴趣，可能是她自己没有孩子的缘故吧。我们经常走动。真不敢相信她就这么走了。"

"你也雇巴布科克太太做事吗？"我凭直觉问道。

"是的。她每周二来我家做家务。"

"她值得信赖吗？"

"哦，是的。"

"你和她从来没有什么矛盾？"

"从来没有。"

没有什么能做的了，我和伦斯警长走出屋子向我的车走去。"你知道谁有可能在十一点和十二点间给她打电话吗？"

警长耸了耸肩。"或许我们应该去电话交换台找米莉·塔克谈谈。她可能还记得给谁转过电话。"

"那你来处理吧。我还有病人在等着呢。"

"医生，非常感谢你给我的帮助。克林特·温赖特是本地的重要商人。我得尽快破案才行。"

我在汽车旁停了下来。"我忍不住思考克林特完美的不在场证明。要是巴布科克太太说的是真的，特丝被杀的时候，他正和福克斯少校待在病房里。我也亲眼看到他在那儿出现了。我总是会怀疑完美的不在场证明。"

"你认为克林特雇人勒死了自己的妻子？"伦斯警长问道，他的语气表明他不太相信我的话。

"我不知道。那也解决不了巴布科克太太发誓说没人进过房间的问题，是不是？"

警长摇了摇头。"你能帮我和电话交换台的米莉谈谈吗？我想尽快尸检。"我很不情愿地同意了。现在去希金斯太太家已经晚了，她的情况也不严重，我可以明天早上再开车去。

温赖特的服装店离电话大楼只有一个街区，我决定先到那里

136

看看情况。我想起了克林特·温赖特提到的那个姑娘。洛蒂·格罗斯是个迷人的黑发女郎，从高中起就颇受男孩子们的欢迎。

"萨姆医生，"她向我打招呼，"温赖特先生现在不在这儿。有关他妻子的可怕消息你可能已经听说了。"

"我刚从那儿来。很惨。"

"他们很是亲密。这是个可怕的悲剧。"

"洛蒂，他今天上午在店里吗？"

"没有，我想他从家里直接去医院探望福克斯少校了。我十点开的门，他十二点刚过就来了，正好在警长给他打电话之前。"

"谢谢，洛蒂。"我说，"再见。"

我沿街走到电话交换台，爬上二楼，米莉·塔克和另一个女孩正在总机值班，两人都是高中毕业没几年。米莉是那种"疯"姑娘，若不是出生得有点晚，她就是人们口中的"摩登女郎"了。她表演的查尔斯顿舞很能活跃聚会的气氛，这一点让她名声在外。

"你好，米莉。今天好吗？"

"霍桑医生！你上这里来做什么？"

另一个接线员把一个连线插头插进一个亮着灯的孔里，说出了熟悉的请求："请说号码。"

"你听说今天上午发生在特丝·温赖特身上的事了吗？"

"有人杀了她。真是太可怕了！"

"据我们所知，她死于上午十一点到十二点之间。那时，清洁工巴布科克太太听到过一次电话铃响。你还记得是谁打给她的吗？"

"哇，霍桑医生，我们一天接到的呼叫多了去了。罗丝和我不停地拔线插线，没怎么注意。"此时，她面前的连线板有灯亮起，她快速做了几个转接，然后转向我说："我希望能帮到你。罗丝，你还记得十一点到十二点之间打到温赖特家的那个电话吗？"

另一个姑娘想了想。"好像有一个。是温赖特先生从他店里打的。"

我摇了摇头。"他不在店里。"

"那我就不记得了。"

"不管怎样，谢谢，姑娘们。如果你们要是想起什么，马上告诉我或伦斯警长。"

我到诊所的时候，阿普丽尔都急疯了。"我到处打电话找你。米莉·塔克说你刚离开那里。福里斯特的孩子病情加重了。"

"我马上去看他。"

"斯坦福市医院来过电话。人工呼吸器修好了。我告诉他们要尽快送过来。"

"多长时间的事了？"

"那时刚过一点。我试着去希金斯家找你，但他们说你压根就没去那里。你去哪儿了？"她的语气里带有指责的味道。

"温赖特太太被杀了。警长要我去帮忙。"

"希金斯太太怎么办？她想知道你什么时候去看她。"

"打电话告诉她明天早上吧。"

我匆匆穿过医院的走廊，往汤米·福里斯特的病房走去。赶到后，我看到医院的一位医生和一位护士正在汤米的床边，旁边是他的父母。在我进去时，医生抬头看了我一眼。"我找到了一台人工呼吸器，正从斯坦福市送过来。"我说。

他微微摇了摇头。"很抱歉，萨姆。我们没能让他继续活下去。他几分钟前就死了。"

梅维丝·福里斯特不再看着病床，转而看着我。"你去哪儿了？汤米哭着要你救救他。"

"我相信克兰斯顿医生已经尽力了。"

"如果呼吸器及时送到的话……"眼泪顺着迈克·福里斯特的脸颊流了下来。

"我很抱歉。"除此之外，我不知道还能说什么。

克兰斯顿跟着我走出病房。"阿普丽尔怎么也找不到你。"

"我在帮伦斯警长处理一些事情。"

他的嘴唇绷得紧紧的。"请原谅我这么说，萨姆，我们的工作是给活人治病。我们不是警察。"

"我在也无能为力。"

"但你本可以在这儿的。"

阿普丽尔在诊所找到了我，我的手还放在电话上。"汤米·福里斯特死了。"我告诉她。

"我知道。"

"我刚打电话到斯坦福市，让他们不要把呼吸器送过来了。"

她走到桌前。"你为什么不回家？你看起来糟透了。"

"克兰斯顿说我应该和我的病人在一起，而不是去帮助伦斯警长。"

"不要在意他说什么。"

"他可能是对的。"

我回到自己的住处，闷闷不乐。伦斯警长打来电话想谈谈这个案子，但我告诉他我没心情谈。我已经完全不想特丝·温赖特被杀的事了，而是在想汤米·福里斯特和希金斯太太，还有我的其他病人。

我让他们失望了吗？

我还配在诺斯蒙特镇当医生吗？

那天晚上我几乎一夜没合眼，一直在思考我的未来。破解伦斯警长要我帮忙的谜案已经成为我生活的重要内容，但如果我要继续留在诺斯蒙特镇，就不能再这样下去了。我首先是个医生。是时候理清我应该优先做什么了，即使这意味着离开诺斯蒙特镇，到另一个镇子重新开个诊所。

第二天早晨，我去医院查房，有意避开了汤米·福里斯特住过的那个空病房。福克斯少校感觉好些了，我陪着他，听他回忆战争往事，要是在平时，我是不会坐那么长时间的。伦斯警长找我找到了那里。"我到处找你，医生。"

我跟少校道别，来到走廊。"我正在想我以后不再参与破案了，警长。"

"什么？"

"昨天有个男孩死于小儿麻痹症。即使在现场，我也救不了他，但如果我在，对他和他的家人会有一些安慰吧。"

"你想过通过把凶手绳之以法而挽救的那些人了吗？"

"我们这儿哪有那么多屡教不改的犯罪分子。"

"温赖特的案子呢？假如凶手逍遥法外，又勒死了别人呢？"

"我认为特丝·温赖特认识杀害她的凶手。否则，他不可能在她身后如此轻易地勒死她。若是小偷，你是不会背对他的。"

"那他怎么进入房间的？"

"可能他一直都在那儿。也许特丝有一个情人，等她丈夫离开后，她把情人放了进去。她可以为他打开窗户，等他进来后再把窗户关上。"

"那他怎么离开的？"

"巴布科克太太进来时，他还在，藏在门后。趁她给你打电话时，他溜了出去。"

"我想有这种可能。"警长承认道，不过听上去还是有些怀疑，"可是，为了不被发现，巴布科克太太进来时，难道他不会把她打晕吗？"

"我会告诉你我要做什么，警长。但现在我得出诊。回来时，我会去温赖特家等你，看看我的推测是否正确。"

"一小时内你能赶到吗？十二点左右？"

"我尽量赶到。"

我探望了德克尔太太和她的小宝宝，他们状况良好。然后我便开车去了希金斯家。他们对我很客气，不过，希金斯太太还是说了这句话："我们以为昨天你会来。我烤了一个蛋糕，你如果来了，就可以吃一块了。"

"很遗憾，我错过了。有事耽搁了。"

"米莉·塔克说你在帮警长调查温赖特的谋杀案。"

"是的，但我忙着照顾病人，没有很多时间处理那事。"

离开后，我立即开车去了温赖特家。伦斯警长正在外面等我。

"发现什么有意思的东西了吗？"我问。

"没别的，你的推测不对，医生。快来看看吧。"

我跟着他进到屋里，现在这儿寂静无声，死气沉沉。"今天下午是她的吊唁仪式，"警长解释说，"所有人都去殡仪馆了。"

我们从客厅走进画室，我立刻就明白了他的意思。门向右开，电话放在右手墙边的一张桌子上。巴布科克太太在发现尸体后不得不去那边打电话求助。更能推翻我的推测的是，门后靠墙放着一堆已经完成的画。那里肯定是无法藏人的，即使有人设法藏在那里，也会被打电话的巴布科克太太发现。"确实不可能。"我说。

"还有别的想法吗，医生？"

"没有了。"我翻看着那些未裱装的水彩画。"她似乎比较喜欢画花和静物。看那些花瓣和叶子上精致的用笔。她是个技术娴熟的画家。"

"你说是就是吧。我比较喜欢有活力的画。"

我开始向门口走去。"我还有病人要看。"

"医生，你知道谁杀了她，对吧？"

"有一种可能，"我承认，"我们开车去殡仪馆吧。"

我开着我的车跟着他。到达之后，我们把车都停在路边。虽然还没到吊唁的时间，但这里已经聚集了一群人。在寻找想找的人时，我们和几个人打了招呼。我知道，这是虚张声势，成功的把握不大，但值得一试。"她在那儿，"我对伦斯警长说，"来吧。"

"见鬼，医生，她不可能是凶手！这是……"

"洛蒂！"我喊道，"洛蒂·格罗斯！我能和你谈谈吗？"

温赖特服装店的那个姑娘向我们走来，满脸困惑。"洛蒂，你能跟我到车里待一会儿吗？我们必须和你谈谈。"

"什么事？"她坐进后座后问道，这时我正扶着门。

我和警长坐进前座，半转过身子看着她。"洛蒂，克林特昨天让你给他家打过电话，对吗？十一点到十二点间？他让你等电话铃声一响就挂断，对不对？"

"我……"

"伦斯警长要以杀妻的罪名逮捕克林特·温赖特。除非你与警长合作，否则，会被当成从犯受到指控。"

洛蒂·格罗斯大哭起来。最后，警长开车驶离公路，这样我们就不用担心谈话受到打扰了。看她流泪的样子，不难看出她感到了恐惧，而最让她害怕的是父母会因此发现她和温赖特的暧昧关系。对她来说，这种罪过和耻辱似乎大过帮杀妻的温赖特提供不在场证明。

"他从没说过要杀了她，"她坚持说，"他只是让我打个电话。"

伦斯警长仍蒙在鼓里，不过他装得很像，假装什么都知道。最后他问我："医生，你能不能给洛蒂从头讲一遍温赖特的作案过程？这样，也许她就知道事情有多严重了。"

"差十五分钟或差十分钟到十一点时，巴布科克太太到他家，而就在她来之前不久，温赖特在画室里勒死了妻子。他关上门，知道巴布科克太太至少要到十二点才会打扰特丝。为了制造特丝还活着的假象，他做了两件事。他借口去地下室拿一个要修理的轮胎，在地下室里，他接上此前从保险丝盒里取下的那根保险丝，使得特丝画室里的收音机开始响起来，因为他在离开画室前打开了收音机。这样，巴布科克太太自然会以为特丝还活着，是特丝自己打开了收音机。后来，他去探望了福克斯少校，以此证明自己在医院，不在现场，并让洛蒂给他家打电话，让电话铃响一次，这进一步强化了特丝还活着，在跟什么人通话的假象。"

"你是怎么知道这些的，医生？你怎么知道特丝当时已经死了？"

"巴布科克太太告诉我们，她关掉收音机后才给你打的电话，因为它太吵了。我们试想一下，电话铃响时，特丝不调低音量，或关掉收音机，能去打电话吗？"

"巴布科克太太也说听到过特丝走动的声音。"

"那只是她的想象。如果门太厚，听不到说话声，那她也不会听到任何轻微的走动声。"

洛蒂·格罗斯抬起头。

"他说他要娶我。我爱他。"

"如果不想坐牢，你就得指证他。"我警告她。

"医生，"警长问我，"你是怎么发现的？"

"我想是那幅未画完的画告诉我的。那些大块的红色和绿色与她其他画中花瓣和叶子上的细腻画法很是不同。当然，画家的风格并非一成不变，但海蒂·米勒在前天晚上拜访过她，看到过那些不寻常的笔画添加之前的作品。如果特丝死得比我们设想中的早，还没来得及画，她丈夫的不在场证明就显然不成立了。这让我开始思考整件事是如何伪造出来的。电话交换台的罗丝说那个神秘的电话可能是克林特从他的店里打回家的。她只记对了一半，电话是从店里打的，但不可能是克林特，于是我就猜是他让洛蒂打的，然后迅速挂断。"

"有一件事我还没想明白，"伦斯警长说，"为什么克林特要设计一个对自己不利的封闭环境呢？为什么要关上窗户，而不是至少留一扇，让人感觉凶手是偶然闯进了画室呢？"

"答案很简单。克林特不可能知道巴布科克太太会在这段时间一直待在能看到那扇门的地方。他认为她会在房子里四处走动，或去其他房间，给假想的凶手足够的机会下手。让这起谋杀案变成了一桩不可能犯罪的是巴布科克太太的移动，或者说是因为她没有移动。"

"你想口述证词，然后签字吗？"伦斯警长问洛蒂。

"我不想伤害克林特。"

"他杀了他的妻子，洛蒂。他必须受惩罚。"

"好吧。"最后，她说，"我在证词上签字。"

当天下午晚些时候，克林特·温赖特被捕。两天后，特丝下葬。我错过了她的葬礼，因为汤米·福里斯特在同一天上午下葬，我去了那里。

"结果，"萨姆医生最后说道，"我信守承诺，把更多的时间花在了我的病人身上，有一年多没扮演侦探。直到禁酒令结束的那天晚上，诺斯蒙特镇发生了一件事，让我违背了自己的诺言。不过这事我要留着下次再讲。"

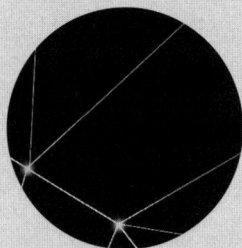

08

密封的
毒酒瓶

"这一次，我答应给你讲禁酒令被废除后的那晚在诺斯蒙特发生的事。"萨姆·霍桑医生一边说，一边给来访者倒了一大杯白兰地。"当然，全国各地是在同一时间废除禁酒令的，但我认为其他地方禁酒令废除后发生的事没诺斯蒙特镇这么有戏剧性。"

那天是一九三三年十二月五日，星期二。自富兰克林·D.罗斯福三月入主白宫以来，已经有三十三个州通过了废除禁酒令的宪法修正案。犹他州是最后一个通过修正案的州，为了这份"荣誉"，州议会"坚持"将投票时间推迟到宾夕法尼亚州和俄亥俄州采取行动之后，从而让犹他州成为第三十六个通过修正案的州。天越来越晚了，犹他州最终批准修正案时，东海岸的时间已经是下午五点三十二分了。一个多小时后，罗斯福总统签署了结束禁酒令的正式公告。

对此，每个社区都有自己的庆祝方式。在诺斯蒙特镇，我们一群人被邀请去了莫莉咖啡馆，这是我们近十四年来第一次合法

147

喝酒。莫莉咖啡馆是在老咖啡店旧址上重建的，由它提供新近合法的烈酒似乎是再合适不过的了，因为多年以来，镇子上的很多人经常光顾此地喝上一满杯非法烈酒。

莫莉·富兰克林四十出头，活泼开朗。几年前，她和丈夫格斯搬到了诺斯蒙特镇。他们来自波士顿，莫莉的父亲在那里经营电镀生意。搬到这里后，格斯在镇政厅附近的商业街开了一家小雪茄店。他们看上去是一对幸福的夫妻。一天晚上，当莫莉去波士顿探亲时，格斯·富兰克林在自己的车库里上吊自杀了，这让大家都很震惊。几个月后，她才从这个打击中恢复过来，不过，她仍然决定留在诺斯蒙特镇，经营自己的企业。她用格斯的保险金和出售雪茄店的钱买下了老咖啡店，并把它改造成了现在的莫莉咖啡馆，并准备在禁酒令废除的那天开业。结果赶上下雨，可连绵不断的雨也丝毫未能减弱她的兴致。

那天晚上，我带着我的护士阿普丽尔去参加莫莉咖啡馆的开业典礼。像往常一样，莫莉在门口热情地迎接我们。"进来吧，萨姆，还有你，阿普丽尔。我们只是在等待收音机传来它又合法的消息。"她高个子、大骨架，身材很好，十分丰满。为了这个场合，她把自己的金色短发精心地烫了一下，还穿了一身舞会服装，光一照就会闪闪发亮。

我脱下为防备雨水打湿而穿上的雨衣，接过阿普丽尔的外套。"今晚的天气让人不爽。"

"已经不错了，气温再低一些就要下雪了。这儿，医生，我们有正规的衣帽间存放你们的外套。这可是个高档场所。"莫莉从我手里接过它们。

我不得不承认现在这里比老咖啡店改进了很多。朦胧的灯光营造出些许气氛，墙上的大镜子让这个地方显得比实际面积大了一倍。吧台前已经聚集了一大群人，我看到了医院里的韦恩医生，还有克雷森镇长和他的妻子苏珊。老朋友伦斯警长也在那里，摆弄着一个空酒杯，似乎已经等不及那期待已久时刻的到来了。

"最近还好吗，警长？"

"很好，医生。今晚可是个大日子。"

"的确是。"我同意。

"但莫莉没有进到货。菲尔·扬西打算做酒水批发，这回总算合法了，不过要等罗斯福签署公告他才能送货。"

"反正我们已经等了这么久了，再多等一会儿也无妨。"

我慢慢走到吧台，莫莉正和镇议员约翰·芬尼根聊天。芬尼根五十岁左右，已经谢顶，各种小病不断，我一直在为他治疗。"萨姆，我不知道你是个爱喝酒的人。"在我加入他们时他说。

"这更像是一场庆祝活动。我想你们需要有一位医生在场，这样即使有人喝得稍微多了些也不要紧。"

"嗯，再加上韦恩医生，我们有了双保险。"

"我怀疑你们用不上了。"莫莉·富兰克林闷闷不乐地告诉我们，"菲尔·扬西刚才打电话来，说天已经很晚了，波士顿仓库明天早上才能把威士忌、杜松子酒和朗姆酒送到他那里。他现在能给我的只有一箱波特酒和一箱雪利酒。"

"该死的，"芬尼根咕哝道，"我还等着喝上好的苏格兰威士忌呢。"

"不单单是我们这里，"莫莉这样说显然是出于"同病相怜"的心理，"纽约也是如此。仓库都是满的，但大多数仓库今天都关门了。我听说只有两家卖酒的商店拿到了酒，还有就是大约百分之一的有许可证的酒吧和餐馆。其余的只能等明天了，如果不想被抓到非法贩酒的话。"

就在这时，门开了，菲尔·扬西肩上扛着一个纸箱走了进来。在吧台边等着的二十来个人发出一阵欢呼。像一只友善的大狗一样，菲尔·扬西抖落身上的雨水，把箱子放在吧台上。"这是你的波特酒，莫莉。我再去拿雪利酒。现在正下着倾盆大雨。"

"莫莉，这个要多少钱？"克雷森镇长在吧台另一端问道。他是个好人，不忙着当镇长时，他是一位富有的房产推销员。他上任还不到一年，但似乎每个人都很喜欢他。

"第一杯我请客。"莫莉宣布，引起一片欢呼声，"之后是三十美分一杯，跟纽约的价格一样。苏格兰威士忌四十五美分一杯。"

除了莫莉，任何人都可能会因为价格和纽约的一样而争论起来，但当下大家心情舒畅，没人质疑这一点。韦恩医生打开了箱盖，似乎想让我们确信里面真的有酒瓶。扬西拿着雪利酒走回来，把它放在波特酒旁的吧台上。

莫莉把箱子转了个方向，查看标签，然后等大家都围过来时打开了它。

"谁先来？"芬尼根问道。

"我认为应该是克雷森镇长。"莫莉宣布，没人提出异议，"什么酒，镇长？波特酒还是雪莉酒？"

克雷森似乎在两个新开的箱子之间摇摆不定。"也许来点波特酒。不，不，选雪利酒。我好久没喝雪利酒了，几乎都忘了它是什么味道了。"

"自己选一瓶。"

此时不再有任何犹豫了，镇长伸手去拿箱子左上角的那瓶

150

酒，把酒瓶从箱中的方格里抽了出来。封纸被揭开，莫莉郑重地递给克雷森一个开瓶器。他像个小孩一样咧嘴直笑，打开瓶塞，欢呼声再次响起。他从吧台那排酒杯里挑了一个，对着灯光举起酒杯，然后倒满了雪利酒。

"为你们的健康，"他向在场的人宣布，"也为诺斯蒙特镇的未来干杯。"

芬尼根议员拿起一个酒杯，递过去等着斟满，但奇怪的事情发生了。镇长的左手仍然拿着雪利酒瓶，但在干了杯中的酒后，脸上便露出了可怕的表情。"它尝着不……"

他没有说完这句话。我看到他开始瘫软，就冲过去抱住了他。苏珊·克雷森在我身后尖叫起来。

他几近停止呼吸，但一只手仍抓着雪利酒瓶。当我把他放到地上，试着让他重新呼吸时，一些酒洒在了地板上。然后，我闻到了苦杏仁味，我是不会弄错的。我从他手里拿过瓶子，闻了闻。确定无疑，就是它。

"他中毒了，"我说，"氰中毒，我想是的。"

"你不能想办法救救他吗？"他的妻子喊道。

"对不起，苏珊。他死了……"

稍后，在尸体搬走时，伦斯警长说："医生，这次你得帮我。"

"如果你需要，我可以监督尸检，还可以监督对瓶中液体的分析，虽然我很确定那是氰化物，可能是氰化钾溶液，但我要看到检测结果。"

"你知道我是什么意思。我需要你帮我破案。"

"距离上次已经一年多了，"我告诉他，"这些日子以来，我把更多的时间花在了病人身上，警长。我已经不再干业余侦探的事了。"

"这可是镇长，医生。如果我不能快速破案，他们会剥了我的头皮。这又是不可能犯罪！我们全程看着，除了克雷森自己，没有人碰过那个酒瓶和酒杯。"

莫莉把所有人都请了出去，她低头盯着尸体附近酒的一摊酒。"也许他是自杀。"她推测道，"不管怎样，我的开业肯定被它毁了。"

"我唯一能想到的是，有人在葡萄酒厂或装瓶厂对整箱酒下了毒。"我走过去，随手拿出另一瓶酒，"让我们看看我说的对不对。"我用开瓶器打开那瓶酒，却没有苦杏仁的气味。"我认为这一瓶没问题，但经过分析后才能确定。"

"医生，你最好把整箱酒都带上。"伦斯警长说。

"好主意。医院的实验室有我们需要的设备。"我瞥了莫莉一眼，"对此我很抱歉。"

"拿走吧，"她挥了挥手说，"我越早知道他是怎么死的，我就能越早开始正常营业，免得这个地方老是被这团乌云笼罩着。"

第二天早上，我对克雷森镇长的死因有了更多的了解。他打开的那瓶酒里确实有氰化钾，其浓度之高足以让喝下去的人立刻死亡。箱子里的其他十一瓶都没有毒，都是普通的雪利酒，没有其他成分。我只能推测是法国某家酿酒厂的某个心怀不满的工人在一瓶酒里下了毒，而正是这一偶然事件导致了诺斯蒙特镇长埃德蒙·克雷森的死亡。

但我根本不相信。

我开车去了监狱，把我的发现讲给沮丧的伦斯警长听。"芬尼根议员已经要求州警接手调查。"他告诉我，"他说我没有能力进行调查。你能想到吗？去年夏天，是我抓住了闯入他家的那些孩子，而他现在却说我没有能力！"

"生气是没有用的，警长。我们必须保持冷静，仔细想一想。"

他面露喜色。"这么说你愿意帮我了？"

"我会帮你指明正确的方向，我只能保证这一点。到目前为止我们都掌握哪些情况？"

"一瓶有毒的雪利酒和一个死了的镇长。"警长闷闷不乐地回答说，"镇长自己挑选酒瓶，自己打开，自己倒酒。"

"我知道。他甚至自己选了酒杯，而酒杯里什么也没有。毒药在酒瓶里。"

"除非有人在他晕倒后趁乱下毒。"

我摇了摇头。"他紧紧地抓着酒瓶，我是从他手里夺下酒瓶的，那时毒药已经在酒瓶里了。这说明在他拔下软木塞之前，毒药就在里面了。"

"难道是开瓶器有毒？"伦斯警长问，但就连他自己似乎也没当真。

"不，开瓶器附带不了如此大量的毒药。而且我用同样的开瓶器打开了第二瓶。"

"那这瓶酒一定是被提前下了毒。这样矛头就指向了菲尔·扬西，货是他送的。"

"如果是扬西在酒瓶里下了毒，重新密封，那他怎么知道克雷森镇长一定会选那一瓶？"

"他不可能知道。但也许他不在乎死者是谁，也许他只是想抹黑莫莉的咖啡馆，或者就是单纯地败坏喝酒的名声。没准他是个地下禁酒主义者。"

"菲尔·扬西？"我觉得这个想法很可笑，"自从我来到诺斯蒙特镇，他就一直在这一带私贩酒水。"

"也许这些酒是他酿的，只是贴了别人的标签。禁酒令实行这么多年了，谁还分得清其中的差别？"

"这是真酒。韦恩医生可以说是葡萄酒专家，他也证实了这一点。"那天早上离开医院前，我和他谈过。

"你能帮我个忙吗，医生？你能找菲尔·扬西问问他送货的事吗？我得留在这里等州警来。"

我想这是我能为他做的最起码的事。不可否认，这个案子引起了我的兴趣，这是骗不了人的。我已经很久没有帮伦斯警长调查过谋杀案了，现在医院里没我的病人，除了需要打电话例行回访几个病人，也没什么事。"好吧，"我同意了，"我找他谈谈……"

在镇外的仓库里，我找到了扬西，他正和另外三个人忙着干活。一辆来自波士顿的大卡车正在卸货，扬西正在检查威士忌酒箱，并监督将其中几箱转移到他自己的小卡车上。"这是我有史以来最忙的一天，你却跑来问我问题，医生。老兄，饶了我吧！"

"我只耽搁你几分钟。"我向他保证，"我想问你昨晚给莫莉咖啡馆送的那几箱酒的事。"

"哦，它们！它们怎么了？"

"我们的检验显示，其中一瓶肯定有毒。我们正在试图弄清楚这是怎么发生的。"

"不是我这里搞的鬼，这就是我要告诉你的。"

"我不明白为什么会发生在莫莉咖啡馆。它是从哪里来的？你是说它还没到你手里就被下了毒？"

扬西沉默了一会儿，找到他贴在波旁威士忌酒箱上的标签，小心地写下莫莉的名字和地址，然后他放下手中的钢笔，说道："医生，你的调查角度不对。你为什么不先问问关于克雷森镇长的事，以及他在希恩镇附近的狩猎小屋发生了什么呢？"

"那是什么意思？"

"你去查吧。"扬西说，"我得回去工作了。"

他走开了，对一个正在笨拙地让一箱杜松子酒保持平衡的人大喊大叫。我意识到从他这里得到更多信息已然没有希望了，便回到车里，开车返回镇子。我开车经过我诊所所在的清教徒纪念医院，继续沿着北路行驶，直到镇长的住宅。起初我感觉里面没人，后来前面的窗帘闪了一下，我发现有人在看着我。我停好车，走到门口，还没来得及敲门，门就开了，苏珊·克雷森站在我面前。

"你有什么事，医生？"

我从没觉得镇长的妻子是一个漂亮女人，但现在，悲伤之余，她反而有一种奇怪的吸引力。"我在协助伦斯警长调查你丈夫的死因。"

"谋杀案。"她纠正道。

"嗯，可能是这样，但我们无法确定。这可能是某种离奇的意外。"

"你相信吗？"

"我现在不知道该相信什么。我能进去问你几个问题吗？"

"我十分钟后要去殡仪馆。我得安排后事。埃德蒙的遗体可以领了吗？"

"是的。尸检已经完成。"

她把我领进一间宽敞的客厅，里面的家具出人意料地融合了殖民时期风格和当代风格。"我想他应该是中毒了。"

我点了点头。"酒里被人下了毒。谁会想杀你的丈夫，克雷森太太？"

"没人。他非常受欢迎。他以多数票当选镇长。"

"我知道他在希恩镇附近有一间狩猎小屋。"

"是的，他和他的那些朋友经常去。"她拿起一串钥匙，放进钱包里，"我几乎没去过那里。他们每次都不带女伴。"

"那都是些什么朋友？"我问。

"哦，医院的韦恩医生，约翰·芬尼根。我想还有菲尔·扬西。格斯·富兰克林死前也经常去。他们并不真的是去打猎。我想那里更多是用来打牌和喝酒的。"

"我可不可以去看看那间小屋？那里可能会有关于你丈夫之死的线索。"

"你怎么会有这种想法？"

"这只是我听说的。也许你的钥匙圈上有那地方的钥匙。"

"不，这只是房子和车的钥匙。我不知道他把小屋的钥匙放在哪里了，而且我现在也没时间去找。"她显然急着要离开。

"在我的印象中，他一直是一个极其细致的人。我相信你很清楚他把钥匙放在哪里了。"

她叹了口气，带头走进书房。有面墙上挂着一个自制的钥匙架，上面钉着一排排的钉子。她从贴着标签的钥匙中挑了一把递给我。"你说得对，他很细致。在他作为喝第一杯的人去拿雪利酒时，我就知道他会选哪一瓶。每次他都是从左上角开始，跟他看书或看报一样。"

"有很多人知道吗？"

"他切方蛋糕或肉面包时也是如此，总是先切左上角。认识

156

他的人一定注意到了。芬尼根议员有时会拿这个跟他开玩笑。"

我把钥匙丢进口袋里。我告诉她："我会尽快把它还给你的。"

我不知道在狩猎小屋会发现什么，但扬西让我了解一下那里发生了什么。我想我应该实地查看一下。它是一栋质朴的用原木搭建的乡村建筑，与其说是小屋，不如说是房子，楼上有四间卧室。家具虽不高档，但数量却不少。在快速看了一圈之后，我决定细细地搜索一下。

壁炉里有灰烬，表明那年秋天可能有人用过小屋，说不定就是刚刚结束的狩猎季节留下来的。像克雷森镇长这样严谨细致的人是不可能留下一个去年冬天的脏壁炉的。我在橱柜和楼上的卧室里搜寻，但不知道自己到底要找什么。大约三十分钟后，我准备放弃，这时抽屉里的一个小皮袋吸引了我的注意。它里面有多粒具有黏性的黑球。

楼下传来开门的声音，我愣住了。我拉紧袋子的绳子，把它放回抽屉里，急忙走出卧室，想要看看是哪位不速之客。我们在楼梯上相遇，那个人是韦恩医生。"啊，霍桑！"他向我打招呼，仿佛我们是在医院的走廊里。"我还奇怪外面是谁的车呢。我不知道你有这里的钥匙。"

韦恩比我年长，大约五十岁，不过，浓密的头发已经花白。工作之余我从未见过他，但他从医时间很长，似乎是一位知识渊博的医生。他经常在员工会议上坐着打哈欠，但我不能因此责怪他。"钥匙是克雷森太太给我的，"我解释道，"我在协助伦斯警长调查。"

"你又开始当侦探了，是吗？"他带着一丝得意的笑容问道。对他来说，我做这事就是个笑话。"我敢肯定，一定是禁酒主义者在背后捣鬼，他们不想让大家喝酒，而现在喝酒又合法了。"

"什么风把你吹到这儿来了？"

韦恩停在楼梯上，等我让他过去。"我们上次打猎时，我在这里留下了几件衣服，我想过来把它们取走。"

"你自己有钥匙？"

"当然有。"他拿着钥匙给我看，"我们几个人周末常来这里，就是休闲放松。埃德蒙很大方，我们也很喜欢这个地方。我想现在一切都结束了。"

"都是谁和你一起来？"

"芬尼根议员和菲尔·扬西。通常是我们四个人。"

我点了点头。"我要去楼下看看。"

几分钟后，韦恩带着一件狩猎夹克和一把装在皮箱里的步枪回到了楼下。"我会想念我们的聚会的。"他说。

"克雷森太太和她丈夫一起来过吗？"我问。

"我们在的时候没有。"他从前门出去了，"医院见，萨姆。"

我看着他开车离开，然后回到楼上，走到我一直在检查的那个抽屉前，发现那个小皮袋不见了。

回到诺斯蒙特镇，我跟阿普丽尔碰了一下头，看看有没有需要急诊的病人。她告诉我没有，于是我便打电话到监狱找伦斯警长。他的下属告诉我他在莫莉咖啡馆，我就开车过去了。

衣帽间在内门和外门之间，莫莉正在里面给墙壁刷最后一层漆。"昨天没时间做，"她告诉我，"现在可能没人会来，正好补上。"

"也许他们想看看镇长被杀的地方。你其余的酒是从扬西那儿弄来的吗？”

"是的，他派了一辆卡车运来的。你和警长昨晚拿走的那箱雪利酒怎么样了？"

"他们不得不打开所有的酒瓶进行测试，但没有找到更多被下过毒的酒。为安全起见，也许我们也应该检查一下那箱波特酒。"

"你可以拿一瓶。再失去一箱我可就赔大了。"

"警长在哪里？"

"在里面，"她伸出一根沾满油漆的手指示意，"正和约翰·芬尼根谈话。"

我进去时，镇议员抬头看了看，只见他面前放着一瓶苏格兰威士忌和一个玻璃杯。他可真是一点都不浪费能合法喝酒的时间。"进来喝点吧，医生？"他问道。

"我不会这么早喝酒的。"我向伦斯警长示意，然后走到厨房，在那里我们可以交谈。

"查到什么了吗？"他问。

我向他汇报说其他酒瓶里没有毒药，然后告诉了他我和扬西的谈话，以及我后来去狩猎小屋的事。"我确信这和谋杀案有关，"我说，"但我不知道是怎样的关联。"

"非常感谢你的帮助。我一直想让镇议员告诉我镇议会会议上有没有麻烦，但他说一切都很好。"

"我想问题都在镇子这边。应该是小屋发生的事引起了麻烦。我要再去找菲尔·扬西谈谈，但首先我想从莫莉那里拿到一瓶波特酒。"

等我回到扬西的仓库时，上午的忙碌情形完全结束了。只有一个人在卸卡车，我问他在哪里可以找到他的老板。

"扬西吗？"他回答说，"他在里面的某个地方。我有几个小时没见过他了，自从我吃完午饭回来就没见过。"

我走进仓库，喊他的名字。看到从早上到现在运来的威士忌的数量，我很是惊讶。从装卸货物的平台到他的办公室是一条长长的走廊，两边堆满了酒箱，足够让本县在接下来的很长一段时间里不缺酒喝。"扬西！"我又喊，"你在哪儿？我是萨姆·霍桑！"

快到办公室的时候，我看到仓库地板上有一条湿漉漉的东西，应该是从箱子后面流过来的。我过去查看，发现了菲尔·扬西。看来有人用枪从背后近距离地击中了他。他已经死了。

检查完尸体后，伦斯警长直起身子。"你认为他死了多久了，医生？"

"几个小时吧，我猜。那个在外面干活的家伙查理从午餐时间起就没见过他。查理回来的时候他可能就已经死了。"

"你觉得这和克雷森镇长中毒有关吗？"

"很可能有关。也许有人付钱让他在送货之前把氰化钾装进酒瓶里。"

"那他是怎么把毒药放进一个密封的酒瓶的呢？"

"这只是我们要破解的谜团之一。我开始怀疑禁酒主义者就是幕后主使。也许他们正在全国各地的葡萄酒和烈酒酒瓶里下毒，垂死挣扎，以此让人害怕，不再喝酒。"

"那也太疯狂了，医生。"

"是的，很疯狂。但如果他们买通扬西设法在那瓶酒里下毒，他们当然希望在他开口向警方坦白前灭口。"

"不过，谋杀扬西可能是出于完全不同的动机，"警长指出，"你说他让你去查看镇长的狩猎小屋。凶手也许是为了不让他再告诉别人那里发生了什么，所以才把他杀了。"

"有可能。"我同意，"告诉我，你整个下午都和约翰·芬尼根在莫莉咖啡馆吗？"

"见鬼，没有。我只是比你早到了一会儿。芬尼根在那里的时间也不长。"

"好吧，"我决定道，"我要去医院。我们尽快尸检，但我不认为会有什么惊人的发现。看伤口凶手用的是小口径手枪。"

"你认为是他认识的人吗？"

"他背对着凶手，"我指出，"要不就是有人悄悄走近他下的手。"

伦斯警长摇了摇头，满眼的悲伤。"这活实在是太难干了，医生。有时候我觉得自己太老了，不适合干这事了。"

回到医院后，我拿莫莉给我的那瓶波特酒进行了常规测试，里面不含毒药成分。这就是说，在二十四瓶酒中，克雷森镇长选择了唯一会致命的那瓶。这是意外还是谋杀？我想起他的妻子告诉我的他的一个习惯。那箱雪利酒还放在我诊所的工作台上，我仔细端详标签上手写的莫莉咖啡馆的地址。我认出了菲尔·扬西用钢笔写的清晰的笔迹，想起了那天早上在仓库看到他为其他酒箱写地址的情景。就在几个小时前，他还活得好好的，很高兴于看到禁酒令废除使他终于成为一个诚实的人。

我盯着标签，看着看着，突然意识到是谁杀了克雷森镇长，如何杀的以及为什么要杀他了。

我走进莫莉咖啡馆时已是傍晚时分。里面没有其他顾客。"镇议员终于回家了？"我问道。

她正在读报纸，听到我说话抬起头来。"有人带来了扬西的消息，他知道后匆匆忙忙地离开了这里，就像见了鬼一样。"

"若要仔细想想，我觉得他是看到鬼了。"我对她讲，在吧台边坐了下来，"以前有五个人到镇长的狩猎小屋去，现在已经死了三个。"

"三个？"

"克雷森，扬西，还有你丈夫格斯。"

莫莉从吧台后面拿了一瓶酒。"我请你喝一杯，萨姆。"

"你杀了他们，是吧？"我轻声问道。

"你在说什么？格斯上吊自杀时我在波士顿。"

"我不是说格斯。我指的是另外两个人，克雷森和扬西。"

她小心翼翼地往杯子里倒了一盎司①波旁威士忌，加了水和冰，放在我面前。"如果你相信这一点，你可能也会认为这杯酒有毒。"

我没有看酒杯。"你杀了镇长，因为格斯，因为他们在小屋的所作所为。"

"那是什么？"她毫无表情地问。

"你和我都清楚，莫莉。他们吸鸦片。烟瘾导致你丈夫自杀，你因此杀了克雷森镇长。"

"萨姆，你的这些想法真是天马行空！请你告诉我，这是你怎么想出来的。"

"乐意之至。我今天在小屋里发现了一些黑色的黏球，它们是生鸦片，随时可以塞进烟斗里抽。韦恩医生来了，把它们拿走了。我猜他就是供应鸦片的人。看他在员工会议上打哈欠的样子，我早就应该猜到了。无法控制的哈欠是鸦片戒断的常见症状。"

---

① 英美制容积单位。1 英盎司约合0.028升，1美盎司约合0.024升。——编者注

"好吧，"莫莉说，"现在告诉我，我怎么能在一瓶密封的酒里下毒，然后还让克雷森镇长喝了它。"

我抬起头，不再看我们之间吧台上那杯我没碰过的波旁威士忌。"你用皮下注射器通过封条和瓶塞将毒药注射进去，也许你丈夫用过这种注射器注射过毒品。没有人会注意封条上的小孔，如果它很明显，你很容易便可用一滴蜡封住它。氰化钾来自你父亲在波士顿的电镀厂。它在这种地方是常用品。"

"你别忘了，萨姆，酒是扬西送来的，所有人都看到了。在克雷森打开那瓶酒之前，它从未离开过人们的视线。"

"我们以为我们看到的酒箱是扬西送来的。但它一直在这里，可能就在内衣帽间的地板上，用纸或布盖着。昨晚雨下得很大，扬西进来，抖落衣服上的水。酒箱扛在他的肩上，但上面手写的标签却没有被雨水弄模糊，这是不可能的，除非酒一直在这栋房子里。我想他当天早些时候就已经把酒送来了，你下毒之后把两箱酒放在衣帽间里，然后你要求扬西回去稍后再来把它们搬到这里，以便等禁酒令废除后显得更有戏剧性。当然，他照做了，从没怀疑你在其中一瓶酒里下了毒。今天，当他威胁说早些时候酒就在店里时，你不得不开枪打死了他。伦斯警长告诉我，他和镇议员今天下午只在这里待了一小会儿，也就是说，你完全有时间开车去仓库，在午餐时间杀了扬西。"

"你真聪明，萨姆。我始终认为你很聪明。"

"镇长有一个习惯，这在他的朋友中是众所周知的。你可能亲眼看到过，或者听你丈夫提到过。无论哪种情况，你都知道他会选择左上方的那个酒瓶。是你掉转了箱子的方向，确保毒酒瓶处于正确的位置。是你劝克雷森选一瓶，然后让他第一个喝的。如果他碰巧选了另外一瓶，那也无妨，你会找时间让他再试一次的。"

她放松下来，露出苦笑，好像已经做出了某种决定。"这次就是再试一次，萨姆。格斯自杀后我就想马上这么做的，我知道是克雷森的鸦片聚会让他变成这样的，但我搞砸了。这一次，我没有再出任何纰漏。"

"如果他选波特酒而不是雪利酒呢？"

"我在那个箱子的角上的一瓶酒里也下了毒，当然肯定不是我让你拿去分析的那个。"

我用手指着面前的那杯波旁威士忌。"莫莉，为了防止我查清此事，是不是这杯酒你也下了毒？"

"它没有毒。你可以放心喝。"

"我想还是不喝为妙。"

莫莉耸了耸肩。"随便你。但我不能让一杯上好的波旁威士忌白白浪费掉。"我还没来得及动手阻止，她就端起来，一饮而尽。

"莫莉和她的两名受害者在同一天下葬。"喝完白兰地，萨姆医生也讲完了他的故事，"我经常想起她，想起我差一点就成了第三个受害者。你再来的时候，我要给你讲一九三三年夏天镇上来了个马戏团后发生的事。"

09 消失的空中飞人

"在诺斯蒙特镇，我们也搞过狂欢节和商品展销会。"萨姆·霍桑医生边说边倒了两杯雪利酒，并把其中一杯递给来访者，"那是一九三三年的夏天，本镇迎来了第一个真正的大马戏团。那年七月，诺斯蒙特镇因此名声大噪，引得哈特福、普罗维登斯和斯普林菲尔德等地的游客远道而来……"

由于时间安排方面的问题，某个巡演城市的新露天马戏场还没准备好，同时汽车旅行的不断增加让诺斯蒙特镇成了整个新英格兰南部地区都很容易到达的地方，于是七月中旬，比格和兄弟马戏团来到了诺斯蒙特镇。一个月前，马戏团的标志和广告牌开始立起来，伦斯警长才知道此事。

比格和兄弟马戏团是第一批乘火车而不是驾马车巡演的马戏团之一，每到一个地方，它都需要几英亩大小的表演场地，并且要位于铁路岔线附近①。波普·沃顿的农场似乎是一个理想的位

---

① 铁路岔线可以暂时停放火车头和车厢，马戏团选在这里，因为他们有几节自己的车厢，这样不但方便道具等的搬运，还可以供人居住。——译者注

置，尤其是自从他住院以来此地一直闲置着。波普是我的一个病人，他本来精力充沛，生活充实，可现在年近七十却得了严重的风湿病，因而情绪低落。儿子迈克对种地不感兴趣，便说服波普接受马戏团的提议，在农场闲置的时候赚点钱。

周一凌晨，马戏团的火车开了过来，我答应和警长的侄子特迪·伦斯七点钟一起去看。特迪那年八岁，从波士顿过来玩，作为大萧条的受害者，他的父亲加入了失业大军，我想警长和他妻子是想照顾特迪整个夏天，这样特迪家就少了一张嘴吃饭。他还是个孩子，很活泼，自从来到诺斯蒙特镇就一直期待着马戏团的到来。

"火车到了吗？"他问我，爬进我的动感敞篷车里。

"应该到了。我们去瞧一瞧。"

"这车真棒，萨姆医生。"

"谢谢你。"我笑着说，开车前往沃顿农场。一想到大象和杂技演员，我就兴奋不已，这跟特迪几乎没有什么两样。我觉得和学生逃课一样，我这是在旷工。

结果没有让我们失望。当汽车爬上最后一座小山的山顶后，映入眼帘的便是一对大象在帮人搭建主帐篷。在附近工作的有一百多人，有的从火车车厢里卸东西，有的安置动物笼子，有的架设帐篷和横幅。我把车停好，紧拉着特迪的手，不想让他跑到其中一头公象面前。

"在干吗呢？"一个乐呵呵的男人问道，他留着海象胡子，穿着皮夹克，发现我们后走上前来，"带你儿子来看搭建大帐篷？"

"嗯，他不是我的儿子，但我们来这里正是想看那个。我是萨姆·霍桑医生。我在诺斯蒙特镇有家诊所。这是特迪·伦斯，伦斯警长的侄子。"

特迪与那人握手。

"我是乔治·比格，"那人握着特迪的手说，"这是我的马戏团。"他笑眯眯地低头看着特迪。

"很高兴见到你，先生。我也能见到兄弟先生吗？"

那人笑了。"没有'兄弟先生'，孩子。马戏团名字里的'兄弟'是指表演空中飞人的兰皮兹兄弟。演出时你会看到他们兄弟五个的。"他指了指正在升起的一面马戏团大旗，上面画着五个黑头发的年轻人在圆形表演场上空摆荡和旋转。在这幅画中，一个人刚刚松开抓着秋千杠的手，朝一个弯腿倒挂在另一个秋千架上的接应者飞去。

"哇！"特迪喊道，"也有小丑吗？"

"有小丑吗？"比格环顾四周，对附近的一个瘦子喊道，"哈维，这个男孩想知道我们有没有小丑！"

那人转身朝我们走来，他的脸上已经画上了小丑妆。只见他默默地把手伸进一只宽大的袖子里，拿出一束纸花送给特迪，然后又用另一只袖子重复了这个把戏，不过，这次拿出的是一只活生生的小兔子。他把兔子送给了特迪，然后笑着向我们鞠了一躬，继续往前走。

"那是小丑哈维，"乔治·比格解释说，"他从不说话，但他能逗人开心。"

"他确实让我很开心！"特迪抚摸着毛茸茸的小兔子高兴地说，"萨姆医生，我可以养着它吗？"

"那得问你婶婶和叔叔。"我回答。想到伦斯警长接下来要对付一只宠物兔子，我就觉得很好笑。

"你们是最早来访的客人，因此，我还准备了其他的礼物。"比格说着，递给我两张下午演出的门票，"我希望能在前排看到二位。"

"我们会来的。"我答应道。在此之前，我没打算那天下午带特迪去看马戏，但看到他脸上流露出的喜悦之情，我想我不能说话不算数。

这时，一位身材高挑的女人朝比格走来，她长得很迷人，乌黑发亮的头发一直垂到腰际。"这是我的妻子希尔达，"他告诉我们，"你会看到她不用马鞍的马术表演。"

希尔达敷衍地向我们点了点头，对他说："乔治，你最好去看看。他们在卸老虎笼子时遇到了一些麻烦。"

"好吧。使命在召唤，各位，待会儿见。"

特迪和我看了看动物，又看了一会儿帐篷搭建，然后我就把特迪带回家了，以便让他为下午的重要活动做准备。

伦斯警长和妻子薇拉决定当天下午也去看马戏表演。他们的座位靠后一点，但跟我们在同一边。我们在第四排，位置很好，我们从座位上向他们招手致意。其实，哪里有真正的座位，只是将木制看台划分了一下而已，但对特迪来说，这些并不重要，他正在享受一个小孩子的美妙时刻。首先是马戏团的绕场巡游，动物和演员从我们面前依次而过，其中就有骑在无鞍马背上的骑手希尔达，穿着闪亮紧身衣的兰皮兹五兄弟，还有面带愁容的小丑哈维，正像哈波·马克思[①]一样吹着小号。

最后一批动物和演员离场后，乔治·比格穿着传统的马戏团领班服装，脱下高顶礼帽，以一个优雅的姿势鞠躬宣布："欢

① 马克思兄弟（Marx Brothers）是知名美国喜剧演员，是五个亲兄弟的组合，经常进行歌舞杂耍和舞台剧演出，还出演电视节目和电影。哈波·马克思排行老二，其交流方式是吹小号或吹口哨，其视觉化喜剧风格是小丑和哑剧传统的典范。——译者注

迎！欢迎来到比格和兄弟马戏团，这里有帐篷下最精彩的表演！在接下来的两个小时里，我们会让你感到惊险刺激，困惑惊讶，进而开心大笑。一定要睁大你的眼睛，因为表演常常会在三个场地和你的头顶上同时进行。接下来，为我们开场的是神奇的希尔达，她是无鞍骑士女王，请看她骑在两匹野马上的玩命特技表演！"

希尔达隆重登场，只见她两腿分立，站在两匹并排快跑的灰马上，身体仍能保持平衡。特迪瞪大了眼睛。我的眼睛也比平时睁大了一些，因为希尔达·比格身穿亮闪闪的短裙，姣好的身材大部分展露了出来。她表演了多个杂技动作，包括在马背上翻筋斗，引起观众的欢呼和鼓掌。

随后，彩色聚光灯再次转向入口，一群各式各样的小丑入场，他们以哈维为首，跌跌撞撞，动作滑稽。"哈维！"特迪认出了他，拉了拉我的袖子喊道。

"是他，没错。"

哈维从他宽松的外衣里掏出一只活鸭子，继而在其他小丑的围攻下，假装在惊愕中摔倒在地。他似乎还记得那天早上遇到的我们俩，走到看台上给特迪颁发了一枚彩色纸板奖牌。然后在另一个小丑上来用一根橡胶棒打他时，他又返回了表演场地。

马戏团的乐队突然吹起了号角，当这群小丑还在吵闹不休时，聚光灯转而照向跑进中间表演场地的五个杂技演员，同时一张安全网已经拉了起来。从某个看不见的地方，扩音器里传来了比格的声音："女士们，先生们，有请我们的表演明星，五位空中飞人兰皮兹兄弟！"

五个黑头发的年轻人鞠躬，舞动身体，让聚光灯照射他们缀满闪光饰片的紧身衣。他们的服装颜色各不相同，分别是白色、粉红色、蓝色、黄色和绿色，看上去确实很像一母同胞的五兄弟。比格接着介绍他们："穿白色衣服的是阿图罗，穿粉红色衣服的是农西奥，穿蓝色衣服的是朱塞佩，穿绿色衣服的是伊尼亚齐奥，穿黄色衣服的是彼得罗。让我们奉上热烈的掌声，欢迎他们！"

然后，五兄弟开始表演。他们轻快地爬上绳梯，到达大帐篷的最高处，然后踏上木板站台。阿图罗是第一个荡秋千的人，他猛地跃入空中，牢牢地抓住了秋千杠。观众欢呼起来，其他兄弟跟着他一起表演了令人眼花缭乱的空中体操。他们似乎非常自信，以至于有一次在做一个特别棘手的动作时，农西奥和阿图罗跌落网中，观众仍然笑着欢呼，以为这是表演的一部分。也许真的是这样，因为哈维及众小丑在跌落的人周围嬉戏，就像精心排练的节目一样。与此同时，剩下的三兄弟在上面继续表演杂技，节奏一点也没乱。

在农西奥沿着梯子攀缘而上跟兄弟们会合时，聚光灯一直跟着他。此刻，令人眼花缭乱的彩灯毫无规律地在帐篷里扫来扫去，令人疯狂。朱塞佩和彼得罗在同一侧的秋千架上，上下相连，就在彼得罗接住半空中的伊尼亚齐奥时，朱塞佩又荡了回去。阿图罗显得信心十足，在他荡回空的秋千杠时，他站了起来，在站台上等待，然后轻松抓住它，继他的兄弟们之后也荡了出去。

过了一会儿我才意识到哪里不对劲，然后这个想法逐渐在我的脑海中清晰起来。彩色的灯光、观众的欢呼和喘息、摆荡、疾飞出去的身体都还在，但突然之间，不再是兄弟五个，似乎只剩下了四个。我又数了一遍，同时核对颜色：蓝色、黄色、白色和绿色，穿粉红衣色服的兄弟不见了。那是农西奥。

"你看到那个穿粉红色衣服的兄弟了吗？"我问特迪。

"没有。他在哪里？"

"我不知道。也许掉进网里了。"但我知道那不是真的，因为他只跌落了一次。

现在，其余四兄弟似乎也知道农西奥不见了。他们挤在一个木制站台上交谈。在下面，乔治·比格穿着领班的服装再次现身。"让我们为空中飞人兰皮兹兄弟热烈鼓掌！"他喊道。

四人先后在秋千杠上摆荡，然后优雅地落入安全网，一个接一个：朱塞佩，彼得罗，阿图罗和伊尼亚齐奥，没有农西奥。当兄弟们在人群的欢呼声中跑开时，狮子和老虎的笼子被推了进来，接下来要进行的是驯兽表演。

"你一个人在这儿待几分钟行吗？"我问特迪。

"没问题，萨姆医生。你要去哪儿？"

"去外面。别乱跑，就待在这儿。"我知道警长夫妇从他们坐的地方能看到特迪，所以，离开他一会儿，我也不太担心。

我走下看台，进入铺满木屑的表演场，走出宽大的入口，所有的表演都要从这里进场和退场。乔治·比格脱了帽子，站在那里，和四兄弟正激烈地交谈着。"发生什么事了？"我问阿图罗，"你弟弟在哪儿？"

"他消失了。"阿图罗双手摊得很开，直说道，"他在那儿，然后就不见了。"

伦斯警长见我离开了座位，便跟着我走了出去。"发生什么事了？"

"有个杂技演员好像不见了。"

"一开始是五个人啊。"

比格的妻子希尔达穿着闪闪发光的演出服跑了过来。"他不在睡觉的车厢里。"

"看来我们有麻烦了。"比格皱着眉头说。

"一个大活人不可能就这么凭空消失的。"我坚持道。这么多年来，我知道几个人玩过失踪，但他们都借助了一些精心设计的诡计。"你什么时候注意到他不见的？"

"我刚刚完成了两个空翻，"伊尼亚齐奥说，"农西奥应该跟着我的。我在站台上环顾四周，发现他突然消失了。"

"他会不会掉进网里了？"我问。

大哥阿图罗回答说："他确实跌下去过，但那是早些时候，我跟他一起跌落的。我们俩都爬了上去。"

"我知道。我看到他了。"我转向伦斯警长说，"你一定也看到他爬了上去吧，警长。"

"我看到了这个小伙子爬上梯子，"他向阿图罗点了点头，回答说，"但不知道另一个是谁。"

"嗯，我看到他了。我看到他上去了，但我不肯定我后来看到过他。没有灯光照着的时候，空中飞人区域是很暗的。"

"他没有地方可藏啊，"比格坚持说，"除非他从帐篷顶上爬出去。"

"他会这样做吗？"我走到帐篷外面，站得足够远，以便看到帐篷的顶部。现在上面肯定没有人。

"不会，我就是这么一说，"比格解释道，"篷布紧贴着支撑它的柱子。谁都不希望下雨时漏水。此外，杂技表演的站台在篷布下面约十英尺的地方。他不可能在不被人发现的情况下爬到更高的地方。"

"不管他出了什么事，总归有人看到。"警长说，"里面可是有好几百人呢。"

"他会出现的。"希尔达说道，只是这话听起来她心里也没有底。

他们都站在那里，不知该怎么办好，我决定回去找特迪。伦斯警长跟我一起往回走。"马戏团的人是很奇怪，"他说，"记得有一次，我……"

"警长！"我停了下来。

"怎么了？"

他的眼睛盯着笼子，笼子里有一个驯兽员，手拿鞭子和枪，正把这些"大猫"赶到各自的基座上。但我抬头向上看了看帐篷的顶部，在绳索和滑轮中间看不到有人，站台上也看不到有人，只有一个空的秋千杠在来回摆动，就像有一个隐形的杂技演员挂在上面。

朱塞佩和彼得罗爬上绳梯，想看看那个正在摇晃的秋千杠到底的怎么回事。但回到地面后，他们什么也没告诉我们。"也许是一阵微风。"彼得罗猜测道。

"我认为不是。这微风也太有规律了吧。另外，我刚刚听说帆布贴得很紧。"我去看了看特迪，确认他是否安然无恙，然后带着兰皮兹四兄弟回到了外面。哈维和其他小丑不知从何处出现，准备在动物表演结束时再次登场。

"你看到农西奥了吗？"比格问哈维。满脸悲伤的小丑摇了摇头。我仍然不知道他到底能不能说话。

伦斯警长回到了座位上，嘴里嘟囔着说什么也没有查到。农西奥·兰皮兹的离奇失踪让我很困扰。"喜欢马戏团表演吗？"我回到座位时问特迪。

"太棒了，萨姆医生！那个驯兽员让一只老虎跳圈！然后他把铁环点着，老虎又跳了过去，直接从火焰里钻了出来！"

我的目光再次飘向头顶的秋千杠。它似乎又摆动了起来。过了一会儿，当四个兄弟现身进行最后部分的表演时，我看得出来他们也注意到了异常之处。阿图罗带头爬上梯子，也许这次攀爬没那么轻快，他转身看着那个不停摆动的秋千杠。对大多数观众来说，那些注意到这一点的人会认为这是表演的一部分。我知道有怪事要发生了。

接着，彼得罗在另一个秋千架上荡出，转到那个像幽灵般摆动的秋千杠上，没出什么意外，从那以后，这个动作就正常进行了。表演结束时，没有提及失踪的农西奥，希尔达站在马背上再次出现，开启压轴戏的表演。一群牛仔向空中发射空弹，发出了喧闹的冲锋声。

然后，扩音器传来了乔治·比格的声音，他告诉我们演出结束了，并希望我们把演出的消息传出去。演出只进行了一小时四十分钟，比原定的两小时少了二十分钟，我不知道是不是因为农西奥的失踪导致节目被压缩了这么多时间。

离场时，我和特迪以及我周围的一些人交谈，试图证实我所看到的。是的，一开始是有五兄弟，但似乎没人知道第五人到底怎么样了。大家都注意到他在表演期间消失了，并对此表示好奇。一个女人说他在落到网里时受了伤，但一个年长的男人很有把握地说他在那之后又爬了上去。有几个人表示同意，说那个穿粉红色紧身衣的人在掉落后又爬上了站台。

伦斯警长和薇拉都肯定地说阿图罗也重新上去了。他们坐在帐篷尽头的座位上，看得很清楚。

我仔细思考了一下，没有得出真正的结论。"最初五兄弟上去了。有两个人掉进了网里，但那两个人又都上去了。三个人还在上面，两个人又加入了他们。三加二等于四？"

"这是为了宣传搞的某种噱头吧，"伦斯警长嘟囔着说，"算了，我们还是忘了它吧。"

当我们四个人穿过尘土飞扬的停车场，朝我和警长的汽车走去时，我看到一个化着小丑妆的人离开马戏团的场地，穿过田野，朝沃顿的家走去。"看那儿，"我对警长说，"似乎有点奇怪。"

"停一下！"伦斯警长大声喊道，"回来！"

小丑突然狂奔起来，我在后面追他。那时我才三十五岁左右，身体很好。虽然地面坑坑洼洼，我还是很快抓住了他。因为惯性，我撞上了他，让他失去了平衡，我们俩都摔倒了。"你急着干什么去？"我问，紧紧抓着他。

"我什么事都没做。"他说，"放开我！"

伦斯警长跑了过来。"你是马戏团的小丑吗？"

他站起来，掸了掸身上的土。"我不是。"

"那么你就会因擅闯私人土地而被捕。"

"我才不会呢！"他反驳道。突然间，我意识到小丑妆下的人是谁了。"我是迈克·沃顿。这片地是我爸的。"

伦斯警长这回是真惊着了，目瞪口呆。"要我说，你还是解释一下穿小丑服来这里干什么吧。"我建议道。虽然我认识沃顿的父亲，但对年轻的沃顿不是很了解。

他摘下红色的橡胶鼻子，用口袋里的布擦去脸上的部分油彩，在做这些事时，他的肩膀稍微下垂。"这是我一直想做的事。我告诉比格，我可以把农场租给他一周，条件是要让我在马戏团里扮小丑。"

"哦，我现在知道了。"警长轻声说道。

"我认为演小丑是一种高尚的职业，"我对迈克·沃顿说，"刚才你为什么要跑呢？"

"我不想卷入其中。"他说。

"卷入什么？"

"那个杂技演员消失的事。我想警察会找人盘问的。伦斯警长已经开始打听了。我不想让老头子发现我在扮小丑。他会说这很愚蠢。"

"你怎么知道杂技演员的事？"

"我听哈维说起过。"

"我很高兴知道他想说时就能说。"

"所以我要在有人讯问我之前离开。"

"你认识农西奥吗？就是失踪的那个人。"

沃顿耸了耸肩。"在我看来他们长得都很像。我都见过他们，也跟他们聊过，但我分不清哪个是哪个。"他显然急于离开。

"走吧。"伦斯警长说，"如果还有问题，我们知道上哪儿找你。"

"好的。"沃顿说，就像一只突然脱离了陷阱的狐狸一样，跑过了田野。

"你认为他清楚这件事吗？"我问警长。

"不，这孩子脑子不太好使。波普·沃顿真够倒霉的，生了这么一对不成器的东西。"我知道他指的是沃顿的女儿伊莎贝尔，据说，多年前，她和一个私酒贩子私奔，从此杳无音讯。

我凝视着田野那边空荡荡的农舍，不知道是否还有人住在那里。几个月前，迈克在镇上租了一间房，显然是不想在他父亲住院后挑起打理农场的重担。现在，这个老农舍空荡荡的，里面没

176

人听到马戏团的音乐和孩子们的笑声。

我和警长、薇拉和特迪一起回了家，他们劝我留下来吃顿简便的晚餐。特迪不停地谈论着马戏团的事情，没有意识到他看到了什么不寻常的事情。我也开始觉得没有看到什么不同寻常的事情。失踪的农西奥很可能在下一个城镇再次现身。据我所知，每次表演他都有可能会搞他的消失特技。

但那天晚上晚些时候，当我回到住处时，一个叫杰夫·斯莱特里的记者将车子停在外面正等着我。"我是斯普林菲尔德报社的。"他出示了自己的记者证，解释道，"有人打电话说，今天比格和兄弟马戏团的一个杂技演员在这里表演时失踪了。"

"那你为什么来找我谈这件事？"我问道。

"我已经和马戏团的乔治·比格谈过了。他证实了此事的发生，并给了我你的名字，你是目击证人。他说警长也看到了。"

我更加仔细地打量了一下眼前这位年轻人。他把软呢帽重新戴到头上，领结是松的，大概是模仿他认为的大城市记者的着装方式。但让我惊讶的是，他的帽带里没有别一张媒体通行证。我开始告诉他我所看到的一切。

"比格说没有人的秋千杠实际上还在摆动，就像失踪的杂技演员还挂在那里一样，只是没有人注意到他。你看到这一幕了吧？"

"是的，我看到了。可能是一阵强风造成的。"

"可今天几乎没有风。"

我耸了耸肩，说："听着，你想怎么写就怎么写吧。"

"他们说你有破解谜案的经验。"

"有一点。"

"你会破解这个吗？"

"没人要求我破解。况且，我不确定它就是一个谜案。"

"对我来说似乎很神秘。"

当他要离开时，我想到有问题要问他："谁打电话提供的线索？他们报名字了吗？"

"没说。只说他们在马戏团目睹了一切。一个男人的声音。我觉得值得来这里走一趟。"

"是吗？"

"嗯，这个叫农西奥·兰皮兹的家伙肯定不见了。对我来说，这就够了。"

我离开他，进了屋，心想不管发生了什么事都跟我无关。

就在我进屋时，电话铃响了。是我的护士阿普丽尔打来的，她想知道我今天过得怎么样。"特迪喜欢那些动物吗？"

"动物、小丑和所有的东西。不管看到什么，他都很兴奋。有什么急事吗？"

"没大事。米切尔太太的老毛病又犯了。我告诉她你明早会去看她。"

"很好。"

"萨姆……"

"什么？"

"今晚回家的路上，天快黑了，我路过沃顿家，看到波普·沃顿的卧室里有灯光。"

"他不是还在医院吗？"

"是啊。所以我才觉得那灯光很奇怪。"

"可能是他的那个儿子。马戏团在这里期间，也许他把那里让给了马戏团的人住，当然，也可能是他自己住。"

"你早上直接去米切尔太太家，还是先到诊所一趟？"

178

“先到诊所。谢谢你的来电，阿普丽尔。”

“晚安，萨姆。”

我挂了电话，努力回想她什么时候开始不再叫我萨姆医生了。

第二天早晨，我一大早就起床了。纯粹是出于好奇，我决定去沃顿农场转一圈。走到那栋旧的老农舍时，我看到楼上卧室里的灯还亮着。即使在明亮的早晨，也能透过蕾丝窗帘看到天花板上的灯泡还在发光。在房子之外，田野的另一边，马戏团的帐篷像沙漠中的圆顶沙丘一样矗立着。我想我听到了远处一头公象的吼声，但在我这边，一片寂静。

我觉得太安静了。

诺斯蒙特镇人不会让卧室的灯整夜亮着。

我轻轻一拧，前门的把手就转动了。我把门推开。“迈克！”我叫了一声，“迈克·沃顿！你在这里吗？我是霍桑医生。”

通往二楼的楼梯上扔着一个红色的东西，那是迈克的橡胶鼻子。我的呼喊没有得到回应。我捡起鼻子，开始上楼。明亮的主卧空无一人，床面平整光滑，显然没人碰过。我沿走廊走到隔壁房间，打开了门。

一打开灯，五颜六色扑面而来，而且非常鲜艳。粉红色的墙上贴满了画和照片，多是从杂志上剪下来的，都是小丑的图片，有马戏团的小丑，有电影里的小丑，甚至还有一张卡鲁索在《丑角》[1]中的角色照片。在地板中央，我看到一团东西，一开始还以为是穿着小丑服装的身体扭曲的假人，到后来我才发现那是一

---

[1] 鲁杰罗·莱翁卡瓦洛的歌剧。该歌剧以现实为题材，刻画人间百态。歌剧中的故事发生于一八六五年八月十五日意大利某乡村。——译者注

个真人，脸朝下趴在一大摊干涸的血迹上。

"迈克！"我自己说道，然后弯腰翻动尸体，本能地寻找他的任何生命迹象。

然而，此人不是穿小丑服的迈克·沃顿。我很确定这是我此前只在远处看到过的人，他是消失的空中飞人农西奥·兰皮兹。

在伦斯警长和州警处理完犯罪现场后，其他兰皮兹兄弟被带去辨认尸体。阿图罗咒骂起来，朱塞佩哭了，他们一致认为那就是他们失踪的兄弟。死亡原因是胸部有六处刺伤，至少有一处刺穿了心脏。现场没有找到凶器。

"我猜他是昨晚早些时候死的。"我告诉警长，"尸检后我们会更清楚，但地毯上的血迹已经干透了，阿普丽尔下班开车回家时看到这里有灯。"

"那应该是在他失踪后不久。"

"有道理。"我说，"他在宽大的小丑服下还穿着粉红色的紧身衣。"

"可他是怎么从帐篷的顶部消失的，医生？我们看到他爬上去，就再也没下来过了。"

"我想到了几件事。"我说，"现在，你最好给迈克·沃顿发个警情通报。他似乎是头号嫌疑人。"

"他为什么要杀农西奥？他昨天以前是不可能见到农西奥的。"

"我不知道。农西奥和杀他的凶手来到这栋空房子存在潜在的关系。"

"你是说年轻的沃顿和农西奥吗？"

"我不知道我要说什么，警长。我得去拜访米切尔太太。然后，我可能会去医院看看波普·沃顿。"

我到达清教徒纪念医院时，正好是中午。我跟阿普丽尔在诊所的侧厅见了个面，交流了一下情况，然后下楼去看波普·沃顿。房间里只有他一个人，他很虚弱，看上去比六十九岁的实际年龄老得多。我翻阅了他的病历，然后在他身边坐下，问他感觉如何。

"有些日子会好些。"他回答说，声音细而飘忽。"要是我的胳膊和腿能动弹就好了。"

"迈克来看过你吗？"

"好几天没来了。我想他已经完全被农场那边的马戏团吸引住了。"

"迈克一直很喜欢马戏团，是吗？"

他的双眼尽是回忆。"小孩子都喜欢马戏团，那里有动物、小丑和杂技演员。那是嘈杂的，也是五彩缤纷的。我的两个孩子都喜欢马戏团，而且越来越着迷，尤其是有关小丑的事。"

"我在你家的房间里看到了所有的小丑照片。"

他的目光与我撞上了。"很疯狂，不是吗？但没有妈妈照顾他们，只有我一个人。我总是不知道该怎么做。有时迈克不乖，我就会把他锁在他的卧室里，但他会从窗户跳出去，离开我。我只是不够严格。我想对一个孩子来说，失去母亲已经是够大的惩罚了。"

"你有没有觉得小丑成了某种母亲的替代品？"

"我不知道。我知道有点奇怪，不太正常。"他的眼角满是泪水，"失去孩子是一件可怕的事情。"

回到诊所，阿普丽尔给我看了斯普林菲尔德下午的报纸。她说："那个记者小伙子杰夫·斯莱特里刚刚来过，顺路送来了这个。"新闻标题写的是：

消失的空中飞人被发现死于怪异的小丑仪式

"这应该能多卖些报纸。"我说，"也许我该拿去给乔治·比格看看。"

"你又要去马戏团？"

"这是唯一可去的地方。如果我抓紧时间，还能赶上下午的演出。"

演出刚刚开始，马戏团大帐篷周围的停车场便挤满了汽车和马车。农西奥·兰皮兹的失踪和随后发现被谋杀的消息并没有对生意造成任何影响。我本打算立刻和比格当面对证，但在进去的路上，我遇到了兰皮兹兄弟中的大哥阿图罗。我很惊讶地看到他穿着闪亮的紧身衣，显然已经准备好表演了。

"演出还得继续，"他简单地回答我的问题，"毕竟，他们是来看兰皮兹兄弟的。"

"给我讲讲你的那个兄弟，阿图罗。他是个什么样的人？"

"更像是个孩子。他才二十岁。"

"他有女朋友吗？"我问。

"当然有！很多女朋友。"

"在到过的镇子上？"

"有时是。他在马戏团也有一个。跟我那个年纪时一样。"

哈维和其他小丑跑开了，乔治·比格穿着领班的服装现身。"现在没时间说话，"我走近他时，他说，"演出结束后来找我。"

"就问个小问题。你的马戏团怎么碰巧选了诺斯蒙特镇？"

182

"马戏团里有个当地人，知道这个地方，认为这里很适合，我忘了是谁了。闪开好吗，医生？希尔达骑着马过来了。"

我看了马术表演，而且第一次看清楚了驯兽员的表演。然后我开始关注兰皮兹兄弟，观察他们飞过空中时灯光打在他们身上的效果。当他们鞠躬致意时，观众都疯狂了。

"你在等我丈夫吗？"演出结束时，希尔达问道。

"是的。"

她似乎很担心。"听着，我们不想惹麻烦。"

"看来你已经有了。谋杀案始终是个麻烦。"

"我不是指谋杀案。我是说……"

突然，乔治·比格来到了她身边。"闭嘴，希尔达。"他说，"你话太多了。"观众们陆续退场，有几个人走过来希望希尔达在他们的节目单上签名。

我把她丈夫拉到一边。"我在调查这起谋杀案，比格先生。迟早会真相大白的。"

"关于什么的真相？"

"就像伦斯警长一开始想的那样，农西奥·兰皮兹的失踪是一个宣传噱头。"

"你疯了吧。"他的眼睛露出惊恐的神情，"谋杀是什么宣传噱头？"

"我现在不是在谈论谋杀。这是另外一回事。我知道农西奥是怎么消失的。当他和阿图罗掉进网里时，那群小丑围了过来，把他们扶下来，其中一个小丑给农西奥套上了宽松的小丑服，然后他就随他们一起出去了。"

"所有人都看到他爬回了站台吗？"比格反驳道。

"不，不是每个人。我看到了他，特迪看到了他，很多坐在我们附近的人看到了他。但伦斯警长和坐在最后排的其他人说只看到阿图罗爬了回去。很多事情在发生，它们会转移我们的注意力，难以追踪是四个还是五个兄弟在表演。我问自己：我怎么知道我看到爬回去的是农西奥，他们兄弟几个长得很像，况且我以前从没见过他们中的任何人。只能通过他们的紧身衣颜色来辨认，这是我了解他们身份的唯一线索。从我的座位上看，粉红色的聚光灯照在阿图罗的白色紧身衣上，让我以为他就是农西奥。而伦斯警长从不同的角度看到了同一个杂技演员，他知道那就是阿图罗。"

乔治·比格试图瞪得我没法再说下去，最后他却说："好吧，我们需要搞点宣传。这有什么不对吗？"

"空的秋千杠后来摆动起来，因为那是用一根小黑线扯的，魔术师用的那种黑线。"

"对，是的。"

"你给斯普林菲尔德的那个记者打过电话。"

"为什么不打？我们也给普罗维登斯和哈特福的记者打过电话，但只有他来了。"

"谁杀了那男孩，比格？你怕他把真相告诉媒体吗？"

"农西奥就像我的儿子。我连一根头发都不会伤害他的。"

我们尴尬地站在那里，我想了想，倾向于相信比格。正是这群小丑帮着耍了这个诡计，并在农西奥掉到网里后把他从现场偷着带了出去。小丑必定是其中的关键，而迈克·沃顿曾扮过小丑。

我看到沉默寡言的哈维站在附近，便叫了他一声。但他没有走上前来，反而退回到了大帐篷里，而现在几乎没有观众了。就在那时，我意识到了真相。

我向那个奔跑的身影追去。"我知道你是谁！"我喊道，"你逃不掉的！"

哈维朝相对的出口跑去，但伦斯警长已经等在那里了，身边还有杰夫·斯莱特里。哈维环顾四周，小丑的面孔因恐慌而扭曲，突然，他开始爬上通向空中飞人站台的绳梯。我深吸一口气，追着他爬了上去。

"医生！"伦斯警长喊道，"别上去！你疯了吗？"

哈维爬得更快了，到达站台后，他转过身低头看着我，从表演服装的褶皱里拔出一把刀。警长说得对，我追他不是疯了才怪。

"放松，哈维。"我轻声说，爬上站台，面对着他，"你已经杀了一个人了，你不想再杀一个吧。"

面对我时，他的刀没有动，当我小心翼翼地向前迈出一步时，他的刀在我胸前几英寸的地方划过。不论地面上发生了什么，我都看不到，也听不到。那一刻，我单独面对小丑哈维。

"你在家中你原来的房间里杀了农西奥。"我平静地说，"你为什么要这样做？"

刀子再次划过，我被困在那里了。"你为什么那样做？"

然后，小丑哈维说话了，声音微弱得近乎听不到。"我不是迈克·沃顿。"

"我知道。"我说着，向前扑去，撞到了小丑的腰上，我们一起掉下了站台。然后我从高空坠落，坠落的时间长得令人恐惧，直到我们砸到了安全网上。

小丑哈维是迈克·沃顿的姐姐伊莎贝尔，就是几年前离家出走的那个孩子。"她离家出走后跑去马戏团了，"我告诉伦斯警长，“痴迷于贴满卧室墙壁的小丑。”

“我以为那是迈克的房间。”

“迈克扮小丑只是为了在姐姐身边待一段时间。凶案所在的房间墙壁是粉红色的，这就等于告诉我们它属于伊莎贝尔，而不是迈克。波普·沃顿一定是想让房间保持原样，没有收拾，要么是身体虚弱做不了，要么是希望有一天她能回家。她确实回家了。比格告诉我马戏团中有人建议他们来诺斯蒙特镇。我敢说那人就是伊莎贝尔。她在扮演小丑哈维时从不说话，这样就没有人会发现她是一个女人。”

“也许迈克用了他姐姐的房间。”警长说。

我摇了摇头。“波普·沃顿告诉我，当他把迈克锁在房间里时，迈克常常从窗户跳出去。迈克的卧室在一楼。”

“她为什么要刺死农西奥？”

“阿图罗说他在马戏团有个女朋友。想必就是伊莎贝尔，当她带他去她的房子，带他去那个墙上满是小丑的房间时，她的内心可能因为什么东西崩溃了，可能和当初驱使她离开那栋房子有关，也可能纯粹是出于嫉妒。阿图罗说过，马戏团在各地表演时，农西奥有时会和当地的女孩交往。”

伦斯警长悲伤地摇了摇头。“这对波普可没任何好处。”

“警长说得对。”萨姆医生最后说道，“人们都在议论审判的事，但在那之前，伊莎贝尔精神失常了，波普去世了。迈克一直闲荡，帮不了他们任何忙，在那之后，他也离开了。我没听说过他离开后过得怎么样。我也不知道剩下的四个兰皮兹兄弟怎么样了。但我想乔治·比格不会再为宣传玩噱头了。我知道我也不敢再掉进杂技演员的安全网里了。

"如果你很快再来这里，我会给你讲一个商业大亨的故事，他想在诺斯蒙特镇附近种烟草，并让每个人跟着他发财，结果如何呢？化为乌有的不只是他的梦想。不过，那要等到下次再说。"

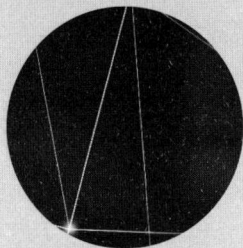

10

烤烟房里的谋杀

"在人们的记忆中，康涅狄格河东岸一直种植烟草，"萨姆·霍桑医生说着，为他的客人倒了一点酒，"但直到大萧条最严重的时候，贾斯珀·詹宁斯来到诺斯蒙特镇，才算是有人认真考虑在我们这一块地方种植烟草。由此，我遇到的最令人费解的谜案也就开始了……"

一九三四年九月，就在本镇以北几英里的地方，詹宁斯烟草公司种植的烟草第一次长成，准备收割。当时，新泽西海岸一艘名为莫罗城堡的船被烧毁，报纸上充斥着它的消息，也就没有人注意詹宁斯的成功。詹宁斯刚到镇上时我就认识他，他还是他的烟草公司里的业余医生，为那些收入微薄的雇工治疗一些偶发的疾病，比如中暑或脱水。有一次，正值盛夏，他带我到他那里参观。我发现烟田上面盖着一层薄棉纱，烟草在棉纱下面生长，走在几英亩的烟田里就像走在一个大纱棚里。詹宁斯是个瘦小的鹰脸男人，走起路来有点驼背，但速度很快。我很难跟上他的步伐，他因此批评我说："你需要多锻炼，医生。你可是比我小二十来岁呢，在地里走一走就累得上气不接下气了。"

"我状态不佳。"我同意道，"这些纱棚是做什么用的？"

"用纱布是为了遮阳，这样产出的烟草叶子大而薄，非常适合制作卷雪茄的皮，这里的土壤最适合栽种这种烟草。当烟棵长成熟，中间的叶子差不多可以采摘时，我们会从靠近地面的地方将烟棵砍断，使其萎蔫。然后移到晾干棚里，直到进行烤制。"

"'烤制'的方法我略知一二。"我开玩笑地说。

詹宁斯怔怔地看着我，随即明白了过来。[①]"烤烟通常需要六周左右，如果天气太潮湿，我们会生火辅助。烤烟房在那边。"他带我来到一栋长长的房子前，这栋房子的垂直壁板上每隔几英尺就有一个缝隙，就像有人在建房时木板用完了，不得已留下了空隙一样。詹宁斯解释说："这里用于烟叶的风干。"

"我治疗过伤手的那个雇工是……"

"罗伊·汉森。"

"汉森，是他。他用斧子砍烟棵，结果砍到了自己的手。不过现在收割还为时过早吧。"

"他不是在收割。"詹宁斯说，"每年这个季节的这个时候，烟棵现蕾，我们就要打顶，让它集中供叶。汉森就是在做那事时伤的手。"

正是因为那个雇工受了伤，我才来到了烟草农场。在和贾斯珀·詹宁斯聊天后，我在烤烟室里停了下来，想看一下汉森的伤势。他的右手仍然裹着厚厚的绷带，但能帮着组装以后用于烤烟的架子。

---

① 詹宁斯说"烤制"烟叶时用的英文是curing，而curing也是"治病"的意思。萨姆表面在回应说他会烤制烟叶，实际表达的是我知道如何治病，医生当然知道如何治病，但詹宁斯听后理解为没有种过烟的医生怎么会懂烤烟，所以才会发愣，稍后才明白过来。——译者注

"感觉怎么样？"我一边为他解绷带一边问道。

"不算坏。不过晚上有点疼。"

汉森二十多岁，留短发，身体如运动员般健壮。受伤时，他告诉我他打过一阵子业余拳击，他担心这次手伤会让他无法再玩拳击了。

"愈合得很好。"我说着，扯掉最后一层绷带，"我给你换一条新的吧。"

"我还能再打拳吗，医生？"

"我没有发现有什么理由不行。你是幸运的，你差点就失去了半只手。"

此时，贾斯珀的妻子萨拉·詹宁斯拿着一桶水和一个长柄勺走进来。"有人要过来喝水吗？你呢，萨姆？"

"谢谢，萨拉。我暂时不喝。"我说。

她是一个聪明伶俐的女人，在男人中间轻松地走来走去，跟他们嘻嘻哈哈，开开玩笑，但又能轻松地避开他们偶尔的挑逗。我毫不怀疑贾斯珀会杀了任何调戏她的人，但目前似乎还看不出谁有此危险。

我和她走到我停放新车的车道上，打算一起走回农场主的住宅。"那是什么？"她问，"一辆奥兹莫比尔？你以前很喜欢敞篷车的。"

"那都是年轻时的事了。"我告诉她，"一旦过了三十五岁，你就得考虑安定了。"

"安定下来的办法就是结婚。"

"如果有合适的女人出现，或许我会考虑这个问题。"

这是我上次去詹宁斯烟草农场的情况，那是几周前的事了。当时，我告诉罗伊·汉森，下次要换绷带时，他可以来我的诊所，在那之后就可以自己换了。伤势很快就会好，到时手上会留下一道伤疤，除此之外，没有什么会让他想到那次事故了。

"他是个不错的年轻人。"我的护士阿普丽尔在他离开后说。

"他想成为一位职业拳手。你能想到他竟有这样的职业理想吗？"

"现在的年轻人很难找到固定的工作。"

"他不比我们小多少。听说他二十七岁了。"

"他在詹宁斯的烟草农场赚不了多少钱。"阿普丽尔说，透过窗户看着他走向医院的停车场，"有个女孩在车里等他。"

"哦？"我走到她身边，"看起来像萨拉·詹宁斯。"

"真的吗？"

"距离这么远，我不能肯定。她每周购物一次，也许是她顺便带他过来的。"

我看着他们开车离开，阿普丽尔则回到她的办公桌前。"哦，我差点忘了告诉你，"她说，"伦斯警长打电话来邀请你今晚去吃饭。"

"我会给他回电话的。"我告诉她。伦斯警长和他的妻子始终是我的好朋友，那年夏天，我的诊所生意清淡，他们却一如既往地热情待我。

九月初的一个温暖的下午，我再次被"传唤"到詹宁斯农场。奇怪的是，这次发出"传票"的是萨拉·詹宁斯，而且与健康问题无关。我在她家的前客厅里见到了她。平时，她总是笑意盈盈的，但那天我一看到她，便感觉她眼中的笑意似乎消失了。她展开一张纸，递给我。"你能读一下这个吗，萨姆？"

我粗略地看了一下那张字条，为了掩饰笔迹，字体采用的是刻版印刷体，特意写得很幼稚：

> 我知道你和罗伊·汉森在烤烟房里干的事。你们的罪恶惹怒了上帝，上帝自会惩罚你们。

没有签名。

"这是昨天寄来的，"她说，"上周还有一封，我放进炉子里烧了。你曾帮警察破过案，萨姆。我想让你找出是谁写的这些东西。"

"这有点超出我的能力范围了，萨拉。"我犹豫了一下，然后问她："信上说的事是真的吗？"

她的脸涨得通红。"当然不是。罗伊是个很好的小伙子，我对他很好，但我对其他人也一样。写这些信真是个变态。"

"你心里一定想到过几个嫌疑人吧。"

"我想不出来。我想不到有谁会这么恨我。"

"你向伦斯警长报告了吗？"

"报告什么呢，两封恶意中伤的匿名信？我甚至不知道寄送它们算不算犯罪。"

"贾斯珀知道吗？"

她看向别处。"我没告诉他。他现在需要考虑的事情太多了，他正想方设法收获他的第一茬烟。我希望你能确认寄信人的身份，这样，我们就能结束这一切。"

"如何结束？假设我确认了写这信的人，你接下来会怎么做？"

"我，我想我会与他或她当面对质，要求道歉。如果是我们雇的人写的，我会让他滚蛋。"

"在你们这里干活的有多少人？"

"在屋里干活的有贝琳达，她帮我做饭和打扫卫生。贾斯珀有六个罗伊这样的农场雇工，他们在这里是全职工作。其余的人都是临时雇来帮着收割的短工。"

我站起身来。"我不能保证什么，萨拉，但我会四处看看。谁有可能看到你和汉森单独在烤烟房里？"

"没人！我们从来没有单独在那里待过。"

"今年夏初，我去过那个地方，你带去了一些饮用水，天热的时候，你总是这样做吗？"

"有时候吧。"她承认，"不一定。"

"因为手有伤，汉森那天一个人在里面干活。"

"嗯，是的。但周围总有其他人。"

"我认为你对字条过分担忧了。写这些信的人可能是你的一个仇家，但这人不敢采取任何更直接的行动。毕竟，除了再给你寄一封信之外，他还能做什么呢？"

对此，她心中早有答案。"会给我丈夫寄一封信。"

贝琳达·桑切斯身材高大，有一半墨西哥血统，她为詹宁斯一家做饭，照料他们的生活将近一年了。我发现她和詹宁斯家唯一的孩子马修待在厨房里。马修十六岁，性格内向，还不确定自己适不适合继承父亲的生意。

"你好，马修。回到学校的感觉如何？"

他闷闷不乐地看了我一眼。"爸爸让我到下周再去上学，我这周要先帮着收烟。"

"我以为现在已经收完了。"

"现在是淡季。"贝琳达像一家人一样插话道，"今年六月天气凉爽，作物都要延迟收。"

"我在找罗伊·汉森，想看看他的手怎么样了。你在附近见过他吗？"

"他的手好利索了。"贝琳达说，"他和其他人出去收烟叶了。"

我从后门离开房子，经过烤烟房，走向烟田。棉纱布顶棚已经放下，身穿汗衫和粗布工装裤的人正顺着一排排的阔叶烟草挥着斧头。贾斯珀·詹宁斯也在其中，他正向一个外地的雇工示范如何用一只手掀起宽大的烟叶，紧贴地面砍断烟的茎秆。

我发现汉森正在晾烟架上晾晒新收的烟叶。其他烟叶，因为是几天前收的，现在已经干了，正被移入烤烟房。"手怎么样了？"我问他。

"跟新的一样，医生。"他举起手，弯了弯手指，证明恢复良好。

"如果有时间的话，我想和你聊几句。"

"可以。"

"你知道，这是一个小镇，流言蜚语很容易就会传播开来。"我环顾四周，确定没有人听到，"有人在议论你和詹宁斯太太的闲话。"

"什么？什么闲话？"他似乎真的很困惑。

"你和她在烤烟房里单独待过吗？"

"天啊，不，周围总有人的。詹宁斯先生总是在附近。这些事是谁告诉你的？"

"这不重要。你只管小心行事，罗伊。有些人喜欢制造麻烦。"

"谢谢你的指点。"他说。

他继续干活，我则沿着雇工干活的工作场地继续闲逛，看他们砍断烟草的茎秆。我知道，这些人中有些几乎连读写能力都没有，不太可能写出萨拉给我看的那种匿名信。写信的人更有可能是邻居，也可能是定期拜访他们的人。然而，还有另一种可能值得探究。

返回农场主住宅时，我发现萨拉正在给前廊上的植物浇水。"你了解到什么了吗？"她问。

"很少。我和汉森谈过了，但他表现得很无辜。我没有特别提到那些匿名信，只是说有人在议论你们之间的闲话。"

"他当然要表现得很无辜，他就是无辜的！这些信上的内容没有一点是真的。"

"萨拉，不知道你能否安排我今晚留下来吃晚饭？我希望在一个比较轻松的氛围中观察一下这些人。"

"没有问题。贝琳达准备的食物常常够一小支军队吃的。"

外地雇工和部分雇工一起在他们睡觉的简陋宿舍里吃饭。弗兰克·普雷斯科特是詹宁斯的田间主管，他和汉森住在镇上，所以他们可以和詹宁斯的家人一起吃饭。等到杂七杂八的活都干完以后，已经快七点了，我和萨拉、贾斯珀、马修以及汉森和普雷斯科特一起坐到餐桌旁准备吃饭。

我很快就看出，詹宁斯在利用晚餐时间和他的田间主管回顾当天发生的事情。普雷斯科特四十多岁，虽然瘦，但很结实，他只在回答詹宁斯的问题时才说话。

"今天的情况怎么样，弗兰克？那些从外地来干活的人把烟叶都收进去了吗？你们按时完成了吗？"

普雷斯科特回答说："能再多几个人手就好了。"

詹宁斯转向汉森。"罗伊，你能找几个想打短工的人吗？"

"铁路边上倒是经常有一群这样的人。我不知道收烟的活他

196

们干不干得了……"

"不会比我们现在雇的差。"詹宁斯确定地对他说，"今天我还得教一个家伙用斧头呢。"

汉森答应第二天早上在来干活的路上顺便找几个短工，于是话题便转到了收成的多少上。"没有我们希望中的那么多，"弗兰克·普雷斯科特承认，"但这毕竟是头一年。以后会越来越好。"

贝琳达端上来的最后一道菜是美味的苹果派，吃完后，晚餐结束，然后，詹宁斯和普雷斯科特、汉森一起出去检查晾晒架上的干烟叶。收音机里说这块地方有阵雨，詹宁斯想确认一下新割的烟叶是否都收进了棚中。我和马修则一起上楼，来到他的卧室，那是一个典型的男孩房间，有成堆的脏衣服，还挂满了大学的三角旗。地板上放着还没下完的《大富翁》棋盘，一束最近一次游园会上用的蓝色气球升到了天花板上，飘在那里。在他凌乱的矮衣柜上，有几条四健会①的奖励缎带，证明他至少付出了一些小有回报的努力。

"我想和你单独谈谈，马修。"我说。

"谈什么？"他闷闷不乐地问，"我没病。"

"我想了解一下弗兰克·普雷斯科特和罗伊·汉森的事。你肯定经常见到他们，他们每天晚上都和你们一起吃饭。你喜欢他们吗？"

他看向一边，说："嗯，他们还行。"

"他们经常和你说话吗？"我指了指《大富翁》棋盘，"他们和你玩游戏吗？"

---

① 四健会（4-H Club）取自英文head（头脑）、heart（爱心）、hands（动手能力）和health（健康）四个词的首字母。旨在让年轻人在青春时期尽可能地发展他们的潜力。官方标志是绿色的四叶苜蓿。——译者注

"罗伊偶尔会来这里。他喜欢玩《大富翁》。除了吃饭时和在田里，我很少看到普雷斯科特先生。他比我大得多。"

"他似乎有点沉默寡言。"我指出，"不怎么说话。"

"我爸爸不在的时候他会说话。"

"你妈妈喜欢他们吗，我说的是罗伊和普雷斯科特先生？"

"我想是的。"

聊天时，我一直坐在床边。现在我站起来说："也许很快我们就可以一起玩《大富翁》。你愿意吗？"

他耸了耸肩。"我想好的。"

"很好。马修，如果你有什么问题，我很乐意和你讨论。不一定与健康有关。我很乐意倾听。我也有你这么大的时候，有时候，有些话不喜欢跟家人说，我知道。"

他没有回应我，于是我回到楼下。贾斯珀·詹宁斯在厨房里。"烤烟房的灯不亮了。"他说道，"我觉得是保险丝的问题。"他翻来翻去，找到了一盒保险丝便走了出去。现在天已经黑了，尽管我在房子附近，但还是可以看到普雷斯科特正把一些木头搬到一个柴堆上。

"他们很快就要生火了。"贝琳达告诉我，"降雨很麻烦，他们必须确保收获的烟叶保持干燥。"她打开冰箱，开始凿一块新冰。

"你的工作量确实不小，"我说，"不但为这家人做饭，还要管其他人。"

"我不介意。"她继续凿冰。

"你喜欢罗伊·汉森吗？"

"当然。每个人都喜欢罗伊。"

"詹宁斯太太在吗？"

"我想她出去了。"贝琳达说。

我从后门出去，穿过畜棚前的场院。烤烟房里还是看不到灯光，但透过墙壁的缝隙，我影影绰绰地看到几个人在走动。"喂！"我喊道。

"我们在烤烟房，医生。"有个人答道。我想那是普雷斯科特。

我走进去，开始在迷宫般的烤烟架中穿行，烟草气味十分刺鼻。屋子里一片漆黑，只有农场主住宅和另一侧雇工宿舍里的灯光提供一点照明，等我走进架子的深处时，连这点微弱的灯光也被遮住了。"喂！"我又喊了一声。

"在这边。"贾斯珀·詹宁斯说。我朝他的声音走去。

突然，我听到一阵喘息连带着咕噜的声音，让我不寒而栗。"发生了什么事？"我问道。我加快了步伐，结果撞到了一架烟叶上，烟叶散落到我面前的路上。

头顶上的灯亮了，我看到普雷斯科特和汉森站在保险丝盒旁，离我大约二十英尺。贾斯珀·詹宁斯仰面躺在他们面前的泥地上。他被割喉了。

他死了，睁圆双眼，流露出哀求的神色，仿佛向我求助，但太迟了，我已经无能为力了。

我救治了詹宁斯几分钟，但已无法挽回他的生命。"怎么回事？"我抬头问那两个无助地站在我面前的人。"谁杀了他？"我在现场没有发现凶器。

弗兰克·普雷斯科特困惑地摇着头。"我真的不知道，医生。我只听到他发出那个声音，然后就摔倒了。我们站得很近，彼此都能摸得到。"

"好吧。"我说，"把口袋翻出来。我得确保你们都没

199

带刀。"

我检查了他们的口袋，然后，我按照我不止一次看到过的伦斯警长的做法，迅速搜他们的身。没有发现凶器。

"这里发生了什么事？"萨拉·詹宁斯正沿着烤烟房的过道向我们走来，"地上躺着的是贾斯珀吗？"

"回屋去，给警长打电话。"我告诉她，"出人命了。"

"贾斯珀……"

我走到她身边，一只胳膊搂住她的肩膀，安慰她。"我……非常抱歉，萨拉。他已经死了。"

她尖叫起来，半个身子瘫软了下去。

我扶着她回到屋里，吩咐贝琳达打电话给伦斯警长。马修已经下楼，站在厨房里，脸色苍白。"你现在得做个勇敢的年轻人。"我告诉他，"你妈妈需要你能给她的所有帮助和力量。"

我们没有动詹宁斯，他仍留在原地，直到警长赶过来。警长迅速检查了尸体，然后转身对我说："至少不是你经常卷入的那种密室谋杀，医生。这间烤烟房的窟窿比生锈的筛子还多。怎么了，他们没木头用了吗？"

"这是烤烟房，"我解释道，"让烟草保持干燥需要周围的空气流通起来。有的是烤干的，用烟熏，但大多数美国烟草是风干的。"

"听起来你还是这方面的专家，医生。"

"今年夏天詹宁斯带我参观了这里，并给我上了一课。"

"是谁杀了他，汉森还是普雷斯科特？"

"我不想给你讲这个，警长，他们都发誓说自己不可能做到。他们跟詹宁斯进烤烟房时两手空空。汉森穿着一件宽松的外套，没有口袋。我在案发后数秒内搜了他们的身，他们都没带凶器。烤烟房的地上和烟架上也没有凶器。"

"那说明不了什么，医生。割喉不一定非要用刀。我知道有些案子用的是细铁丝。"

"我也知道，但这个案子不是。如果他因绞喉而死，他的脖子上会有一圈印记。他当时站着不动，也不可能是撞到了悬挂的铁丝。"

"垂钓者可以抛出锋利的鱼钩……"

"在黑暗中吗，警长？在他站在另外两个人中间的情况下？再说，你看他喉咙上的那道伤口，太光滑了，不可能是鱼钩之类的东西划出来的。应该是一把锋利的刀，从右向左划过了他的喉咙，迅速而且坚定。"

"这说明什么？"

"要留下像这样的伤口，凶手几乎都得站在受害者身后，把手伸过受害者的肩膀再划。如果面对受害者，受害者会在刀刃第一次触到喉咙时反射性地猛地后退。当然，凶手站在受害者身后也能避免自己的衣服沾上血迹。"

"你想说什么，医生？"

"凶手站在他身后，手伸过他的左肩，迅速从右向左划刀，割开了他的喉咙。这从伤口就能看出来，也说明凶手是左撇子。"

伦斯警长神情严肃。"来吧，医生。我们要检查这个农场的每一个人。"

接下来的一个小时，我们都很沮丧。萨拉和马修·詹宁斯都惯用右手，贝琳达也是。罗伊·汉森和弗兰克·普雷斯科特也惯用右手。这个农场确实有左撇子，但那是住在宿舍里的两个外地雇工。谋杀发生时，他们和同住的雇工还在吃饭。他们都发誓说没人离开过宿舍的桌子，片刻也没有。

伦斯警长很是恼火。"你说怎么办吧，医生，汉森和普雷斯科特发誓说都没带凶器，而且确信如果有其他人靠近，他们应该会听到。萨拉和她儿子还有厨师谁也没有见过谁，没有不在场证明，但他们五个人都惯用右手。宿舍里的人都有确凿的不在场证明。"

我走到外面，再次与汉森和普雷斯科特交谈。伦斯警长派了一位警员去搜查烤烟房的地面，以防犯罪发生后凶手把刀扔在那里，但我很确定他什么也找不到。

"告诉我，罗伊，"我说，"你打算早上雇几个短工。他们的营地离铁路有多远？"

"一英里左右，我估计。"他显得很困惑。

"会不会今晚他们中的一个人来这里找活干，就在你们在烤烟房忙活时进到了里面？"

普雷斯科特摇着头回答说："不可能的，医生。有人拆掉了灯的保险丝，使得贾斯珀去了烤烟房。一个路过的流浪汉不会知道贾斯珀会亲自修理类似的东西。一个流浪汉也没有杀人动机。此外，我告诉你，如果有人悄悄靠近我们，我们会知道的。"

"那你认为他是怎么被杀的？"

"这可把我难住了。"普雷斯科特承认，"我确实不知道。"

我又转向汉森。"罗伊？"

"他肯定不会自杀，我就知道这么多。"

伦斯警长一直在研究大城市警察会怎么办案，这不，一个警员正在给烤烟房里的尸体拍照。我回到厨房，贝琳达正在设法安慰萨拉。

"他们查到什么了吗？"萨拉问我。

"还没有。警察正在搜查烤烟房。"

"这一切都是因我而起，对吗？因为那些信吗？"

"我不确定。"

她擦干眼泪，努力使自己镇静下来，贝琳达则在整理厨房。"你努力把事情做到最好。"萨拉喃喃地说，与其说给我听，不如说是自言自语。"你结婚养家。你看着儿子长大成人，看着他开始和女孩约会……"

"你在说什么，萨拉？你说的是贾斯珀还是马修？"

"我不知道。他们俩。"她又哭了起来，贝琳达过来安慰她。

我爬上二楼，马修房间的门关着，我则轻轻地敲了敲门。"走开！"他说。

我打开门，走了进去。"我想和你谈谈。"我告诉他，"关于你爸爸的事。"

"他已经死了。我杀了他。"

我在床上挨着他坐下来，抓住他的肩膀。他看着我。

"我给妈妈写了几封信，关于她和罗伊·汉森的事。这就是爸爸被杀的原因。"

"你写的……"当然，我不是没有怀疑过他。那些信上的字写得太好了，不可能出自贝琳达，农场中的其他人多数也写不出来，但他的坦承还是让我很震惊。

"你为什么要这么做，马修？为什么要让你妈妈受这种折磨？"

"她更关注罗伊，而不管我。晚上我一个人待在自己的房间里，而他和她却待在楼下的客厅里。"

"我以为你和罗伊是朋友。你说他和你一起玩《大富翁》来着。"

"他只是想在他的手受伤期间找点消遣。他并不是真的关心我。"

"你看见他和你妈妈在烤烟房里了？"

他看向别处。"没有。"他的声音很低，"那是我编的。我只是想让她难受。我想那样也许她会离他远一点，多关心我一些。"

"我们得告诉她你做了什么，马修。这事很糟糕，却和你爸爸的死无关。你不必一直为此自责。"

我又和他多聊了一会儿，他谈到了自己的父母，以及搬去城市生活的梦想。最后，我离开他，回到楼下。伦斯警长正站在畜棚前的场院里，神情沮丧。

"我们搜遍了烤烟房的每一寸地面，医生。没有发现可以割断他喉咙的刀或其他任何东西。"

我想到了一点。

"你搜过詹宁斯的口袋吗？"

"咦？我没想到要搜。"

"如果真的是普雷斯科特或罗伊·汉森杀了他，他们有可能会把刀塞进詹宁斯的口袋，这不就处理掉凶器了吗？"

想法很好，但詹宁斯的口袋里除了一块手帕和一块嚼烟外，什么也没有。搜完身后，伦斯警长站了起来，摇了摇头，下令将尸体转移到医院进行尸检。"看来这次我们要栽跟头了，医生。"

"再给我点时间。"我告诉他。

有几个工人站在阴影里观察着我们的一举一动。詹宁斯死了，他们也许担心自己的饭碗不保。萨拉派弗兰克·普雷斯科特去找他们谈话，想必她也想到了这一点。

"詹宁斯太太说你们不用担心工作的事。明天照常干活。她会继续经营农场的。"

前景黯淡，大家心中都不欢快，但普雷斯科特的话似乎让他们重新燃起了希望。返回宿舍时，大家低声表示赞同。

伦斯警长站在那里看着普雷斯科特。"你认为是他们两个人合伙干的这事吗，医生？"

"不觉得。我认为他们的关系没有好到这种程度。"

"我现在该怎么办？"

"找到一个左撇子。"

他看着我。"嫌疑人中没有左撇子。"

"那它一定是一桩不可能犯罪。"我笑着说。

"你笑什么？你了解什么情况吧，医生？"

"只是一个想法。我需要核实。"我说道。但突然，我意识到我的想法是对的。

我发现萨拉一个人在客厅里，就坐到她的对面说："我知道是谁写的那些信了。"

"那似乎是很久以前的事了。"

"是马修。他跟我承认了。"

"为什么？他有没有说他为什么要做这么可怕的事？"

"他认为你对罗伊的关注多过对他的关心。你要知道，罗伊只比你儿子大十一岁。"

"我知道。"她的脸色苍白而憔悴。"可是用这样的谎言折磨我……"

我深吸了一口气。

"对马修来说，它们是谎言。但其中也有一些真相，不是吗？那些匿名信是为了让你知难而退，但你儿子触到了你的软肋。你和罗伊·汉森是情人，当你把信给罗伊看时，他惊慌失措，担心贾斯珀要么是自己写了这些信，要么就会发现这些信。"

"别说了！"她跳了起来，朝着我喊道，"别再说了。你指控罗伊杀了我丈夫，那不是真的！我知道那不是真的！"

"我很抱歉，萨拉。但罗伊·汉森杀了贾斯珀，我想你是知道的。"

萨拉·詹宁斯知道这是真的，而我说服伦斯警长则费了一番口舌。

"如果是他割了贾斯珀的喉咙，那刀去哪里了？你可别跟我说他用的是一块冰，已经融化了。伤口太光滑了，冰是做不到的。一定是非常锋利的东西造成的。"

"是的，警长。我猜他用的是剃须刀片。"

"那它去哪儿了？"

"把你的手电筒给我，也许我可以让你看到。"

我接过手电筒，在前面带路，回到烤烟房，来到贾斯珀·詹宁斯被杀的地方。我把手电筒直着照上去，光束穿过吊灯的上方，照亮了屋顶的最高处。"那里。你看到了吗？"

"我看到了个东西。看起来像……见鬼，像个蓝色的气球！"

"没错，它绑在了一个安全剃须刀的刀片上。汉森从马修的房间拿走了这个气球。早些时候他在楼上和那个男孩玩过《大富翁》。他把气球绑在剃须刀片上，再塞进他宽松的外套里。他知道詹宁斯会亲自换保险丝，于是他叫上普雷斯科特一起去。黑暗中，他伸手越过贾斯珀的肩膀，一刀割开了他的喉咙，在血开始流淌之前快速把手移开。然后，他只需松开握着刀片的手，气球便会把刀片带到烤烟房的屋顶上。那里完全处在我们的视线之外，即使抬头也不太可能看到蓝色的东西。他可能打算明天白天气球被发现之前收回它。如果踩着梯子还够不到，他可以用弹弓或者能发射子弹的玩具枪打爆它。"

"那也可能是普雷斯科特干的。"警长争辩说。

我摇了摇头。

"汉森有动机，我稍后告诉你是怎么回事。汉森能拿到马修房间里的气球。最重要的是，罗伊·汉森是左撇子。"

"见了鬼了，医生，我们都试过了！他惯用右手，他证明了这一点。"

"少数人能左右开弓，双手都可以灵活运用。汉森就是其中一个。我有世界上再好不过的证据，因为今年夏初我治过他的手伤。他用斧头给烟草打顶时，不小心砍中了握着烟棵的手。他砍的是自己的右手，警长，他是用左手挥斧的，也就是他用来割断詹宁斯喉咙的那只手。"

"汉森这个年轻人下场很惨。"萨姆医生喝了一口雪利酒，最后说道，"那天晚上，伦斯警长想逮捕他时，他逃跑了。第二天早上，他们在铁轨旁发现了他。黑暗中，他试图跳上一列货车，结果掉到了车轮下。萨拉花了很长时间才从那晚的双重悲剧中恢复过来。

"下次你来我家时，我要给你讲我冬天在缅因州度假的事，还有雪地上出现的一些奇怪的脚印。"

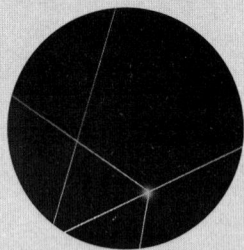

11

风雪
林中屋

　　萨姆·霍桑医生在他最喜欢的椅子上坐了下来，喝了一小口白兰地，然后说："我想给你讲讲一九三五年一月我去缅因州度假的事。我想你一定奇怪，一个头脑清醒的人为什么会在冬天开车去缅因州，况且那时还没有高速公路，收费的和不收费的都没有。嗯，我想这都是那辆车引起来的……"

　　我喜欢敞篷车，但这反倒成了我的一大弱点。从医学院毕业后，我爸妈送了我一辆一九二一年产的黄色皮尔斯利箭敞篷车，它是我生活中引以为傲的东西，后来被一场人为的爆炸摧毁。在那之后，二十世纪三十年代初，我又买过几辆车，但与那辆美妙的车相比，我都不甚满意。一九三五年初，我终于找到了梦寐以求的车，那是一辆华丽的红色梅赛德斯·奔驰500K特别款双座敞篷跑车。当然，价格不菲，但那时我已经执业十二年，而且单身一人，乡村医生的职业已经让我积攒了不少钱。

　　这辆车是在波士顿买的，当我开车来到我在清教徒纪念医院的诊所时，护士阿普丽尔简直不敢相信自己的眼睛。

"你买的，萨姆？真是你的？"

"没错。霍桑犯傻了呗。"

她用手抚摸着红色的漆面，欣赏着发动机外壳修长光滑的线条。我们一起试坐了一下隆隆座[①]，检查了一下后面的两个备用轮胎。然后，我让她开着车在医院的停车场上兜了一圈。"跟做梦一样，萨姆！"她说，"我从没见过这种车！"

自从我来到诺斯蒙特镇，阿普丽尔就跟我一起工作。十年前，我们曾在科德角一起度过一个短暂的假期，但我们的关系一直处于纯友谊的状态。作为朋友，我喜欢阿普丽尔，觉得她是一个完美的护士，但我们之间从没擦出浪漫的火花。她比我大几岁，近四十岁了，但对合适的男人来说，她还是很迷人的。虽然我们从未讨论过她的私人生活，但我觉得在诺斯蒙特镇这种地方找不到适合她的人。

正是基于这样的心理，当她从奔驰车里爬出来时，我冲动地说："我们开车去缅因州吧。"

"缅因州？在一月份？"

"为什么不呢？今年冬天气温很高，大雪没有封路，畅通无阻。我们甚至可以尝试滑一滑雪。"

"不了，谢谢，我可不想让我的腿打上石膏。"虽然这样说，但我能看得出来，她对度假的想法已经动心，"你那些病人怎么办？"

"汉德尔曼医生说过，如果我想离开一周，他会照顾他们

---

① rumble seat直译为"隆隆座"，因为该座位于汽车尾部的后轴上，与前座隔离，比较颠簸，而且噪声更大。美国人戏称"丈母娘座"。其设计理念源于欧洲的马车，意在区分主人和仆人的不同待遇。它完全暴露在外，无法给其坐者任何安全保护，同时随着车辆的速度越来越快，"二战"之后这种座椅很快就消失了。——译者注

的。三月份，他要去佛罗里达，到时候我再替他。"

"就这么办，"阿普丽尔下了决心，露出了顽皮的笑容。
"但请记住，不滑雪……"

下周伊始，我们就出发了，开车北行穿过马萨诸塞州，进入
新罕布什尔州。这车驾驶起来很轻松，尽管天太冷，不能把车顶
打开，但它的右置方向盘和长长的引擎盖让我感觉是在开着一辆
快速奔驰的外国车。我提前打电话在班戈市北部的一家度假旅馆
预订了房间，但即使我们穿过州界进入了缅因州，前面还是有很
长的一段路要走。

一看到细小的雪花落到挡风玻璃上，阿普丽尔就喊道："开
始下雪了。"

"我想我们还算幸运，在没下雪前走了这么远。"

在接下来的旅程中，雪下得不大，但持续不断。当我们到
达格林布什旅馆时，路上的雪已经有几英寸厚了。我把车停在一
棵大松树下，从隆隆座上拿下我们的包。旅馆完全是用原木建成
的，让我不禁想到缅因州森林资源丰富，最不缺的就是木头。旅
馆大堂令人愉悦，让人感觉回到了自家舒适的客厅，一个高个男
子在那里等着迎接我们，他四十多岁，肤色黝黑，说话带有一点
口音。

"下午好，欢迎来到格林布什。我是这儿的东家安德烈·穆
霍恩。"

"萨姆·霍桑医生。"我伸出手说，"这是……"

"啊，霍桑太太！"

"不是……"我继续介绍，"……我订了单间。"

安德烈·穆霍恩笑了。"独立但相连的房间。先登记，我领
你们去。"

"我们要在这里住六晚。"

"好极了。"

房间很舒适，一小时后我们下楼吃晚饭，看到穆霍恩，他示意我们跟他坐一桌。"我不喜欢一个人吃饭，"他说，"跟我一块吃吧。"

晚餐很愉快，我能看得出来阿普丽尔对安德烈产生了好感。他告诉我们他有法国和爱尔兰血统，去年冬天，他的妻子开车冲出了路面，因此丧生。"她叫什么？"阿普丽尔同情地问道。

"路易丝。我钱包里有她的照片。在她离我而去之后，似乎没有什么可以支撑我继续生活下去了。我们没有孩子，开旅馆就成了我唯一要干的事情了。"

他给我们看了一张照片，那是一位与他年龄相仿、相貌和蔼的女人。"笑得真好看。"阿普丽尔评论道。

虽然置身于缅因州的森林中，但让我感到惊讶的是，从穆霍恩在晚餐时的谈话不难看出他兴趣广泛，所知甚多，这一会儿谈论一个世纪前游历此地的梭罗①，下一会儿又开始讨论威胁整个欧洲的阿道夫·希特勒。我在诺斯蒙特镇可听不到这种讨论。

"附近有什么可玩的？"我问道，并补充说："我们都不滑雪。"

安德烈·穆霍恩耸了耸肩。"滑雪还是得去阿尔卑斯山。我经常想这项运动在美国会不会和在瑞士和挪威那样受欢迎。不过，我知道明尼苏达州的斯堪的纳维亚人越来越欢迎它。谁知道

---

① 指亨利·戴维·梭罗（Henry David Thoreau, 1817—1862），《瓦尔登湖》的作者。他曾在缅因州的森林旅行，并出版了《缅因森林》一书。——译者注

呢？现在有一种新发明叫滑雪缆车，它有可能彻底改变这种消遣方式。你可以滑雪下山，再乘缆车上山。"

"但在格林布什没什么人滑雪吧？"阿普丽尔问道。

"没有。但我们可以穿雪鞋徒步。明天早上我给你们准备好雪鞋，带你们去看看乡间的风景。"

有一点我很确信，穆霍恩对我们的特殊兴趣多半是冲着阿普丽尔而不是我来的，但我没有理由抱怨。他是一个有魅力的男人，也很健谈。我上床睡觉，期待着早晨的到来。

天光大亮，空气寒冷而清新，飕飕的北风不禁让我们竖起衣领，我们在旅馆前等待安德烈跟我们会合。阿普丽尔一直盯着旅馆的大门，我则看向停放奔驰车的那棵松树。我惊讶地看到一个穿着格子夹克的年轻人在它旁边徘徊，一只手里还抓着一把猎枪。

我走了过去。"在欣赏这车？"我说。

"它太漂亮了。你的车？"

"是的。"

"你住这旅馆？"

我点了点头。"我叫萨姆·霍桑。"

"我是格斯·拉克索。我在这附近干些零活。"

"用猎枪？"

"在外面射杀令人讨厌的动物。大雪覆盖的时候，它们很难找到食物，就会来到我们的垃圾堆找食物。今天早上我抓到了一只山猫。"

"我没意识到我们离大自然这么近。"

拉克索对奔驰车更感兴趣。"这是我第一次见这种车，"他说着，用手摸了摸挡泥板，"我敢说你一定花了一大笔钱。"

"确实不便宜。"我不想再继续谈这个话题了。我离开时，他也跟着走了，我终于松了一口气。

就在这时，穆霍恩到了，带着三双雪鞋。他看到了拉克索，皱了皱眉头，似乎想说些什么，想了想，又没有说。那个射杀令人讨厌的动物的猎人突然转向，消失在旅馆后面。

"哦，真是一个完美的早晨！"阿普丽尔的喜悦之情溢于言表。

"昨晚山上下雪了。"安德烈说，"你会发现有些地方积雪很深。"他跪下来给阿普丽尔穿上雪鞋，我则费劲地穿上他给我的那双。

"你们这儿雇了多少人？"我问。

"取决于我们有多忙。如果赶上周末，预订的客人很多，我就会从镇上临时找帮手。"

"拉克索是其中一个临时工？"

"他打零工，但有点靠不住。"

"他告诉我今天早上他抓到了一只山猫。"

"有可能。冬天的时候，它们会来找食物。"

我们出发了，向北走，穿过一个结冰的湖，开始沿着一座平缓小山的山坡往上爬。我和阿普丽尔不习惯穿雪鞋。穿着雪鞋走路并不像看上去那么容易，还没走完一英里，我腿上的肌肉就开始酸痛了。

"我们可以到山那边的特德·肖特的小木屋休息一下。"穆霍恩建议，"顶着寒风走路不容易，若是不习惯，那就更难。"

"特德·肖特是谁？"

"一个退休的股票经纪人，几年前搬到了这里。他一个人住，但如果你去拜访，他会很友好的。"

一到山顶，我们立马就看到了那间小木屋。它的附近停着一辆福特轿车，但道路完全被从小木屋前门飘过来的雪覆盖。烟囱还冒着烟。

"他想必在家。"穆霍恩观察后说，"壁炉正烧着，而且没有人从房子里走出来的足迹。"

他在前面带路，我们下山了。阿普丽尔指向左边，问道："那些是山猫的脚印吗？"

穆霍恩走近它们，然后说道："我想是的。脚印的间距大约九英寸。可能是格斯·拉克索射杀的那只。"山猫的脚印蜿蜒地走向木屋的一角，然后拐向另一个方向。小木屋附近的积雪越来越深，如果没有雪鞋，我都觉得我们可能走不到小木屋那里。我们走到门口时，穆霍恩用戴着手套的拳头砸门。

没人来开门，他试着转了转门把手。"没锁。"他说着，小心翼翼地推开门，于是，飘雪落在了地板上。他打开一个开关，一盏顶灯亮了起来。从他的肩膀后面看去，我看到了一间舒适的房间，炉火边有一把大休闲椅。从屋顶的天窗射进来的阳光洒满房间。我能辨认出一间可以睡觉的阁楼，那里有一张床，但没有整理，餐桌上放着几只没清洗的早餐盘子。

休闲椅上方露出一个人的头顶，穆霍恩急忙走上前，阿普丽尔和我在门口等着。"特德，我是安德烈。我穿雪鞋徒步，然后停下来想……"他弯下腰，俯身在椅子上，轻轻摇晃着那个人。然后，我看到他的脸色变了。

"怎么了？"我问道，开始往前走。

"我的上帝，他被刺死了。"

我看了一眼，就知道他说的是真的，坐在椅子上的人已经死了。穆霍恩用墙上的摇把子电话报了警。

半小时后，佩蒂警长赶到，事实证明他与我在诺斯蒙特镇最好的朋友伦斯警长大为不同。他又高又瘦，皱着眉头，在合身的制服外套着一件昂贵的皮衣，看起来与这荒山野岭格格不入。他想知道我们为什么一大早来到了小木屋。在最初的询问中，他没有在意我，但在知道我是医生后，他立马来了兴致。

"我们现在还没有全职的验尸官，"他说，"你能帮我们推测一下死亡时间吗，霍桑医生？"

"我试试。"我告诉他，"但尸体离壁炉太近了，很难准确。没有尸僵的迹象。他的死亡时间可能在几分钟到几小时之间。目前还不能准确判断死亡时间，但绝不会超出这个范围。当我们进入小木屋时，火还在燃烧，这可以告诉我们一些线索。因为如果时间较长的话，炉火燃尽后是会自己熄灭的。"

"那就是说他是在日出之后被杀的。"

"我认为是。我们发现他时大约是十点钟。还有没洗的早餐盘子，灯也关上了。"

"太阳出来之前雪就停了。"佩蒂警长转向穆霍恩，"你进小木屋时，这里没有别人吗？"

"只有可怜的肖特。"

"没有人进出的痕迹？"

安德烈摇了摇头。

"没有脚印。"我确认道，"我们检查了小木屋的各个角落。只有一扇门，我们来到这里时，积雪还堆在门上。因为天太冷，所有窗户都紧紧关着。除了一只山猫，没人靠近过这个地方。"

"想必凶手整晚都待在这里。"警长判断道，"那他逃走的话，怎么能不留痕迹呢？"

"自杀。"穆霍恩说，"只能这样解释。"

佩蒂警长的眉头皱得更深了。"如果是自杀，那凶器在哪儿？"

这个问题问得好，我们都不知道答案，一时语塞。他们搬走了尸体，用雪橇拉着上了白雪覆盖的小山，然后从另一边下山，直到可以通车的路上。我们则返回旅馆。

"跟我讲讲肖特。"我对安德烈说，"你觉得谁会想杀他？"

这位旅馆老板耸了耸肩。"我猜是他过去认识的人吧。我不确定他在这里见过多少人，应该不会多到树敌的程度。我之前说过，他待人友好，但从不跟别人来往。"

"他来过旅馆吗？"

"几乎没来过。"然后，他突然想到了什么，打了个响指，"几天前他确实来过。他来拜访一个住在这里的女人。我记得看到他时我很惊讶，但后来我也没再想这事。"

"她还住这儿吗？"

"德弗鲁太太，是的，我想她还在这儿。"

有安德烈的陪伴，阿普丽尔很享受，我离开他们去找德弗鲁太太的房间号码。前台服务员指了指大堂远处坐着的一位女士，她有三十多岁，身材苗条，正在翻看一本时尚杂志。我向他表示感谢，向那位女士走去。"打扰一下，你是德弗鲁太太？"

她转过脸来，微笑着说："是的，我认识你吗？"

"我还没有这个荣幸。我的名字是萨姆·霍桑。"

"我是费丝·德弗鲁，你似乎是知道的。有什么能帮你的吗？"她放下杂志。

"有关特德·肖特的事。我听说你认识他。"

"认识。"

"抱歉。我以为你现在已经听说了。今天早上，有人发现肖特先生死在他的小木屋里。"

她的身体晃了晃，差点从椅子上摔下来。我及时扶住了她。

恢复镇静后，费丝·德弗鲁喝了一小口我点的白兰地，开口道："你得原谅我。我好多年没晕倒了。"

"很抱歉，我的消息让你受到这么大的惊吓。"

她向后靠在大堂的沙发上。此事没有引起不安，只有前台服务员看到她摔倒，而我很快把她扶了起来。"不应该这样，真的。我认识他很长时间了。怎么回事，心脏病发作？"

"他被人刺了胸部。"

"你是说有人杀了他？"本来她就脸色苍白，现在似乎更苍白了一些。

"也有可能是自杀，但值得怀疑。你能告诉我一些他的事情吗，他为什么选择在这里离群索居？"

"理由很简单。特德是个股票经纪人。股灾让他元气大伤，再也没有恢复过来。他不仅赔光了自己的钱，还赔进去了好几百个小投资者的钱，其中一些人把他们的损失归咎于他。终于，他没有办法再面对他们。大约三年前，他从波士顿搬到这里，从那以后就一个人住了。"

"你是他的投资者之一？"我问。

她朝我苦笑了一下。"不是。我曾是他妻子。"

这回轮到我震惊了。"你们离婚了？"

费丝·德弗鲁点点头，说："但这与股灾无关。一九二九年初，我遇到格伦·德弗鲁，我们相爱了。几个月后，我告诉特德我想离婚。后来听说他的遭遇，我很难过，但这跟我可没关系。"

"你不是跟丈夫一起来的？"

"不是。他是建筑工程师，在旧金山忙着新金门大桥的建设。有时他会到外地，一次待上几个月。我觉得寂寞，就来这里待了一个星期。"

"你知道前夫住在这里吗？"

"我知道他就在附近。"

"你到了后给他打电话了吗？"

这时她失去了耐心。"霍桑先生，你是哪家的侦探吗？问这些问题想干吗？"

"我是医生。我有处理此类犯罪案件的经验，我想我可以给当地警方提供一些帮助。"

"你说此类犯罪是什么意思？"

"这种情况似乎有些离奇，甚至不可能做到。肖特先生被刺时，小木屋里只有他一个人，小木屋周围的雪上也没有留下脚印。雪是天亮前停的，说明在那之后，凶手没有进入或离开小木屋。然而，也找不到任何凶器证明他是自杀。"

"警察怀疑是我杀了他？"她问。

"我想此时此刻他们甚至都不知道你的存在。"

"如果他们继续不知道我在这里，我会很感激的，霍桑医生。我向你保证，我对我前夫的死一无所知。我们只是在那天晚上一起吃了个饭而已。"

话已至此，我也没什么可了解的了。我感谢她抽出时间跟我交流，然后我回到了自己的房间。我坐在窗边，试图回想死者所在小木屋的一些细节。房间很宽敞，有一个可以睡觉的阁楼，一个小厨房占了一角，后面有一间小屋。房间里有几本书，多是商业和股票市场方面的书。还有早餐吃剩下的东西，这证明肖特可能死于黎明之后。如果一个人想自杀，他会做早餐吗？我不确定，况且，比这更奇怪的事情也不是没发生过。

晚饭后我才见到阿普丽尔。她似乎比我见过的任何时候都要快乐。

"你一整天都和安德烈在一起？"我问，本意是开玩笑。

令我惊讶的是，她点了点头。"我真的很喜欢他，萨姆。我们在他的办公室吃了晚饭，就我们两个人。"

"感觉越来越认真了。"我说。

她改变了话题。"你查到谋杀案的线索了吗？"

"毫无头绪。我在旅馆遇到了一个女人，原来她是肖特的前妻。要是他死的时候她在现场，那就有意思了，但她发誓说她对此一无所知。"

"为什么会有人杀一个独自住在森林里的人？"

"我不知道。那次股灾让他损失惨重，很多找他代理投资的人也因此蒙受损失。也许是有人跟踪他来这里寻仇。"

"五年多以后？"

"这种事之前发生过。有时，有人把失败迁怒于他人，这种愤怒会在一个人的头脑中逐渐积聚，最后发展成一种抑制不住要杀了这个人的冲动。肖特来此隐居可能就是为了躲避这样的人。"

我们在旅馆周围散步，话题转移到诺斯蒙特镇和那里的人。提及这些，阿普丽尔带着一种怀旧的意味，仿佛想起了她很久以前离开的那个家。那些话让我心烦意乱，回到我房间后，我对着窗户坐了很长时间，盯着窗外的雪，以及白雪映衬下的几点灯光。

我看见一个人影在移动，从一盏灯下走过。那是格斯·拉克索，手里拿着猎枪，也许正在追踪另一只山猫。

早上，等我敲门时，阿普丽尔已经离开了她的房间。我下楼去吃早饭，看到费丝·德弗鲁独自坐在餐厅的另一边，但我避开了她。

我喝完咖啡时，阿普丽尔出现了。"对不起，我迟到了。"她有点不好意思地说。

"没关系。在这里我们可以单独行动。你吃过早饭了吗？"

"是的。"

"那散散步怎么样？"

"好啊。去哪儿？"

"我想再去看看肖特的小木屋。"

"我们不穿雪鞋？"

"我想佩蒂警长的人现在已经踩出一条到门口的路了。让我们去找找看。"

我们沿着头天的路线走，只在一个地方遇到了厚厚的积雪。阿普丽尔陷了下去，没及腰部，我不得不把她拉出来。最终到达可以俯瞰肖特小木屋的山顶时，我们还在笑。

"我想有人进去了。"我说，"门开着。"

原来里面是一个"大胡子"，他穿着带毛皮帽子的风雪外套，他说电话公司派他来是要把电话从墙上摘下来拿走。"看来他再也不需要这个了。"他告诉我们，"我们不喜欢把设备留在空房子里。"

"你认识特德·肖特吗？"我问他。

"算不上认识。"他边说边干活，"我来这里布新线时和他见过一面。"

"他是一个人吗？"

"不是，有个旅馆的人跟他在一起。"

"安德烈·穆霍恩？"

"不，旅馆的一个打杂的。拉克索，我想这就是他的名字。"

"格斯·拉克索。"想到这里，我又问道，"在附近见过山猫吗？"

"当然，偶尔会有。它们大多只关心自己那点事。"

他走后，阿普丽尔和我检查了小木屋。跟我昨天看到的一样，只是现在壁炉里没有了热气。我站在发现肖特尸体的那把椅子旁，四下寻找可能漏掉的线索。"你怎么看？"我问阿普丽尔。

她咯咯地笑了起来，之前我从未见阿普丽尔这么轻松愉快过。"你的口吻像是夏洛克·福尔摩斯。好吧，这个怎么样？他从内胎之类的东西上切下一条橡皮筋，把刀绑在橡皮筋上刺自己。握刀的手松开时，刀就被这根长长的橡皮筋拽走了，看不见了。"

"哪里是看不见的地方？"

阿普丽尔抬起头，指了指。"穿过天窗去了屋顶。"

如果是这样，那也太疯狂了。我搬来一张结实的桌子，上面再放把椅子，这样我就可以够到天窗了。它很容易打开，但屋顶上的雪显然没有任何被动过的痕迹。我在窗边摸了摸，没有刀藏在那里。

我爬下来，回到地板上。"上面什么也没有。"我说。

将家具放回原处后，我查看了烟囱，想起我读过的一个故事，说是有个人自杀后，从烟囱里搜出了凶器，但在这个烟囱里，我什么也没找到。我试图重现头天早上发生的事，与其说是讲给阿普丽尔听，不如说是自言自语。"可能天刚亮他就起床了，准备早餐。他开始生火，不是早饭前就是早饭后。"

"也许是凶手生的火，"阿普丽尔说，"为了让尸体保温，并混淆死亡时间。"

这是我忽略了的一种可能性。"但这仍然不能告诉我们凶手是如何进出这个屋子的。"我说。

"在夜里，雪停之前。"

我摇了摇头。"你忘记了早餐。"

"有可能是凶手布置的假现场。"

"但火还在烧。如果这么长时间无人照料，它应该早就熄灭了。"

"我想你是对的。"她承认道。然后，她紧紧盯着门边地板上的一个东西，它几乎被一块小地毯遮住了。"那是什么？"

那是一支细长的金黄色铅笔，侧面刻着"G.D."，应该是姓名首字母缩写。"也许这是一条线索。"我说，尽管我有所怀疑。佩蒂警长的人不可能错过它。也许某个警员用它画完一张小木屋的图后就把它掉在了地上。我把它放在口袋里，环顾了一下房间。"我想我们已经找遍了可能存在线索的地方，阿普丽尔。"我说。

当我们返回旅馆时，阿普丽尔严肃起来。"萨姆，如果有一天我离开你，去找另一份工作，你会怎么做？"

"可能会关闭诊所，出家为僧。"

"不会吧，说正经的。"

"你和我已经共事十三年了，阿普丽尔。从我行医到现在。你不快乐吗？还想要更多的钱？"

"这和钱没关系。"

"我以为你很快乐。这几天你肯定很开心。"

"是的。"

"那么，什么……"

"安德烈想让我留在这里。"

我惊呆了。"他给了你一份工作？"

"他想娶我。"

"阿普丽尔！你要嫁给一个两天前才认识的人？"

"不是。"

我松了一口气。"那就太好了。"

"但我想在这里多待一段时间，更好地了解了解他。"

"他的妻子去年死于一场车祸。他只是寂寞了。"

"我也是。"

"什么？"

"我三十九岁了，萨姆。"

"我从没想过你需要……"

"我知道你没想过。"她的声音严厉起来，以前我没见她这样过，"有时我会想这么多年来你有没有拿我当一个女人看过。"

我不想再继续谈这个话题。"我们还得在这里待几天，"我说，"让我们看看情况吧。"

晚饭后，我去了费丝·德弗鲁餐桌，跟她喝了一点雪利酒。"我明天就要走了，"她把行程告诉了我，"回波士顿。"

"你不留下来参加肖特的葬礼？"

她摇了摇头。"已经很多年了，他对我来说没有任何意义了。我到这儿来真是太傻了。"

阿普丽尔站在门口，环顾餐厅。看到我后，她挥了挥手，走向我们的餐桌。"怎么了？"我问，站起来迎接她。

"你能跟我来吗？安德烈认为他已经解开了这个谜。我想让你听听。"

"我很乐意。"

费丝·德弗鲁也站了起来。"我可以去吗？"

我把她介绍给阿普丽尔，然后我们一起去了安德烈的办公室。他坐在桌子后面，看到德弗鲁太太似乎很吃惊，但他很快给她让座。"请原谅，德弗鲁太太。我不知道特德的前妻也是这里的客人。关于他的死因，我有一种似乎符合事实的想法，阿普丽尔认为霍桑医生应该听听。"

"请说吧。"她说。

"他在那间小屋里被杀，除了一只在附近游荡的山猫出现过，没有任何其他的痕迹留下，"我对他说，"如果你能说得通，我肯定有兴趣听。"

安德烈点了点头。"很简单，我可以用一句话告诉你。特德·肖特用一把冰匕首刺了自己，而在壁炉的烘烤下，匕首迅速融化了。"

费丝·德弗鲁和我沉默不语，但阿普丽尔很快称赞起这一解释。"萨姆，这就是那种你会想到的手法，萨姆！我知道它一定是对的。"

"阿普丽尔……"我开口道，继而针对穆霍恩刚才说的话分析说，"你试过用锋利的冰块割皮肤吗？那并不像听起来的那么容易，即使是在户外。在室内，在火的旁边，这是不可能的。不管冰的边缘有多锋利，它都会立即开始融化和变钝。"我转而问费丝："你的前夫掩饰自杀会有什么好处？"

她摇了摇头。"没什么好处。离婚后，他就退了保，换成了现金。搬到这里后，他告诉我没人需要他的保险金了。"

"我仍然认为你的说法有道理，安德烈。"阿普丽尔坚持说。

"不，霍桑医生说得对，"穆霍恩和气地说，"我考虑得还是不太成熟。我只是想打消大家本地有凶手在逃的想法。"

后来，当我在旅馆游戏室的台球桌上放松时，阿普丽尔找到了我。她说："萨姆，我想跟你谈谈。"

"好吧。在酒吧里吗？"

"我想到楼上去。"

我带她到我的房间，在椅子上放松地坐下，她则僵硬地坐在床上。"告诉我什么事让你不安吧。"我说。对于她要说什么，我惴惴不安。

"你恨安德烈，是吗？自从我告诉了你我们的事之后。"

"你错了，阿普丽尔。"

"那是什么？"

我顿觉心力交瘁。有些话是我这些年最难说出口的，但我还是得说。"我们必须面对现实。肖特的死不是自杀，那只游荡的山猫也肯定不是凶手。从雪停到我们进去找他的这段时间没有人进过小屋。没人能做到。窗户都关着，门前和屋顶上的雪没被动过。"

"但……"

"我们进屋时，特德·肖特还活着，也许正在炉火旁打瞌睡。第一个走到他椅子旁的是安德烈，就在他弯腰摇晃他时他刺死了他。只有这一种可能了。我很抱歉，阿普丽尔。也许几年前他也在肖特的公司赔了钱。"

"不！"她扑倒在床上，抽泣着，用拳头捶打着床罩。我无话可说，也无能为力。我已经说得太多了。

那天晚上我几乎没有合眼，只在黎明时分打了个盹儿，醒来时脑子却很清醒。似乎我的大脑在我睡觉时也在思考，对事情的模糊之处也有了新的理解。我躺在床上，盯着天花板，想了一会儿，最后起身给佩蒂警长打电话。我告诉他我想做什么，但没有解释为什么那样做。

"可能太晚了，警长，但我希望你和我一起去一趟肖特的小屋。今天早上。"

"去干吗？"

"我没有太大的把握，还是先不说为好。"

"别告诉我你认为那个杀人犯会回到犯罪现场，太老套了。"

"差不多吧。"我承认。

八点钟刚过，我就与警长会面了，我建议他把车停在从大路上看不到的地方。因为没有再下雪，我们可以沿着一条人踩出来的小路进入小屋而不会留下新的脚印。一进去，我就建议我们躲到睡觉的阁楼上。

"你期待谁来？"佩蒂想知道。

"我想等一等，看看我的判断对不对。以后有的是时间解释。"

但随着时间的推移，我看到警长的耐心在一点一点地消失。"已经十点多了，霍桑医生。你知道的，我还有其他的事要干。"

"再给我一个小时。如果到十一点还没有动静，我们就称它是……"

就在此时，我们下方的屋门打开了。我碰了碰佩蒂的胳膊，提醒他不要出声。有个我从未见过的人走了进来，开始在地板上四处寻找。"谁……？"佩蒂警长在我耳旁想低声说话，但我捏了捏他的胳膊，绷紧身体，从阁楼上跳了下去。

我落地之处离那个找东西的人不到六英尺，他猛地直起身，满脸惊讶。"你是在找这个吗？"我问，拿出阿普丽尔和我昨天捡到的那支铅笔。

他奇怪地看着我，然后伸出手。"是的，就是它。"

"警长，"我喊道，"你最好下来！"

惊恐的表情掠过那个人的脸，我认为他会逃跑，他却站在原地没动。"这到底是怎么回事？"

有佩蒂在我身边，我信心大增。"昨天早上，你戴着假胡子假扮电话公司员工来到这里，把笔落下了。在我们弄清楚你是如何不留痕迹地进入这栋小木屋之前，你得把电话线拆掉。警长，我要你以谋杀罪逮捕这个人。他是肖特前妻的丈夫。他叫格伦·德弗鲁。"

在警长带走德弗鲁之前，我得向他解释这一切是怎么回事。之后，在格林布什旅馆，我又讲给阿普丽尔和安德烈听。听到丈夫被捕，费丝·德弗鲁十分震惊，她立即赶往县监狱陪他。

"昨晚的事我很抱歉，"一开始，我就对阿普丽尔说，"我的大脑不灵光了。"

"我们能理解。"安德烈说。显然，他从阿普丽尔那里听说了细节。

格伦·德弗鲁是一位建筑工程师，据说他长期在旧金山的金门大桥上工作。显然，他不信任自己的妻子，溜回波士顿想看看她的情况。这一次，他跟踪她来到此地，为了伪装，他粘上了胡子，发现她和前夫在一起吃饭。也许还不止吃了顿饭。德弗鲁假扮成电话线路维修工，踩着他在建桥时用的那种细钢索，来到肖特的小屋。从远处看，它们跟普通的电话线或电线没什么区别，很好地融入了周围的环境，以至于当我们走近小屋时，根本没有注意到它们的存在，但它们确实在那里。因为小屋里有电灯和一部摇把子电话，电线的存在再正常不过了。我想山猫的脚印分散了我们的注意力。"

"你的意思是，"安德鲁问，"这个人是踩着电话线走到小屋的？"

"是一根钢索，"我纠正道，"还用了另一根钢索当扶手。对建造桥梁的人来说，这不是什么难事。一到屋顶上方，他就打开天窗，用另一段钢索吊着把自己进入屋里。当肖特遇到忙于'工作'的他时，肖特没有感到惊慌，因为德弗鲁之前曾以电话线路维修工的身份拜访过他。德弗鲁刺死肖特，然后原路离开。他在屋顶上留下的任何足迹都很容易被抹除，风也会把它们吹得无影无踪。"

阿普丽尔还有一个疑惑。"若德弗鲁之前在小屋见过肖特，为什么当时不直接下手？干吗还要如此大费周章？"

"因为第一次见面时肖特不是一个人在家，当时在场的还有格斯·拉克索。德弗鲁之所以采用这种方法杀人，是因为他希望肖特的死被人当成自杀。但由于急于离开，他把工具落在那里了。"

"你是怎么知道的，萨姆？"阿普丽尔问道，"昨晚你还认为安德烈有罪。"

"我记得当我们进入小屋并发现尸体时，阳光透过天窗照进来。即使小屋里有壁炉在烧，其热量也不可能那么快让玻璃上的雪全部融化。记得那天早晨天气寒冷，天窗上没有雪，那是因为凶手打开天窗时，雪滑落了。它不会像窗户那样从里面锁着。事实上，它很容易打开。我问自己：如果凶手是从天窗进来的，他是怎么到达屋顶的？

"那些电线，那些看不见但必须要有的电线就是答案。但是电话线和电线能承受一个人的重量吗？除非是特殊的电线，尤其是两端固定的那种。谋杀发生后不到二十四小时，电话线路维修工就出现在那里，说是要拆走电话，这让我不得不怀疑他。

"然后就到铅笔了。它上面有首字母缩写"G.D."，可能代表格伦·德弗鲁。它不是在谋杀时丢的，否则，警察会找到它的。如果它不属于佩蒂警长或其下属，那它就是电话线路维修工掉的。如果维修工是格伦·德弗鲁伪装的，那一切就明了了，包括动机。今天早上，我赌了一把，猜他可能会回到小木屋找他的铅笔。"

我讲完后，安德烈站了起来，跟我握手。"我们应该感谢你，阿普丽尔和我。"

阿普丽尔吻了一下我的脸颊。"你能原谅我昨晚的行为吗？"

"那要看你原不原谅我了。"我看了看手表，"我想今天我要动身回去了。你是怎么打算的？"

"这周剩下的时间我会留在这里，萨姆。然后，我会回去帮你培训接替我的人。应该提前一个月通知你的，毕竟这么多年了。"

"来年春天，阿普丽尔和安德烈结婚了。"萨姆医生总结道，"当然，我不愿看到阿普丽尔离开，但他们在一起很快乐，婚姻很美满。我是他们孩子的教父。不过，寻找阿普丽尔继任者的事可就没那么顺利了，这事我下次再给你讲。"

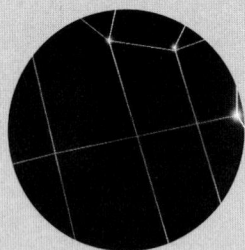

12

避雷室
惨案

"请进！"萨姆·霍桑医生说，他一如既往地热情欢迎这位下午来访的客人，"来，坐这儿，我给咱们倒点酒。我今天要讲什么？哦，没错，那时是一九三五年冬天，我的护士阿普丽尔要离开我，嫁人了……"

我是一九二二年来到诺斯蒙特镇开业的，自那以来，阿普丽尔一直是我唯一的护士。后来，她在缅因州遇到了一个家伙，并决定嫁给他，我感到很失望。但我不能阻止她追求幸福。那时是一月下旬，阿普丽尔同意工作到二月，并帮助培训接替她工作的人，但在诺斯蒙特镇这样的小镇，想找到一个合适的人做护士说起来容易做起来难。三月一日，星期五，本应是她在诊所的最后一天，但我说服了她再多待一周。

"萨姆，"她叹了口气说，"我想回缅因州筹备婚礼。复活节后我们要结婚。"

"你还有时间，阿普丽尔。你的余生都将是安德烈·穆霍恩的太太。"

"听起来不错，不是吗？"

"我得说，过去的一个月，你似乎比我见过的任何时候都要快乐。再给我一周时间，我会想办法找到合适的人。"

下周一早上，伦斯警长来到我的诊所。也许是临近最后期限让我感到了压力，我才接受了警长的提议。"你还在找接替阿普丽尔的人吗，医生？"

"我当然在找，警长。你认识什么人吗？"

"嗯，昨天在县界路上发生了一件有趣的事。我的一个警员遇见一位年轻女士开着一辆漂亮的黄色杜森博格，很漂亮。车在一个弯道上冲出了马路，掉进了沟里。不管怎么说，在车修好之前，她要一直住在旅馆里。今天早上，她问我知不知道这儿有什么地方可以让她打工，她好赚钱付修车费。"

"开杜森博格的女士通常负担得起维修费。"我说，"再说了，我要找一个能像阿普丽尔那样坚持十三年的人，不招临时工。"

"她说她喜欢诺斯蒙特镇，如果找到合适的工作可能会留下来。她曾在斯坦福市为一位牙医工作过。那跟为你这样的医生工作没什么两样，是不是？"

"有相似之处。"我承认。

"还有她的名字。你知道四月之后是几月，她叫梅。①"

听到这个，我忍不住笑了。"好吧，警长，我会跟她谈的。"我说。

那天中午，伦斯警长还没有给我回复，出去吃午饭时，我特意绕道经过雷克斯的修车店。我一生喜欢豪车，如果镇上来了一

---

① 阿普丽尔的英文名是April，意思是四月，而梅的英文名是May，意思是五月。因此，"四月之后"也表示"阿普丽尔之后"。——译者注

辆黄色的杜森博格，我一定要去看看。

我进去的时候，雷克斯正在修那辆车，敲打着前挡泥板上最后一个凹痕。"很不错的一辆车，是吧，医生？"

"那肯定的。"我绕着它走了一圈，惊叹于它精细的做工。

正当我打开引擎盖想看一下引擎时，一个年轻女士从街上走进来。"你动我的车干什么？"她尖声问道。

"没事的，小姐，"雷克斯·斯特普尔顿一边擦着手上的油渍，一边让她放心，"这是萨姆·霍桑，诺斯蒙特镇最好的医生。他在欣赏你这辆好车。"

"我是梅·拉索。"她迅速换上笑脸说道，走上前来和我握手，"警长让我联系你。"她个子确实不高，但走起路来很带劲，一头金发随着她的步伐跳动。她穿着一件灰色毛衣和一条配套的百褶裙。我猜她二十五岁左右，比阿普丽尔足足年轻十岁。

"我在欣赏你的车。杜森博格可是好车。"

"谢谢。我只希望斯特普尔顿先生能让它重新跑起来。"

"会跟新的一样。"雷克斯向她保证道，为了强调这一点，他砰地关上一扇车门，"账单在这里。还不算太糟。"

我看着她用两张二十美元的新钞付了账。然后我问道："你想谈谈工作的事吗？"

"是的，上车吧，我送你回诊所。"

这事我不能等她第二次开口。我们驶出修车店，在本镇最繁华的中心大街右转，我觉得镇上的每个人都在盯着我们。"是什么让你觉得可能想留在诺斯蒙特镇，拉索小姐？"

"我在逃离。"

"哦？"

"逃离波士顿，逃离快速行驶的车辆和快节奏的生活。我原以为斯坦福市是最佳选择，但它离纽约太近了。我想要慢下来。"

"车是你父母给你的？"

她看向别处，点了点头。"那时我刚在拉德克利夫学院读大四。我五年前毕业。斯特普尔顿先生说你喜欢好车。你的是哪种？"

"一辆红色奔驰500K。"

"很漂亮啊！"

"到了我的诊所你就能看到它。"

"我走的路对吗？"

"在下一个路口左转。我的诊所在清教徒纪念医院的翼楼。"

"你是外科医生？"

"没有那么好。只是一个不起眼的全科医生。"

她毫不犹豫地转弯，熟练地驾驶着汽车。"很远吗？"

"不远。离镇子不到一英里。看你开车的样子，真不敢相信你会掉进沟里。"

"我分心了。"她回答，"在这次事故中，我丢了几件衣服。我要去买些东西。"

"伦斯警长说你为牙医工作过。"

"没错。我到斯坦福市是想过自己的生活。"

"发生什么事了？"

"牙医有个嫉妒的妻子。"她几乎是立马想到了一个问题，问道："你结婚了吗？"

我不禁笑了起来。"还没，我没结婚。"

我们拐进了医院的车道，我指了指我的奔驰车旁边的一个停车位。

"你是从这里走到镇子的吗？"她问。

"当然。如果天气好的话，我几乎每天都会来回走路。对我来说这是最好的锻炼方式。"

她对我的新奔驰印象深刻，我答应等哪天拉着她转一圈。然后，我带她进去见阿普丽尔。"梅，这是阿普丽尔，马上就要成为阿普丽尔·穆霍恩了。"

"你好，梅。"阿普丽尔对她笑了笑，还拿她们的名字开起了玩笑。然后，她开始描述诊所的工作流程，希望我找到了接替她的人。我决定雇用梅·拉索。

开始工作没几天，我就了解了梅的长处和短处。我给斯坦福市的那位牙医打了一个电话，他很不情愿地给我介绍了梅的工作情况，我也立刻看出梅是一个聪明而又努力工作的人，她跟病人沟通时总能令人愉快。对她来说，记录病历和记账、安排病人的就诊时间都是自然而然的事情，甚至包括为我的出诊设计最佳路线。有时，我希望她帮我完成更多的医治程序，虽然她不像阿普丽尔那样是一位训练有素的护士，但她愿意学习，这才是最重要的。

阿普丽尔在诊所的最后一天是周五，我带两位女士到一家不错的小餐馆吃午饭，那里正好与雷克斯·斯特普尔顿的修车店隔街相对。雷克斯经常去那里吃饭，那天他从我们的桌子旁经过。"杜森博格跑得怎么样？"他问梅。

"跑得很好，谢谢。"

"我听说你在这里为医生工作。他是个好老板吗？"

"最好的。"梅朝我和阿普丽尔笑了笑。

午饭后，她先走一步，我和阿普丽尔单独待了一会儿。"你知道她永远不会取代你的。"我认真地说。

　　"我想如果你给她一个机会，她会干得很好，萨姆。"

　　"有什么我应该注意的吗？"

　　"其实，跟她的工作无关。"阿普丽尔犹豫了一下，补充道，"她害怕雷暴雨，但我想那也没什么不寻常的。"

　　"雷暴雨？"

　　"记得周三下午你去医院看病人的时候，我们这里下了一场异常的雷暴雨吗？"

　　"异常就对了。现在是三月份！"

　　"它只持续了几分钟，但把她吓得不轻。她埋头趴在桌子上。她说他们家以前有一个避雷室，雷暴雨来临时，父母会把她和弟弟拉进去，她们那种时候都非常害怕。"

　　在新英格兰地区，有些老宅有避雷室，这我是知道的，诺斯蒙特镇的一些房子也有。它们在室内，没有窗户，狂风暴雨时，一家人可以躲在里面。在我看来，它们似乎反倒让人更害怕打雷和闪电，梅的反应就证实了这一点。我说："还好，我们这里狂风暴雨不是很多。"

　　阿普丽尔从桌子对面伸过手来握住我的手。"我会想你的，萨姆。你是一个女人所能期望的最好的老板。"

　　"我希望你会非常幸福。你和安德烈定下日子了吗？"

　　"我知道是在复活节后不久。我希望在四月二十七日，因为今年复活节太晚了，不过我们会让你知道确切时间的。你会参加的，是吗？"

　　"没有什么能阻止我去。"

　　这个月剩下的时间总体上很平静，梅和我开始看病人、出诊和送出账单，每天忙于这些日常事务。阿普丽尔很少跟我去病人家，我却设法带着梅出诊，每周至少两次。一方面是我喜欢她的陪伴。另一方面，也是更重要的，我想让我的病人了解并信任她，这样，当他们在紧急情况下打电话时，她就不仅仅是电话里的一个声音。

快到三月底时，我们拜访了福斯特家的老宅，它在贝里路上。最近天气反常地热，断断续续地持续了一个月，前一阵子还引起了一场雷暴雨。那天阳光明媚，即使是春天，也很少见，有些农场主因此已经着手犁地。但汉克·福斯特不在其中，因为他的膝关节受了重伤，大半个冬天卧床不起。

他的妻子布鲁娜身材高大，不苟言笑，众所周知，她家周围的户外工作大多是她操持的。她在门口迎接我，对梅微微点头，便领我们进了客厅。"我希望他快点康复，霍桑医生。否则我就得让我们的儿子从斯普林菲尔德开车过来帮忙种地了。"

我检查了汉克·福斯特的膝盖，让他弯了几次腿。"感觉怎么样？"

"比上次好多了，医生。我现在走路感觉很好。"

"这是一栋很漂亮的老房子。"在我完成检查时，梅对布鲁娜·福斯特说。

福斯特太太想了想，突然态度很随和地问道："你想参观一下其他房间吗？"

"想啊。"

当他们参观厨房和二楼时，我和我的病人待在楼下。他们在我们的上方移动，然后，突然从上面传来一声沉重的撞击声。"怎么回事？"汉克从他坐的椅子上欠起半个身子问道。

"我去看看。"在楼梯底部，我喊道："上面一切都好吗？"

"不好。"布鲁娜回道，"你的新护士晕倒了。"

我发现梅趴在一个房间门口的地板上，该房间阴冷，没有窗户。令我欣慰的是，她已经醒过来了。我从我包里拿出一瓶碳酸铵，让她闻了闻，她很快便坐了起来。

"怎么了，梅？"

"我不知道。我……我想是那个房间。"

"这是一个避雷室。"布鲁娜·福斯特解释道，"显然，房子以前的主人雷暴雨时会因为害怕躲进里面。汉克和我偶尔也会用。"

"它让我想起我童年的一些事情。"梅解释道，"请你们谅解。"她有点站立不稳，我扶她走下楼梯。

"看我这护士当的！"她自嘲地摇了摇头说。

"任何人都有可能发生这种事。"我宽慰她道。

接下来的周一是愚人节，但对伦斯警长来说，这可不是闹着玩的日子。我顺路去了监狱，警长正在对铁路附近被捕的流浪汉进行每月一次的清理。流浪汉一共六个人，其中一人个子不高，身体壮硕，但浑身脏兮兮的，一头金色长发，留着胡子。

"这批人已经关进来四个星期了。"警长告诉我，"这里没有适合他们的工作。我不能再拘留他们了，这就把他们赶出本镇，让别人操心去。华盛顿的那些鸟人最好开始为这场大萧条做点事了。"

由于急切地想获得自由，流浪汉们大多悄悄地离开了，而那个金发矮个子要求返还他被捕时携带的手提箱。伦斯警长从储物室里将手提箱找了出来，还给他，然后打发他走了。我说："周围有很多公共工程，似乎应该有适合他们的事干。"

"他们可不想工作。他们只想到处闲逛，寻找救济。那个大块头有的是力气，看起来能顶三个人，但没看到过他在用它干活。"他回到自己的办公桌前，"至少我为下一批人清空了牢房。现在，有什么需要我帮忙的，医生？"

"几天前我去了福斯特家。在回来的路上，我注意到在老贝利农场的一块地里有几辆废弃的汽车。你知道是什么情况吗？"

伦斯警长用拳头猛击了一下桌子。"还没把它们弄走吗？几个月前，雷克斯·斯特普尔顿租下了农场的那块地。也许他们以为他要耕种，但他只是想为他店里一些破旧车找一个存放点。他说他可能要从它们身上拆卸零件，但我告诉他那堆东西很碍眼，让他赶紧搬走。我想接下来要做的就是传唤他。"

"我只是想让你知道这件事而已。"

"我表示感谢，医生。新来的护士工作如何？"

"梅干得很好。有意思的是，虽然她永远不会取代阿普丽尔，但在某些方面，我感觉和她更亲近了。她的护理水平不如阿普丽尔，但比阿普丽尔更让我感到亲切一些。"

"阿普丽尔的婚礼是什么时候？"

"下下下周的周六。到时候我要赶去缅因州。"

"请代我向她问好，医生。我一直很喜欢那个女孩。"

我回到诊所，发现早春易得的疾病正向我们袭来。梅接到两个流感患者的电话，还有一位女士打电话来说她的孩子身上长出了红疙瘩，这些红疙瘩可能是水痘，因为她的孩子已经得过麻疹了，我答应去她家跑一趟。

在我准备离开时，梅说："总有一天，医生等在诊所里，病人都会来找他们。"

"如果真有这一天的话，那将是医疗业的悲哀。"我说，

"有些人连车都买不起。他们怎么到这儿来？"

那周的周四，雷暴雨来袭，跟一个月前的那场雨一样令人惊讶。这是我第一次有机会看到它对梅·拉索的影响。整整一周，她都异常焦躁不安，仿佛她能预感到雷暴雨即将到来一样。随着第一声雷鸣响起，她双手抱住了头。当时诊所只有我们两人。

"放松，梅，"我对她说，"我在这里陪你。什么也不会发生。"

一道闪电撕裂天空，接着是一声巨响，这次感觉更近了。"你不知道。"她呜咽道。

"不知道什么？"

但她没有回答我。她几乎像是进入了恍惚状态。"到里面躺下吧。"我建议道。我扶她站起来，把她带到里面的诊疗室，让她躺到检查台上。我让她一个人待一会儿。

大约十五分钟后，已是三点，雷暴雨过去了。再次听到雷声时，可以明显到它已经相距很远了，并且越来越远。我发现梅坐在了检查台的床边。"对不起，萨姆医生。我总认为我在好转，但只要一电闪雷鸣，我的大脑就会像笼罩着一团迷雾一样。"

"你睡着了吗？"

"我想是的，睡了几分钟。我做了一个梦。梦见了可怕的事情——关于一把锤子，梦里还有人被杀害了。"

"你现在没事了。"我安慰她道。

"希望如此。"她从床边滑了下来，回到外面的诊室。在那一刻，她看起来不再是那个开着昂贵黄色杜森博格的自信姑娘了，更像是一个受惊的孩子。

"你考虑过看专科医生吗？"我建议道，"我不是弗洛伊德心理学的信徒，但现在有些医生的治疗效果很是神奇。"

"你觉得我疯了吗？"她想知道我的看法，轻声问道。

"当然没有。不管是什么在困扰你，我们都会找到它的根源。"我告诉她。

这时，预约三点钟看病的病人来了，受雷暴雨的影响，病人晚到了几分钟。我问梅是否想在下午剩下的时间休息，但她坚持上班。

一个多小时后，伦斯警长来到诊所。他的表情非常严肃，我知道肯定有事发生。梅也一定察觉出来了。"发生了一起杀人事件，医生。"他倒是直言不讳。

"什么？谁？"

"汉克·福斯特。大约一小时前，在他自己家里。有人趁着下雨闯进去，用锤子杀死了他。"

"我的上帝！"我看着梅，想起了她的梦，"布鲁娜呢？她没事吧？"

"她的肩膀挨了一下。淤伤严重，别的没什么。奎因医生正陪着她。"

"奎因医生？布鲁娜可是我的病人。"

"医生，在这种情况下，我觉得还是叫别人去比较好。"

"这种情况下？"

他表情痛苦，视线从我的脸上转到梅的脸上。"布鲁娜发誓说进入他们家并杀死她丈夫的人就是在这屋里的梅。"

奇怪的是，我的第一反应反而是松了一口气。因为这事显然是不可能的，很容易被推翻，以至于我一点也不为梅担忧。"这也太离谱了吧，"我向他保证道，"整个雷暴雨期间，梅都和我在诊所里。"

"布鲁娜说她很确定，医生。汉克被杀时，她离他很近，也就几英寸远。"

梅的脸本来就苍白了，现在更是血色尽失。"在哪里发生的？"她强打起精神问道，"在避雷室？"

"没错。"伦斯警长仔细地打量着她，"你现在想起发生什么事了吧？"

"不，当然不记得。我又不在那里。我跟这事一点关系也没有。"

"那你怎么知道发生在避雷室？"

"你说凶杀案发生在雷暴雨期间，我曾在他们家看过那个房间。我猜为躲避雷电，他们会到里面去。"

"梅非常害怕雷暴雨。"我解释说。我把雷暴雨期间梅的反应都告诉了警长，并指出梅没有足够的时间离开诊所去犯罪。

"可是她离开你的视线有十五分钟，医生。这是你自己告诉我的。"

"最多十五分钟，快到三点了。杀人是什么时候发生的？"

"就是那个时候，风雨正紧。"

"好吧。梅在检查室里休息了十五分钟，也可能不到十五分钟。你想说在这么短的时间内，她从窗户爬出去，开车到福斯特家，杀了汉克·福斯特，然后开车返回，再从窗户爬进来，是不是这样？雨势那么大，她单程开车过去至少也要十五分钟。还有她的衣服？你也看到了，全是干的。"

"她会不会在里面待了二十或二十五分钟，医生？"

"不可能！我们三点要来个病人，晚来了几分钟。那时梅已经回到她的办公桌前了。"

伦斯警长坐立不安。"也是，我并不真的相信布鲁娜·福斯特，但你是知道的，我必须调查清楚。"

"如果可以的话，我想和她谈谈。我和你一样急切地想弄清这件事的真相。"

"她可是吓得不轻，现在还惊魂未定。奎因医生以为……"

"我是她的医生，警长。"

我看得出来，他在责任和友谊之间左右为难，也许他现在对当初没有马上打电话给我感到后悔了。"那好，走吧。"他说。

在我离开时，我转向梅。"别担心。"我安慰她说，"没人认为你牵涉其中。"

"谢谢你，萨姆医生。"

后来，我知道奎因医生带布鲁娜到清教徒纪念医院去拍肩部的X光片了。在离我诊所不到一百码的诊疗室里，我们找到了她。奎因查看X光片时，她蜷缩在毯子里。"你好，萨姆，"他说，"这次可不是我故意插手你的病人，警长打电话给我说……"

"没事的，我明白。"我转向布鲁娜，"汉克的事我很抱歉。"

"是她……你的护士梅·拉索！她杀了汉克！"

"请保持冷静。"越过奎因的肩膀，我瞥了一眼X光片，"骨折了？"

"没有。正如我怀疑的那样，只是严重的淤伤。她试图保护自己的丈夫，结果被锤子砸了。"

"梅也想杀了我。"那个女人坚持说。

我在她身边坐下。"告诉我发生的一切，布鲁娜。"

一想起那件事，她的脸就冷酷起来。"三点差二十左右，雷暴雨开始了。现在几点了？"

"快五点了。"

"才过了两个小时！感觉好像过了一天了。"

看到她没有继续说下去，我提示说："雷暴雨……"

"是的。雨打西边来，势头很猛。汉克和我其实并不害怕，但我们还是去了避雷室。雷暴雨来时，我们经常躲到里面去。那里没有窗户，门关着，我们几乎听不到雷声。几分钟后，楼下有动静，汉克说听起来像是前门猛地关上了。"

"它是锁着的吗？"

"天哪，没有！这里谁会大白天把门锁上啊？"

"继续说。"

"过了一两分钟，响起可怕的雷声。我们隔着门都能听到。汉克认为闪电可能击中了谷仓，他打开门，想去看看。此时，梅·拉索就站在门外，手里拿着一把锤子，眼神很暴戾！她的头发是直的，被雨淋湿了，衣服也湿透了。从头到尾她没说过一句话。"

"她穿的是什么衣服？"

"一条绿裙子配黑腰带。外面套了一件黑外套，但雨还是把她淋湿了。"

我转向伦斯警长。"满意了，警长？梅今天穿的是蓝毛衣和黑裙子。我从没见过她穿绿裙子。而且你也看到了，她全身的衣服都是干的。"

"是她！"布鲁娜·福斯特坚持道，"她用锤子打了汉克的头两下。当我想跟她抢夺锤子时，她打了我。我赶紧躲闪，她打到了我的肩膀。就是她！"

"会不会有人戴着假发，伪装成梅？"

她想了想，然后摇了摇头。"她打我的时候，我扯过她的头发。不是假发。"

"然后呢？"

"我倒在地上，我以为她还会抡起锤子打我，跟杀汉克一样杀了我。但那时雷暴雨减弱了，她似乎改变了主意。她跑出避雷室，下了楼梯。我听到前门'砰'的一声关上了，然后我挣扎着走到电话旁，给警长打电话。"

"你听到她开车吗？"

"没有。"

在奎因医生继续检查时，我把伦斯警长叫到一边。"你怎么看？"他问，"听起来她说的是实话。"

"但她说的不是实话，警长！她要么搞错了，要么故意撒谎。没有第三种可能。"

"那我们怎样才能识破它呢？"

我考虑了一会儿。"我们需要组织一排人让她辨认犯罪嫌疑人，跟大城市的警察做法一样。布鲁娜只在她家里见过梅一次。她可能把她和别人搞混了。我去找几个金发护士，让梅穿上白大褂，这样她们看起来就差不多了。然后我带她们走过这门，看看她能否认出梅。"

"我觉得可行。"伦斯警长表示同意。

我确信这会让整个事情迅速了结。护士们很愿意配合，在制服外穿上了一模一样的白大褂。然后我找到了梅，将这种做法告诉了她。我让护士们先走过，一次一个，布鲁娜·福斯特看着。然后，我让梅走到门口。

"这是她！"布鲁娜用颤抖的手指着梅，喘着粗气说，"是她杀了我的汉克！"

那天晚上，我开车跟着梅到了她在中心大街药店上面租的公寓，上楼和她聊了一会儿。"那个女人在撒谎，"我说，"就这么简单。"

"事情没那么简单！她为什么从一开始就编造这样的故事？如果是她杀了丈夫，她可以说闯入者是某个不明身份的流浪汉。为什么一口咬定是我干的？"

"我不知道。"我承认。

"萨姆医生，赶上我犯病，我的大脑确实会有几分钟的时间神志不清。也许我真的去了那里，在不知不觉中杀死了那个可怜的人。"

"你以为在十五分钟内你可以换两次衣服，开车跑个来回，甚至把头发吹干吗？"

"我不知道，也许我是飞过去的！我告诉过你我梦到了锤子。"

"是的。"我一直想忘掉这件事。我不相信超自然现象，我也不相信人能在空中飞行，除非乘坐飞机。

"如果她说的是实话，还有其他解释吗？"

"我不知道。你有双胞胎姐妹吗？"

"没有。"她淡淡地笑了笑，"我无法想象有两个一模一样的我，你能想象吗？"

她劝我留下来吃晚饭，我只好从命。她厨艺不错，为了放松一下心情，我们选择品尝鸡尾酒，而她边喝边收拾带骨猪排，准备炖着吃。在诺斯蒙特镇，我可从来没有期待过会受到这种招待。

我们刚吃完晚饭，伦斯警长就来了。看到我在那里，他似乎很是沮丧。"天哪，医生，我真的很抱歉。"

我看到梅的脸上露出惊恐的表情。

"抱歉什么？"我问。

"我必须逮捕你，梅。我们又有了一个进一步确认的证人。"

"什么？"

"雷暴雨袭来时，雷克斯·斯特普尔顿正在福斯特家附近的空地上搬运那些废弃汽车。他说他看见你在快三点时从福斯特家跑出来，那时雷暴雨已经减弱了。他说你拿着一把锤子，梅。"

梅的脸扭曲了，她转身背对着我们，双手撑在一张桌子上。"这不是真的。"她说，"我没有杀他。我没有。"

"你当然没有。"我告诉她。"警长……"

"我很抱歉，医生。你给她提供了强有力的不在场证明，但我有另外两个人说她当时在那里。我必须扣留她，至少要过了今天晚上。"

"我要去见斯特普尔顿。"我决定。

斯特普尔顿干活到很晚，我在修车店里找到了他。他正在修理一辆新款奥兹莫比尔的发动机，听到我的动静，他抬起头来说道："你好吗，医生？马上就好。"

"雷克斯，你为什么说今天看到梅·拉索从福斯特家出来？这不是瞎说嘛。"

"啊？这可不是瞎说。她确实出现在那儿了。"他直起身来。"对此我感到非常抱歉，医生，我一听说这件事，立马就去找警长了。"

"案发时她和我在一起，她不可能在外面。没有人能同时出现在两个地方。"

"那我就不知道了，医生。我知道的都是我看到的。我听到猛地关门的声音，便朝房子那边望去，看见她从门廊跑出来。她手里拿着什么东西。我能看到那是一把锤子。"

"她往哪边去的？"

"穿过地，朝小溪跑了。进了树林就不见了。我当时就觉得很奇怪，回到镇上才听说杀人的事。"

"你不会弄错了吧？"

"见鬼，是她，医生……"

那天晚上，想着这件事的诡异之处，我睡得很不安生，各种可能的解释在我脑海中闪过。快天亮时，我甚至想到了雷克斯·斯特普尔顿和布鲁娜之间存在婚外情，他杀死了布鲁娜的丈夫，然后两个人一起栽赃陷害。但果真如此，我仍然面临着同样的困境：为什么他们要让一个最不可能是凶手的梅承担罪责？

我早早地到了诊所，一直磨蹭到九点。我发现自己在等待梅的到来，然后想起她还在监狱里。

如果布鲁娜和雷克斯没有撒谎呢？如果梅没有把一切都告诉我呢？

我给坎布里奇市的拉德克利夫学院教务处打了个电话。接电话的是位女士，我告诉她我是谁，想询问梅·拉索的事，并告诉对方："她应该是一九三〇年毕业的。"

"是的，医生，我记得梅。一个迷人的姑娘。"

"她有一个双胞胎妹妹吗？"

"我肯定她没有。她是她家唯一上过拉德克利夫学院的人。她的成绩很出色。"

"你有她的家庭住址吗？我可以去那里找她的父母。这事很重要。"

"她的父母？你不知道吗？她的父母在她读大四时被谋杀了。"

"什么？"我抓住桌子的边缘，试图保持清醒，因为我感到一阵晕眩，房间在旋转。"你说什么？"

"她的父母被谋杀了。有人闯进他们的房子，用锤子杀了他们。一直没查出是谁干的。"

我深吸了一口气，问道："梅有没有嫌疑？"

"哦，没有。事发时她正在自己的宿舍。"

我感谢那位女士提供的信息，挂断了电话。接下来，我请伦斯警长检查之前的犯罪记录，了解该案的具体情况。不过，我其实并不需要。我敢肯定他会发现梅的父母是在他们家的避雷室里被杀的，当时正在下雷暴雨。

这样的事情怎么可能在人的一生中发生两次呢？梅是否有某种分裂人格，能让她同时出现在两个地方？不管答案是什么，我知道我一定要见她。我要跟她核实这个新消息，逼她说出真相。

我开车去了监狱，匆匆走进警长的办公室，告诉他："我必须见梅。"

"你来晚了，医生。今天一大早，不知从哪里冒出来的一位律师要求释放她。我别无选择。在这个案子交给县级大陪审团之前，她是自由的。"

"一个律师？她去哪儿了？"

"我想是回她的公寓了吧。她没有给你打电话吗？"

"来吧，警长。我们必须找到她。"

"发生什么事了？"

"我在路上告诉你。坐我的车。"

我开着奔驰车沿中心大街行驶，把给拉德克利夫学院打过电话的事讲给警长听。就在那时，我有一种什么事情在向我逼近的感觉。不仅是意味着当天晚些时候还有可能有雷雨的阴沉天空，还有一种大祸临头的紧迫感。我感觉到了，却说不清道不明。然后，当我们看到药店上方梅的公寓时，那辆熟悉的黄色杜森博格从拐角处转过弯来，就像一只从隐蔽处钻出来的动物。坐在方向盘后面的是梅。她吃惊地回头看了我们一眼，然后一脚把油门踩到了底。

"抓紧了，警长！"我叫道。

"她会去哪儿？"

"会搞清楚的。"

杜森博格沿着中心大街一路狂奔，速度越来越快。我紧随其后，逐渐缩小了我们之间的距离。驶上镇子外的公路后，我发现有机会与她并排行驶，但就在我打算这么做时，她扭头看着我，眼神中透着疯狂，然后向左猛打方向盘。

"她疯了！"伦斯警长喊道，"她想撞我们！"

她就是想撞，突然的颠簸和金属的剐蹭声告诉我她做到了。我的奔驰车剧烈地抖动了一下，差点驶离了马路。我加快速度，超过了她，想把她拦住。这是个错误举动。她开着杜森博格撞向我的车身，几乎把我们掀翻。散热器冒出了蒸汽，伦斯警长和我只好从车上跳了出来。梅的车后退了大约五十英尺，我以为她要开车绕过我们，但警长首先意识到了她的真正意图。"医生，她想撞死我们！"

杜森博格向我直冲过来，速度越来越快。我想跑，但熄火的奔驰车把我堵在那里了。一张疯女人的脸向我逼近，我以为那将是我生前最后看到的一幕了。

随后，伦斯警长掏出左轮手枪，开枪射击，在子弹的冲击下，杜森博格的挡风玻璃碎裂开来。

我听到一声可怕的尖叫。杜森博格失去了控制，差点撞到我，在剐蹭奔驰车的后挡泥板后撞到一棵树上。

然后，我们朝那车跑去。警长还抓着他的枪，但很明显他用不着了。杜森博格上，血溅得到处都是，我设法听车上的人的心跳，知道已经没救了。

"这就是你要找的凶手，警长。"我告诉他，"但现在看来不需要审判了。"

"终究还是梅·拉索！但为什么呀，医生？她是怎么做到的呢？"

"不是梅·拉索。"我纠正他说，"这是她的孪生弟弟，你在上个月关过他，只是不知道那是他。"

我们在梅的公寓找到了她，她被人绑在床上，嘴被堵着。一解脱束缚，她就问我："马丁在哪儿？"

"那是你弟弟？"

她点了点头。"我早些告诉你他的情况就好了。"

我们告诉她刚才发生的事，她哭了一会儿，但哭得并不很伤心。

"是他杀了你父母，对吧？"

她点了点头，擦了擦眼睛。"在汉克·福斯特被杀之前，我一直不确定是他。犯罪手法太相似了，不可能是巧合。所以，我才如此不安。他出狱后来看我，我碰巧提到在看到福斯特夫妇的避雷室时，我晕倒了，因为它让我想起了我们父母被杀的事。结果他冒雨去了那里，简直是第一次犯罪的重演。那时我就知道是怎么回事了。"

"他穿着你的衣服。"

"我无法解释。"她摇着头说，"我现在只知道他病得很厉害。"

"这怎么跟他进了我的监狱牵扯上了？"伦斯警长问道。

梅叹了口气。"一个月前，我和马丁开车经过这里时出了车祸。那天他发疯了，想跟我抢夺方向盘，我就掉进了沟里……"

"你说你当时分心了，"我指出，"但你没有进一步解释。你还说你在事故中丢了几件衣服。我想知道这怎么可能。没有发生火灾，汽车也没有损坏。在这种情况下，你怎么会丢失衣服，除非它们被偷了？"

她点了点头。"我们掉进沟里后，他抓起我的一个手提箱就跑进了树林里。他有几件衬衫在里面，但大部分是我的物品。我猜他逃跑是因为他以为我会因为这次事故生他的气。我是很生气……但全是他的错。"

我打断了她，接着讲这个故事："梅否认有一个孪生妹妹，却从未提及她有一个孪生弟弟。我知道她有，因为她告诉过阿普丽尔。在今天早上开车追逐的过程中，当我看到梅驾驶着她那么喜欢的车猛地撞向我的车时，我便可以确定这人不是我认识的梅。要么是不同的人格，要么是完全不同的人。而人格分裂无法解释她为什么会同时出现在两个地方，但两个不同的人就可以说通一切。梅和我打电话问的坎布里奇市的那位女士都向我保证梅没有孪生妹妹，但弟弟呢？他跟梅是双胞胎吗？

"我回想从梅的到来到汉克·福斯特被杀的这一个月我是否见过和她相似的人。当然，他必须很矮，有一头长长的金发，因为布鲁娜·福斯特告诉过我们，她猛扯过他的头发，那不是假发。"

伦斯警长打了个响指。"你来我办公室那天我放走的那个流

254

浪汉！"

"没错。他当时还留着胡子，所以我没发现他长得很像梅。你最初逮捕他可能是因为他的长发和胡子。"

"在我眼里，他就像个流浪汉。他肯定不属于这儿。"

"他随身带着一个手提箱，四周过后，你放他走的时候还得还给他。我没见过有哪个流浪汉是带着手提箱四处游荡的。"

"你放他走后，他来看我了。"梅说，"我以为他已经走了好几个星期了。我问他手提箱的事，他说弄丢了。萨姆医生，你可能已经注意到了，见过他之后我整个星期都烦躁不安。后来听说福斯特被杀的消息时，我就明白了，是他杀了我们的父母，现在他又再次行动。但我已经无话可说了。"

"全都说得通。"我告诉她，"没了胡子时，他看起来像你，布鲁娜说凶手从未说话。她没有说谎，她真的以为他是你。"

她点了点头，直到能再次说出话来。"今天早上，他打电话给律师，让我获释，并在我的公寓等着我。他穿着我的裙子。简直疯了。当我试图跟他讲道理，告诉他他需要医疗帮助时，他把我绑了起来，开走了车。"

"他没把你也杀了，真是个奇迹。"伦斯警长说。

"我认为他不会。"梅告诉他，眼泪流出来了，"那就等于杀了他自己。"

"我希望父母被害带给梅的噩梦永远结束了。"萨姆医生总结道，"但她还是决定回到波士顿接受精神治疗。看到她离开，我感到很遗憾。

"第二年的圣诞节，她写信给我说她感觉很好，遇到了一个不错的年轻人。她的杜森博格已经没法修了，但雷克斯把我的奔驰车修好了，像新的一样。这样一来，我还是没有护士，但我找到了另一个人，她的名字不是琼①。我遇到了一个谜案，难倒了我，但她帮我解开了，下次我要讲一讲她是如何做到的。"

---

① "琼"的英文是June，含义是"六月"。——译者注